文學研究叢書・辭章修辭叢刊

章法論叢
第十七輯

中華民國章法學會
　　　主編

序

　　本輯《章法論叢》（第十七輯）主要來源為章法學會、國立臺灣海洋大學海洋文化研究所、國立成功大學中國文學系、國立高雄師範大學華語文教學研究所共同主辦之「第十七屆兩岸辭章章法學暨華語教學文創設計學術研討會」論文。刊登之論文，每篇皆由與會發表的學者於會後自由投稿，通過雙匿名審查後，再依審查意見修改而成。

　　本次共有九篇論文通過審查，辭章學方面有三篇，如仇小屏〈論「人性化」修辭之兩種類型：「自然人化」與「社會人化」〉、溫光華〈論抑揚法與文氣之關係——以〈滕王閣序〉為例〉、吳善佳〈現代「樂府」——論古風歌詞之修辭〉。華語教學方面有三篇，即鄭栢彰〈連結古典與現代的教學策略運用——以《詩經》的「賦、比、興」開啟學生詩創之鑰〉、羅燕玲〈系統地學習文言詞彙的有效方法——「字源系統識字法」的理念與成效介紹〉、黃小蓉〈古典詩歌在語文教學的實踐與策略——以春節詩歌為例〉。文化與文創設計方面亦有三篇，如段承恩〈論「米干節」文創產業之內涵與意象——兼論認同之變遷〉、曾昭榕〈AI 轉譯與文本對讀的咒語轉生術：以《孿生》、《木淚》為考查〉、陳揚銘〈基隆和平島奇岩地景之文創商品設計〉。

　　《章法論叢》在萬卷樓、「章法學會」的核心成員與所有會員們的齊心努力下，已順利出版至十七輯，歡迎更多的章法學愛好者與辭章學、修辭學、華語教學、文創領域的學界同好加入我們，一起開創學界的新氣象與新境界。

中華民國章法學會　編輯部　謹序
二〇二五年五月

目次

序 ··· 001

論「人性化」修辭之兩種類型:「自然人化」與「社會人化」
　　·· 仇小屏　　1

論抑揚法與文氣之關係
　　——以〈滕王閣序〉為例 ································ 溫光華　 65

連結古典與現代的教學策略運用
　　——以《詩經》的「賦、比、興」開啟學生詩創之鑰 · 鄭栢彰　 91

系統地學習文言詞彙的有效方法
　　——「字源系統識字法」的理念與成效介紹 ············ 羅燕玲　111

論「米干節」文創產業之內涵與意象
　　——兼論認同之變遷 ······································ 段承恩　133

古典詩歌在語文教學的實踐與策略
　　——以春節詩歌為例 ······································ 黃小蓉　159

AI 轉譯與文本對讀的咒語轉生術:
　　以《孿生》、《木淚》為考查 ····························· 曾昭榕　179

現代「樂府」
　　——論古風歌詞之修辭 ··································· 吳善佳　201

基隆和平島奇岩地景之文創商品設計 ························· 陳揚銘　239

論「人性化」修辭之兩種類型：
「自然人化」與「社會人化」*

仇小屏

國立成功大學中國文學系副教授

摘要

　　就轉化格而言，「轉化格」是一級辭格，「人性化」、「物性化」、「神性化」、「魔性化」、「通性化」是二級辭格。本論文聚焦於「人性化」。然而，因為「人」具有「自然人」、「社會人」的特質，因此發展成轉化時，遂形成三級辭格：「自然人化」、「社會人化」。

　　本論文探究「自然人化」時，發現其已超出「生物人」的內涵，所以「自然人」亦有著社會化的烙印，而將「自然人」的內涵重新定義為：具有人類的器官、感覺、行動、感情、思想，以及超自然表現的人。而「社會人」是指能夠遵循該社會之社會規範的人，其轉化主要有十二種：「親子化」、「君王化」、「軍事化」、「商業化」、「婚戀化」、「宗教化」、「武俠化」、「犯罪化」、「運動化」、「醫療化」、「賭博化」、「演藝化」。根據研究所得，

---

* 本文原名〈論「人性化」之兩種類型：「自然人化」與「社會人化」——特論「人／神／魔／物性化」中「本我」（id）、「自我」（ego）、「超我」（super-ego）之表現〉，發表於「第十三屆辭章章法學暨文創設計學術研討會」（舉辦日期：2020年7月25日）。為使討論更為聚焦，遂更名為〈論「人性化」修辭之兩種類型：「自然人化」與「社會人化」〉，經兩位審查委員審查，於本輯發表。

得出「人性化」的新定義:「將『自然人／具象事物／抽象概念』之本體,轉成『自然人／社會人』之轉體。」

關鍵詞:修辭、轉化格、人性化、自然人化、社會人化

一　前言

　　轉化是相當常見的修辭格，又稱「比擬」、「假擬」。[1]一直以來，學者將轉化格的內涵，依據轉體為人或物，而分成兩類：「人性化」、「物性化」。[2]但是筆者前此發表論文〈論轉化格中的「神／魔性化」〉[3]，指出還有另外兩種轉體：神、魔，並因此形成「神性化」、「魔性化」。此外，關於「物性化」，因為社會不斷地變化、演進，以及人們對於物理世界的認識持續地加深、加廣，遂展現出以往所未見或罕見的內容與風貌，故以此為題，撰成專文〈論轉化格中「物性化」之內涵與意義〉[4]，進行探討，並提出「通性化」[5]。因此轉化共有五類：人性化、物性化、神性化、魔性化、通性化。

　　本論文探究重點：「人性化」，十分值得深究。誠如王希杰《漢語

1　參見黃慶萱：《修辭學》（臺北市：三民書局，2002年10月增訂三版），頁377。
2　黃慶萱《修辭學》（增訂三版）除了討論「人性化」、「物性化」之外，還增加一種：「形象化」，指出：「形象化則是『擬虛為實』，使抽象的觀念具體化。它與『人性化』、『物性化』之不同在於『擬人為人，擬物為物』。」（頁378）然而，儘管「本體」不同，「轉體」同樣為人或物。
3　本論文經審查，收錄於《章法論叢‧第十二輯》（臺北市：萬卷樓圖書公司，2018年11月），頁193-217。
4　本論文鎖定二〇一〇年以後發表之語料，進行探討。發表於「第七屆臺大成大東華三校論壇學術研討會」，舉辦日期：2019年5月24日。後經審查，收錄於《章法論叢‧第十三輯》（臺北市：萬卷樓圖書公司，2020年12月），頁47-75。
5　通性化是：將本體轉化為為「通指／感覺／抽象事理」。其下每類均舉一例證：「通指」類之例證為「我們的做法要更有彈性」；「感覺」類之例證為「美國高中的硬條件與軟實力」；「抽象事理」類之例證為「在愛情裡，男人做的都是加法，而女人做的永遠是減法」。其中「彈性」、「硬／軟」都是「物／人」皆具的特質，而「加法／減法」是蘊藏於物理世界中的規律，因為「人」也是物理世界的一份子，所以，「抽象事理」類也是貫通「物／人」的。因此「通性化」非物非人、貫通物人，應獨立為一種轉化方式。

修辭學》所言：「人是人類認識世界的出發點、一個最常見最常用的參考框架。」[6]此說一語中的地指出人性化的原始與重要。不過，以往討論「人性化」，往往只稱：此種手法就是把人類的心情投射於外物，把外物都看成人類一樣，而加以描述。[7]然而，「人」的內涵為何？是否具有不同的層次與意義？表現在轉化中，其形態為何？涵藏著什麼深意？關於前述問題，還有多加深究的空間。

「人」之面貌與內涵複雜豐富，因此，轉化格中的「人性化」，也就相應地呈現出多種發展方向。人是高度社會化的動物，因此，不僅因為人是動物，而具有「自然人」的特質，而且，還因為社會化的深深烙印，而有「社會人」的特質。所以，本論擬聚焦於此，將人性化之表現，大分為「自然人」、「社會人」兩類，依序進行探究。

二　轉化格之相關探討

轉化格有兩個重要要素：一是被轉者，稱之為「本體」，一是轉化寄託者，稱之為「轉體」，本體、轉體融合，才成為轉化的成果。本論文擬討論「轉體」為「人」者，因此其下先梳理轉體之類別，接下來則探討人性化之內容。

（一）轉體之分類

修辭學者通常是根據「轉體」而將轉化分類。譬如黃麗貞《實用修辭學》將比擬分為「擬物」、「擬人」兩大類。[8]次如王希杰《漢語修辭學》（修訂本）也認為比擬可分「擬人」和「擬物」兩種。[9]以上

6　見王希杰：《漢語修辭學》（修訂本），頁398。
7　見黃慶萱：《修辭學》，頁378。
8　見黃麗貞：《實用修辭學》，頁118-123。
9　見王希杰：《漢語修辭學》（修訂本），頁397。

兩家都是根據轉化為人、或是轉化為物,將轉化大分為兩類。

至於黃慶萱《修辭學》(增訂三版)則認為轉化可分三種:「人性化」、「物性化」、「形象化」。[10]但是細察黃慶萱所提出的第三類:「形象化」,其下又分為兩類:「擬人為人」、「擬物為物」,[11]前者近於黃麗貞《實用修辭學》所言之「抽象事物擬人」,後者則為「物之物性化」。因此,如就「轉體」來考察,黃慶萱之看法與前述兩位學者一樣,都主張轉化為物或人。

所以,綜合前面的分析,可知諸位學者所主張的轉體應為兩種:人、物,因此形成了人性化、物性化。而筆者在〈論轉化格中的「神／魔性化」〉中,提出另兩種轉體:神、魔。[12]因為神、魔非人非物,所以是以上兩種轉化之外的轉體,並且形成了「神性化」與「魔性化」。再加上轉為「通指／感覺／抽象事理」,此為「通性化」。

總結而言,目前所知的轉體有四種:人、物、神、魔、通性。

(二) 人性化之內涵

人性化指轉體為人的轉化,聯繫起轉化之本體,就可大體掌握人性化之內涵。

1 轉體

所謂「人性化」,乃是指「轉體」為「人」的轉化。而關於人性化之定義,黃慶萱《修辭學》(增訂三版)認為:「所謂『人性化』就是把人類的心情投射於外物,把外物都看成人類一樣,而加以描述。」[13]也就是本體為「外物」,轉體為「人類」,而關鍵在於「把人

---

10 見黃慶萱:《修辭學》,頁379-399。
11 見黃慶萱:《修辭學》,頁379-399。
12 見仇小屏:〈論轉化格中的「神／魔性化」〉,《章法論叢‧第十二輯》,頁193-217。
13 見黃慶萱:《修辭學》,頁378。

類的心情投射於外物」。此外，黃麗貞《實用修辭學》認為「擬人」就是：「把事物當作有情感、有思想的人類來描寫。事物擬化為人的方法，就是把人類的器官、行動、感情、思想，給予事物，使事物具有人的『屬性』。」[14]依據黃麗貞的說法，本體為「事物」，轉體為「人」，而具體的運作是：「把人類的器官、行動、感情、思想，給予事物」。兩位學者都指出了人性化的特色。

不過，人除了身為動物，而有著與生具來的動物性之外，還因為是高度社會化的動物，而有著社會性，因此，對於「人」的內涵，還有再討論的必要。關於與生具來的動物性，本論文借用法律術語──「自然人」來指稱。劉振鯤《法學概論》說道：「現行民法上所謂人，包括『自然人』與『法人』，二者皆有權利能力，而享有人格，惟自然人之權利能力係與生俱來，而法人之權利能力係由法律創設。」[15]然而，本論文對於「自然人」之看法，與民法的著重在法律上的權利能力之內涵不同。本論文著重在：自然人具有人類的器官、行動、感情、思想。

另一方面，人還因高度社會化，而有著社會性。對於社會化，Margaret L. Andersen, Howard F. Taylor《社會學》指出：「社會化（socialization）是指人們習得外在社會對個體期待的過程。成為社會中完全被社會化的成員之一，意味著能夠內化該社會期待個體所應遵守的社會規範。」[16]；「透過社會化，人們吸收所屬的文化，包括風

---

14 見黃麗貞：《實用修辭學》，頁120。

15 見劉振鯤：《法學概論（2010年最新版）》（臺北市：元照出版社，2010年9月第二十版），頁162。

16 〔美〕Margaret L. Andersen, Howard F. Taylor著，黃儀娟、齊力譯：《社會學（精華版）》（臺北市：新加坡商聖智學習亞洲私人公司臺灣分公司，2020年3月第三版），頁80。

俗、習慣、法律、慣行和表達工具。」[17]所以，人的種種行為思想，既在社會中養成，也往往會回應著社會的規範。

綜前所述，很顯然地，人不僅與生俱來就具有「自然人」的特質，而且，還因為社會化的深深烙印，而有「社會人」的特質。而這兩者，都成為人性化的源頭。所以，本論著眼於此，而將人性化之表現大分為「自然人」、「社會人」兩類，進行探究。

2　本體

若將「本體」列入考量，亦即由某種本體轉化為人，也就是兼顧「本體」和「轉體」來分類，則諸位學者說法如下。黃麗貞《實用修辭學》指出：「擬人又可分為：有生命事物擬人、無生命事物擬人、抽象事物擬人三種。」[18]也就是說本體為「有生命事物」、「無生命事物」、「抽象事物」，轉體為「人」。此外，向宏業、唐仲揚、成偉鈞主編《修辭通鑑》：「擬人有以下幾種情況：將物擬人，包括將動物擬人，將植物擬人和將無生物擬人；將抽象的概念或事理擬人。」亦即本體為「物（動物、植物、無生物）」、「抽象的概念或事理」，轉體為「人」。

前述兩家之分類，都很有見地。本論文汲取前人研究成果，將本體分為「具象事物（含有生命／無生命）」、「抽象概念」。此外，不管轉為「自然人」或「社會人」，都出現了本體為「自然人」之情況，此為以往關於人性化的研究中，所未出現的本體，因此特闢為一類。

所以，本論文探討人性化時，乃是合轉體與本體，一起進行探究。亦即轉體分為「自然人」、「社會人」，在此分類下，進行本體為「自然人」、「具象事物（含有生命／無生命）」、「抽象概念」的探究。

17　〔美〕Margaret L. Andersen, Howard F. Taylor著，黃儀娟、齊力譯：《社會學（精華版）》，頁80。
18　見黃麗貞：《實用修辭學》，頁120-122。

希望能探討出「人性化」之「本體」、「轉體」間，轉化之種種奧妙。

而其下所列諸則語料，皆為當代例證。如果全則都是轉化，則不加底線。但是，有些語料為了便於理解，錄出上下文，則在出現轉化處標上底線。

三 轉體為自然人

本論文所稱之「自然人」，著重在具有人類的器官、行動、感情、思想，亦即傳統人性化。但是，實際進行研究後發現，有些「自然人化」已經不是傳統定義所能涵蓋。

（一）本體為自然人

關於本類，有個相當值得玩味的矛盾：轉體已經是自然人了，本體如何可能是自然人呢？可是，轉化的表現確實存在此種情況，亦即從「自然人」轉「自然人」。關鍵在於：此類之自然人的內涵有「屬──種」之別。

劉振鯤《法學概論》解釋「物之意義」時，指出：「人體之全部或一部皆不許作為物」[19]，所以，器官、肢體……不是物，因此，作為本體時，也不能歸類於物，而應該歸類為自然人。如此一來，當器官、肢體……成為本體，而此本體又轉化為自然人時，就出現了「自然人」轉「自然人」的情況，此種轉化即為自然人中之「由『種』轉『屬』」。

---

19 見劉振鯤：《法學概論（2010年最新版）》，頁170。全文為：「物指人力所能支配，具有獨立性的權利客體。解釋上物必為自然人以外之物，因為現代民法思潮否認奴隸制度，自然人是權利主體，因此人體之全部或一部皆不許作為物。自然人死亡後的屍體則為物，但除了死者生前自願為器官捐贈或供醫學解剖外，原則上應予埋葬，不得作其他的使用、收益、處分。」

例一：

> 子宮不能等！情纏9年沒結婚共識　田中千繪斷開范逸臣[20]

「子宮」為人體之器官，而此則語料將子宮轉化為「自然人」，因此有「不能等」的表現，成為敘述句。之所以會用「子宮」為本體，當是因為此則語料與婚姻、生殖相關，所以用「子宮」這個生殖器官為本體，凸顯出此點。所以，就形成了這個非常有趣的現象：子宮為「人」的一部分，應該歸入「自然人」嗎？還是應該歸入「本體為具象事物（含有生命／無生命）」呢？本論文參考前引的法律觀點，而將之歸入「自然人」。

例二：

> 「他的內心沒有體脂肪。」經紀人 Benny 如此形容經歷過許多挫折與磨練的陳盈駿，心理狀態已非常「結實強壯」。[21]

「他的內心」是抽象的心理狀態，被轉化為人，因此「沒有體脂肪」，此種說法很生動地表現出陳盈駿經過淬鍊之後，性格相當強韌。而「心理狀態已非常『結實強壯』」一句中，「心理狀態」是抽象的，「結實強壯」則是對人的形容，可見得「心理狀態」人性化了。而「他的內心沒有體脂肪」是有無句，「心理狀態已非常『結實強壯』」

20　〈子宮不能等！情纏9年沒結婚共識　田中千繪斷開范逸臣〉，三立新聞網「娛樂中心」，網址：https://www.setn.com/News.aspx?NewsID=262245，發布日期：2017年6月14日。

21　陳柏樺：〈旅美6年曾苦坐冷板凳，世大運霸氣贏韓國　台灣籃球狀元陳盈駿　「內心沒有體脂肪」〉，《今周刊》1082期，網址：http://www.businesstoday.com.tw/article/category/154685/post/201709140017，發布日期：2017年9月14日。

則是表態句。而且,這樣的轉化,非常切合陳盈駿運動員的身分。

例三:

> 餓到一定的地步,胃就變得神經質,狠刀刀的,憑空伸出了五根手指頭。它們在胃的內部,不停的推、拉、搓、揉,指法一點也不比沙復明差。[22]

此則語料中,「餓」、「胃」都被人性化了,而且敘述之時,頗為雜揉。「胃就變得神經質」,是將胃人性化了。至於「狠刀刀的,憑空伸出了五根手指頭」是指「餓」還是「胃」呢?因為其後「它們在胃的內部」一語,所以「它們」應非指「胃」,而是「餓」。所以把省略的主語補上,應為「(餓)狠刀刀的,(餓)憑空伸出了五根手指頭。」顯然是將「餓」人性化了。而其後的「它們」,則是指那餓所化成的五根手指頭,「它們在胃的內部,不停的推、拉、搓、揉,指法一點也不比沙復明差」。此則語料中的轉化,值得注意之處有二:一是雜揉的敘述,其中顯示出在作者感受中,「餓」、「胃」兩者關聯極密,實在難以判然劃分。二是「餓」、「胃」此二本體應如何歸類?「胃」與前例之「子宮」一樣,都為「人」的一部分,所以歸入「自然人」,但是,「餓」是一種內部感覺,[23]應該歸入「自然人」還是「抽

---

22 見畢飛宇:《推拿》(臺北市:九歌出版社,2013年),頁43。
23 感覺可分為「外部感覺」與「內部感覺」兩種。彭聃齡主編《普通心理學》(修訂版)指出:「根據刺激物的性質以及它所作用的感官的性質,可以將感覺區分為外部感覺和內部感覺。」(〔北京市:北京師範大學出版社,2004年〕,頁76)而外部／內部感覺各有其獨特的內涵。彭聃齡主編《普通心理學》(修訂版)說道:「外部感覺接受外部世界的刺激,如視覺、聽覺、嗅覺、味覺、膚覺等。」(頁76)與此相對的,是內部感覺。彭聃齡主編《普通心理學》(修訂版)指出:「內部感覺是指反應機體內部狀態和內部變化的感覺,包括動覺、平衡覺(靜覺)和內臟感覺。」(頁119)

象概念／情感」中呢？因為內部感覺是指反應機體內部狀態和內部變化的感覺，與「抽象概念／情感」相較起來，其抽象層次不同，因此，本論文將內部感覺歸入「自然人」。

（二）本體為具象事物（含有生命／無生命）

此類為傳統之人性化，往往表現為為行為動作的敘述，或是生理狀態的描寫。

例一：

安靜好一陣子，戒指最近話變多、變大聲了。[24]

「安靜好一陣子」蒙後省略主語：「戒指」，因此還原後為：「（戒指）安靜好一陣子」，為表態句。而「戒指最近話變多、變大聲了」為主謂謂語句。兩句主語都為「戒指」，「安靜」、「話變多、變大聲」都是人所作之行為，因此，此為人性化。

例二：

<u>銀行收傘</u>？政院設平台盯企業紓困[25]

銀行為集合名詞。銀行可以作出人之動作：「收傘」，可見得銀行被人

---

[24] 黃尹青：〈宣示感情狀態　戴戒指的理由和樂趣〉，聯合新聞網，網址：https://udn.com/news/story/7341/2437131，發布日期：2017年5月2日。本文接下來對手鍊的描述如下：「同樣戴在手上，同樣都可以用來表達很多想法，近年手鍊的話語權高，音量也比戒指大很多。一個個各具意義的珠飾，穿串成鍊，說的何止是話，是一篇又一篇的故事，唧唧喳喳，熱鬧滾滾。」

[25] 黃佩君報導：〈銀行收傘？政院設平台盯企業紓困〉，自由時報，網址：https://ec.ltn.com.tw/article/paper/1360998，發布日期：2020年3月24日。

性化了。並且，此「收傘」的動作，來自於「雨天收傘」[26]之說，而且，還搭配上問號，因此，傳達出不以為然之意。

例三：

<u>中美秀肌肉</u>　台灣自亂淪角力場[27]

「中美秀肌肉」為敘述句。主語為「中美」為專有名詞，被轉化為肌肉男，因此可以出現「秀肌肉」的動作，此為自然人之行為。不過，「中美」特別被轉化為「肌肉男」，顯然別有意味，鮮明地傳達了陽剛、比試、一決勝負的感覺。

例四：

<u>從破局到復活</u>　川普只想演好外交實境秀[28]

此則語料：「從破局到復活」，此句之主語當為「川金會」，補上主語之後，成為「（川金會）從破局到復活」。而「川金會」會「復活」，

---

26 因為景氣不佳，公司營收下降，而銀行通知要補提擔保品，否則貸款額度將遭緊縮，平常營運正常時，銀行大方得很，經常徵詢公司是否要增貸，一遇公司業務緊縮最需資金時，反而要緊縮資金，不顧企業死活，面對這種情景，就是所謂面對銀行雨天收傘的困境。引自網址：https://tw.answers.yahoo.com/question/index?qid=20051231000014KK17208。

27 陳洛薇報導：〈中美秀肌肉　台灣自亂淪角力場〉，聯合新聞網，網址：https://udn.com/news/story/11311/3732071，發布日期：2019年4月2日。

28 〈從破局到復活　川普只想演好外交實境秀〉，Yahoo新聞網，網址：https://tw.news.yahoo.com/%E5%BE%9E%E7%A0%B4%E5%B1%80%E5%88%B0%E5%BE%A9%E6%B4%BB-%E5%B7%9D%E6%99%AE%E5%8F%AA%E6%83%B3%E6%BC%94%E5%A5%BD%E5%A4%96%E4%BA%A4%E5%AF%A6%E5%A2%83%E7%A7%80-224544922.html，發布日期：2018年6月11日。

可以算是人性化嗎?之所以提出此問題,那是因為這牽涉到一個重要概念——「自然人」。「自然人」的內涵應該為何?如果是傳統人性化,則著重在具有人類的器官、行動、感情、思想,其中,並不包括「復活」。但是,如果「復活」不歸入自然人中,又該歸入哪種分類呢?本論文將「復活」歸類到自然人中,並且因此擴充自然人的內涵。此亦反應出:儘管是「自然人」,也是「社會化」之「自然人」,只是程度有別而已。

(三) 本體為抽象概念

例一:

> 他們的這兩個兒子算是白生了,老大是個人渣,而老二卻是一個小混混。他們的這一輩子還有什麼?<u>他們這一輩子全瞎了。</u>[29]

「他們這一輩子」是抽象概念,因為被人性化,所以有「全瞎了」的描述,此為表態句。而之所以會如此描述,那是因為文中的重要敘述者——「老大」是視障者。

例二:

> 民主有腳,民主會往前走,民主也會倒退走。[30]

主語「民主」被轉化為人,因此「有腳」,此為有無句。不只如此,還會「往前走」、「倒退走」,此為敘述句,呈現出轉化為人之後的行為。

---

29 見畢飛宇:《推拿》,頁244。
30 王健壯:〈台灣民主正在倒退走〉,聯合新聞網,網址:https://udn.com/news/story/7340/2928700?from=udn-catelistnews_ch2,發布日期:2018年1月14日。

例三：

　　有句話是這麼說的：夢想很美好，但是現實太殘酷，<u>理想很豐滿，但現實太骨感</u>。[31]

「理想很豐滿」、「現實太骨感」都是表態句，而「理想」、「現實」是抽象的，卻用「很豐滿」、「太骨感」來形容，此為人性化。這樣一來，「理想」與「現實」的落差，就非常具象地表現出來了。

例四：

　　台灣關係法40年／<u>模糊的藝術　讓台灣回魂</u>[32]

此句「模糊的藝術　讓臺灣回魂」，「模糊的藝術」當指臺灣關係法，有「回魂」的表現，可見得被轉化了。然而，「回魂」並不在傳統人性化的內涵中。不過，仍應體認到此非「社會人」，而是「自然人」。

例五：

　　「長照功德說」的前世今生[33]

---

[31] 「禪理禪趣」：〈理想很豐滿，現實很骨感，青春到底辜負了誰？〉，美日頭條網站，網址：https://kknews.cc/essay/33amq6g.html，發布日期：2017年9月25日。本文對此的解釋是：「意思是說，曾經我們有那麼多宏偉的目標，美好的理想，到最後，卻終究輸給了生活的刻骨銘心，輸給了生活的不那麼周到。」

[32] 張加、鄭媁、賴昭穎報導：〈台灣關係法40年／模糊的藝術　讓台灣回魂〉，聯合新聞網，網址：https://udn.com/news/story/12950/3742598，發布日期：2019年4月8日。

[33] 陳景寧：〈「長照功德說」的前世今生〉，聯合新聞網，網址：https://udn.com/news/story/11318/2842698，發布日期：2017年11月27日。

此語料的背景是行政院長賴清德「照服員做功德」一說。作者回溯到一九九二年，當時行政院長郝柏村大力鼓吹的長照政策是「三代同堂」，因此延伸出「前世今生」的說法。此種說法顯然將「長照功德說」人性化了，而且此「人」是有著「前世今生」的，並非「社會人」，應是「自然人」。

例六：

> 政治黑手可任意伸入大學翻攪，「太上教育部」已嚴重戕害大學自主，在高教史留下永難抹滅的惡例。[34]

「政治」被轉化為「黑手」，因此可以「任意伸入大學翻攪」[35]。值得注意的是：「政治」只被轉化為人之器官──「黑手」，也因此讓「任意伸入大學翻攪」的動作顯得更自然、更被凸顯。

四 轉體為社會人

如同前面所引的，Margaret L. Andersen, Howard F. Taylor《社會學》指出：「社會化（socialization）是指人們習得外在社會對個體期待的過程。成為社會中完全被社會化的成員之一，意味著能夠內化該社會期待個體所應遵守的社會規範。」[36]所以，本論文中的「社會人」就指能夠遵循該社會之社會規範的人。

---

34 張錦弘報導：〈觀察站／太上教育部拔管　讓高教史留下惡例〉，聯合新聞網，網址：https://udn.com/news/story/11311/3112111，發布日期：2018年4月28日。

35 「大學」此時也被物性化了，彷若池水。

36 〔美〕Margaret L. Andersen, Howard F. Taylor著，黃儀娟、齊力譯：《社會學（精華版）》，頁80。

為了能較為全面地看出「社會化」的種種面向，因此本節涵蓋了以下十二種轉化：「親子化」、「君王化」、「軍事化」、「商業化」、「婚戀化」、「宗教化」、「武俠化」、「犯罪化」、「運動化」、「醫療化」、「賭博化」、「演藝化」。而且，這十二種轉化中，有多種可以找出與「本能」的直接或間接聯繫，威廉・麥獨孤（William McDougall）《社會心理學導論》說道：「這些先天傾向是任何時代任何民族的人所共有的。如果這一觀點成立，即人的本性中都存在這樣一種共同的先天基礎，它將為探索人類社會和人類本能發展史提供一個非常重要的基礎。」[37] 由此或可提供一個角度，說明這十二種轉化為何會普遍地存在。

　　此外，這十二種轉化中，其下皆分出本體為「自然人」、「具象事物（含有生命／無生命）」、「抽象概念／情感」三類。特別值得注意的是：本體為「自然人」一類，此「自然人轉社會人」是之前的研究中，所未探討過的現象，然而，這一現象相當重要，因為它相當鮮明地彰顯出人的自然性與社會性的轉化，呈現出「人」的豐富內涵。

（一）親子化

　　Margaret L. Andersen, Howard F. Taylor《社會學》說道：「對大部分人而言，家庭是第一個社會化的源頭。……父母對孩子行為的定義和對待方式，是兒童自我意識發展的關鍵因素。」[38]因此，這種最初始的社會化經驗，自然而然地成為轉化的基礎。更何況，漢文化特別注重倫理關係，也加強了人們對親子關係的感受。親子化的語料中，常常流露出濃郁的呵護、眷戀之情，有些也成為流傳已久的詞彙，

---

[37]〔美〕威廉・麥獨孤（William McDougall）著，俞國良、雷靂、張登印合譯：《社會心理學導論》（臺北市：昭明出版社，2000年5月），頁59。

[38]〔美〕Margaret L. Andersen, Howard F. Taylor著，黃儀娟、齊力譯：《社會學（精華版）》，頁84。

「娘家」、「母校」最是顯例。

本類轉化所蒐集到的本體,有「自然人」、「具象事物(含有生命／無生命)」兩種。

1　本體為自然人

例一:

> 他透露手上巨星多,好處是一齣戲從男女主角、配角等都可以由自家藝人拿下,在演藝圈影響力更大,然而<u>手心手背都是肉,爭寵起來也挺麻煩</u>。[39]

「他」指香港「金牌經紀人」陳自強,手上有許多巨星的經紀約。而經紀人經營旗下藝人,原本是商業行為,但是卻說「手心手背都是肉,爭寵起來也挺麻煩」,可見得是將彼此的關係親子化了。

例二:

> 大家都知道李嘉誠有兩個兒子,但跟李嘉誠有交往的人,會知道他不把旗艦長和系掛在口中,反而<u>會跟人談他「三兒子」的事</u>,那個「三兒子」是李嘉誠基金會。[40]

「會跟人談他『三兒子』的事」一句,承前省略主語——李嘉誠,因此補上之後,成為:「(李嘉誠)會跟人談他『三兒子』的事」。在此

---

[39] 蘇詠智報導:〈鍾楚紅、鄭裕玲爭寵　陳自強智慧擺平〉,聯合新聞網,網址:https://stars.udn.com/star/story/10090/2780744,發布日期:2017年10月26日。

[40] 李春報導:〈李嘉誠告別秀　喊增持自家股〉,聯合新聞網,網址:https://udn.com/news/story/11323/3137866,發布日期:2018年5月11日。

句中，李嘉誠成為父母，而李嘉誠基金會成為第三個兒子，此即為親子化，顯示出李嘉誠基金會在李嘉誠心中的分量與情份。

2 本體為具象事物（含有生命／無生命）

例：

> 吳虹疼惜：一個被重工業家暴超過50年的「孩子」[41]

「孩子」指的是高雄。高雄五十多年來，是重工業集中地，因此有汙染問題。吳虹為當時市長參選人的妻子，以母親的口吻，說出這段話語。

（二）君王化

本類別具有相當濃厚的文化色彩。有些詞彙特別指向中國古代帝制，譬如「帝」、「后」、「逼宮」之類。但是，有些顯然受到西方文化影響，譬如「王子」、「公主」之類，而且，因為通常是在童話中習得這些詞彙，所以在運用時，自然而然地淡化嚴肅的色彩，反而加入了浪漫色彩。不過，從中也可見得統治與被統治階級的劃分，是跨越文化的現象。也因為如此，帝王化非常地深入人心，所以，有些帝王化已經成為熟詞，譬如影帝、影后、四大天王、本土天王等。

本類轉化所蒐集到的本體，有「自然人」、「具象事物（含有生命／無生命）」兩種。

---

[41] 〈【守護孩子　相信高雄】吳虹疼惜：一個被重工業家暴超過50年的「孩子」〉，上報快訊，網址：https://www.upmedia.mg/news_info.php?SerialNo=51941，發布日期：2018年11月13日。

1　本體為自然人

例一：

想問鼎奧斯卡？李奧納多要演普丁[42]

「想問鼎奧斯卡」為敘述句，承前省略主語，補上後為「（李奧納多）想問鼎奧斯卡」，「問鼎」一詞將李奧納多化為帝王，一方面顯示出李奧納多的氣勢，再方面也彰顯了奧斯卡獎的權威性。不過，因為李奧納多是西方人，而「問鼎」一詞很明顯地產自中國古典文化，因此，是否有文化色彩衝突的問題？不過，在此語料中，帝王化的權威性才是最重要的，因此文化色彩是否衝突，反而不成問題。

例二：

綠營四大老「逼宮」！網紅老師酸：根本超 Lag[43]

「綠營四大老」為主語，「逼宮」意謂大臣強迫帝王退位。因此，「綠營四大老」仿若被轉化成封建時代的大臣。而聯繫起下文：「網紅老師酸：根本超 Lag」，顯然此種轉化是暗藏諷意的。

例三：

郭董籲後宮別干政　她諷想做皇帝？[44]

---

[42] 陳正健報導：〈想問鼎奧斯卡？李奧納多要演普丁〉，臺灣醒報，網址：https://anntw.com/articles/20160117-Six6，發布日期：2016年1月17日。

[43] appledaily網站，網址：https://tw.appledaily.com/new/realtime/20190103/1494008/，發布日期：2019年1月3日。

[44] 〈郭董籲後宮別干政　她諷想做皇帝？〉，三立新聞網，網址：https://tw.news.yahoo.

「郭董」是媒體常用的對郭台銘的異稱，此異稱其實已經標舉出其富可敵國、充滿霸氣的特質。而「郭董籲後宮別干政」為主謂謂語句，此「後宮」指的是其妻，因此郭董「籲後宮別干政」，仿如把自己化作帝王。如前所述：「郭董」一稱標舉出郭台銘既富且霸的特質，與「帝王」予人之觀感，似有呼應之處。然而，身處民主時代，卻用此帝制化之用語，實有扞格之感，難怪此語一出，引發軒然大波，最後郭台銘只好出面道歉，平息風波。

例四：

擁有近千億家產的華南金王子林知延與新光金公主吳欣盈豪門婚姻生變[45]

「華南金王子林知延」、「新光金公主吳欣盈」是同位詞組，在此情形下，林知延、吳欣盈被轉化為「華南金王子」、「新光金公主」。不過，有趣的是，其後又接「豪門婚姻生變」一語，等於是將「王子公主」又變回自然人了。然而，此種轉化的連用又相當順暢，應當是「千億家產」在前，作了鋪墊，而且其中暗示了林知延、吳欣盈為何可以被轉化為王子、公主，當是因為「帝王」與「豪門」，此二者雖然一偏重權、一偏重錢，但是同樣有著高不可攀的形象，所以「帝王」與「豪門」的互相轉化，顯得十分自然。

---

com/%E9%83%AD%E8%91%A3%E7%B1%B2%E5%BE%8C%E5%AE%AE%E5%88%A5%E5%B9%B2%E6%94%BF-%E5%A5%B9%E8%AB%B7%E6%83%B3%E5%81%9A%E7%9A%87%E5%B8%9D-123017263.html，發布日期：2019年4月25日。「她」為社民黨召集人范雲。

[45] 林偉信報導：〈華南王子　新光公主　逆轉准離婚〉，中時電子報，網址：https://tw.news.yahoo.com/%E8%8F%AF%E5%8D%97%E7%8E%8B%E5%AD%90-%E6%96%B0%E5%85%89%E5%85%AC%E4%B8%BB-%E9%80%86%E8%BD%89%E5%87%86%E9%9B%A2%E5%A9%9A-215016505.html，發布日期：2019年1月10日。

2　本體為具象事物（含有生命／無生命）

例：

> 三星今天在2018MWC前夕，揭示<u>新一代旗艦機皇</u>，分別推出5.8吋的GalaxyS9，以及6.2吋的GalaxyS9+，都承襲18.5:9螢幕比例與無邊際螢幕設計。[46]

「機皇」之「機」指的是此兩款新推出的手機，「機皇」之說顯然將此兩款手機帝王化了，充分顯示出此兩款手機尊貴顯耀的特性。有趣的是，前面加上的修飾語：「新一代」、「旗艦」，分別又指出另兩個特性：前者為最新，後者為最具標誌性，而前者暗藏著隨時可能被更新者取代的意思，與帝王「改朝換代」之說相呼應，後者則更加強了尊貴顯耀的形象。

（三）軍事化

「國之大事，在祀與戎」，因此軍事可說是貫穿古今的國之大事。因而軍事化的用詞中，古典、現代皆具，且特別見於商業、政治類語料。推究其原因，大概是因為商業、政治競爭激烈，而且常常呈現兩方聚眾拚搏的情形。

本類轉化所蒐集到的本體，有「自然人」、「具象事物（含有生命／無生命）」兩種。

---

[46] 鄒秀明報導，聯合新聞網，網址：https://udn.com/news/story/7270/3000075，發布日期：2018年2月26日。

1　本體為自然人

例：

> 中、港股狙擊手　新目標是阿里巴巴？[47]

狙擊手（sniper）是指軍隊或準軍事組織中負責在隱蔽處或目視範圍以外，針對高價值目標進行監視和精確射擊的專職槍手，屬於特殊兵種。[48]此則語料中之「中、港股狙擊手」，指的是股市操盤者，直接用轉體取代，[49]因此延伸出下文：「新目標是阿里巴巴」。原本的商業行為被戰爭化了。

2　本體為具象事物（含有生命／無生命）

例一：

> 百業蕭條，但唯獨香水卻異軍突起。[50]

「異軍突起」顯然是軍事用語，意指另一支軍隊突然興起。所以，「香水」在此顯然是被軍事化了。而之所以產生此種轉化，其深層因素，當是「商場如戰場」之隱喻思維。

---

[47] 王姿琳：〈中、港股狙擊手　新目標是阿里巴巴？〉，《商業周刊》第1559期，網址：http://archive.businessweekly.com.tw/Article/Index?StrId=65508，發布日期：2017年9月28日。

[48] 參考維基百科。

[49] 亦可視之為「借喻」。

[50] 袁青：〈幸福的味道〉，聯合新聞網，網址：https://udn.com/news/story/7341/2589168，發布日期：2017年7月17日。

例二：

<u>綠電簽軍令狀　碳排卻飆新高</u>[51]

軍令狀為在軍中具結保證，倘有違背，願依軍令處罪的文件。[52]在此則語料中，「綠電」可以「簽軍令狀」，可見得被轉化為軍人。此轉化可見出其承諾之嚴肅，與其後「碳排卻飆新高」，與之形成對比。

（四）商業化

威廉‧麥獨孤《社會心理學導論》指出：「獲得本能之所以重要，是因為它肯定對物質財富的積累起過積極作用……儘管在高度文明的社會裡導致資本累積的動機已變得非常複雜，然而，獲得慾（想佔有財產的願望）可能仍保持著其最基本的東西……這種衝動的增長卻沒有極限，因此它不知道厭膩。」[53]也許是因為這個原因，所以商業化的語料極多。而且，吾人身處在資本主義的商業社會中，對於商業觀念與運作之感受極深，應當也大幅加強了使用這種轉化方式的能力。

本類轉化蒐集到的本體，有「自然人」、「具象事物（含有生命／無生命）」兩種。

---

51 魏國彥：〈綠電簽軍令狀　碳排卻飆新高〉，聯合新聞網，網址：https://udn.com/news/story/11321/2801955，發布日期2017年11月7日。

52 見教育部國語辭典。

53 〔美〕威廉‧麥獨孤（William McDougall）著，俞國良、雷靂、張登印合譯：《社會心理學導論》，頁311-312。

1 本體為自然人

例一：

> 為了償還欠醫學的「債」，我在《健康世界》這本傳播大眾醫學知識的雜誌當了十幾年的總編輯。但「心靈的債務」是只會變得稀薄，而無法全部消失的。[54]

作者醫學系畢業，但是終身從事編輯文化事業，因此有此說產生。所以虧欠感被轉化為「債務」，其中運用的，也是商業化的思維。

例二：

> 為什麼我養兒子，CP 值就是比別人差？[55]

CP 值就是性價比，指的是一個產品根據它的價格所能提供的性能的能力。在不考慮其他因素下，一般來說有著更高性價比的產品是更值得擁有的。[56]所以，當「養兒子」這件事，有 CP 值時，就是把養兒子商業化了。

例三：

> 經營「個人品牌」不是當乖乖牌！而是創造自己的「獨特賣點」[57]

---

54 王溢嘉：〈序〉，《實習醫師手記》（臺北縣：野鵝出版社，1989年），頁4。
55 王浩威：《晚熟世代》（臺北市：心靈工坊文化事業公司，2013年），頁133。
56 參考維基百科。
57 《經理人月刊》編輯部與RHINOSHIELD共同撰文：〈經營「個人品牌」不是當乖乖牌！而是創造自己的「獨特賣點」〉，《經理人月刊》，網址：https://www.managertoday.com.tw/articles/view/563，發布日期：2007年1月12日。

品牌指公司的名稱、產品或服務的商標，和其它可以有別於競爭對手的標示、廣告等構成公司獨特市場形象的無形資產。[58]因此，「個人品牌」一語，即是將人當作公司，所以選用的動詞就是「經營」。而且，其後還有「獨特賣點」一詞。賣點是產品所具有的，銷售人員所闡述的，與客戶需求聯繫最緊密，對客戶的購買決定最具影響力的因素。[59]而讓自己更有不能被取代的重要性，在商業化的情況下，就成了「創造自己的『獨特賣點』」。

2 本體為具象事物（含有生命／無生命）

例一：

日常生活的家事分工揭露了<u>女人與父權持續且幽微的討價還價</u>。[60]

「討價還價」是商業行為。「女人」、「父權」顯然轉化為買賣雙方，所以會「討價還價」，作者以此勾勒出婚姻中協商的拉鋸，其中，「父權」應為抽象概念。

例二：

七功能打假消息　<u>部會盤點人才</u>[61]

---

58 「品牌」，MBA智庫百科網站，網址：https://wiki.mbalib.com/zh-tw/%E5%93%81%E7%89%8C。

59 「賣點」，MBA智庫百科網站，網址：https://wiki.mbalib.com/zh-tw/%E5%8D%96%E7%82%B9。

60 見藍珮嘉：〈序〉，〔美〕亞莉・霍希爾德（Arlie Hochschild）著，張正霖譯：《第二輪班：那些性別革命尚未完成的事》（新北市：群學出版公司，2017年），頁8。

61 陳熙文報導，聯合新聞網，網址：https://udn.com/news/story/6656/3556045?from=udn-relatednews_ch2，發布日期：2018年12月25日。

「盤點」就是定期或不定期地對店內的商品進行全部或部分的清點，以確實掌握該期間內的經營業績，並因此加以改善，加強管理。[62]而「部會盤點人才」為敘述句，動詞「盤點」將主語（部會）、賓語（人才）都轉化了，「部會」成為商店管理人，「人才」成為商品。

（五）婚戀化

婚姻是社會化的重要一環，愛情是人生中重要的情感，所以自然成為轉化的憑藉，而且與前面探討之親子化有密切的連繫。

本類轉化所蒐集到的本體，有「自然人」、「具象事物（含有生命／無生命）」兩種。

1　本體為自然人

例：

> 前副總統呂秀蓮昨天接受電臺專訪時，形容敗選後，蔡英文總統與臺北市長柯文哲會面是「不忍卒睹」；她說，這場織女會牛郎，卻是「織女很高興，牛郎不想見」。[63]

「織女會牛郎」、「織女很高興」、「牛郎不想見」中，「織女」指的是蔡英文，「牛郎」指的是柯文哲，因此延伸出與戀愛婚姻有關的行為動作與心理狀態。而且因為戀愛婚姻很重視情投意和，然而此則語料卻特別強調「情不投、意不合」，更可見出兩造之間格格不入的情態。

---

62 「盤點」，MBA智庫百科網站，網址：https://wiki.mbalib.com/zh-tw/%E7%9B%98%E7%82%B9。

63 曾薏蘋、張理國報導：〈張酸當副手不如做假日農夫：呂轟蔡柯織女會牛郎　不忍卒睹〉，中國時報新聞網，網址：https://www.chinatimes.com/newspapers/20190103000523-260118，發布日期：2019年1月3日。

2 本體為具象事物（含有生命／無生命）

例一：

<u>學者憂兩岸蜜月期只有半年</u>[64]

「兩岸」指的是臺灣與大陸。兩者之間關係轉化為婚姻，就有「蜜月期」的說法，很生動地表達出兩者重新開始互動、互釋善意的情況。但是，也隱含著「短暫」之意，畢竟，在漫長的婚姻中，蜜月只是剛開始的一個短暫階段，接下來的日常才是長久的。

例二：

有「國會孫燕姿」之稱的林岱樺，被問到「有沒有男朋友」時，會說<u>「有，而且有兩個，一個是高雄，一個是台灣」</u>。[65]

林岱樺是民意代表，「有兩個男朋友」的說法，顯然把高雄、臺灣給婚戀化了。這樣的轉化很鮮明地表現出：高雄、臺灣乃林岱樺的心之所繫。

（六）宗教化

Margaret L. Andersen, Howard F. Taylor《社會學》指出：「宗教是另一個強大的社會化媒介，而且宗教的教誨大幅影響兒童自我認同之建構過程。……宗教社會化影響許多引導成年人如何安排他們的生活

---

64 本內容由法廣中文部提供，網址：https://tw.appledaily.com/new/realtime/20160117/777066/，發布日期：2016年1月17日。

65 〈為了台灣結不了婚？政壇十大單身貴族〉，網路溫度計，網址：https://dailyview.tw/daily/2014/07/26。

之信念。」[66]可見宗教力量之強大。此外，威廉・麥獨孤《社會心理學導論》說道：「在宗教生活中起著主要作用的情緒是羨慕、敬畏和尊敬。」[67]所以，「宗教化」可以傳達出讚美肯定，甚至崇拜的情感。

依據目前蒐集所得，此類轉化的本體，只有「自然人」一類。其原因當是：其他類別之事物、概念，較難讓人們湧生強烈的崇敬之感，因此也就不容易出現宗教化的表現了。

例一：

<u>陳綺貞閉關前最終唱　2萬人搶100票</u>[68]

閉關是指修行者用一段特定的時間，獨自關閉在一個場所內辛勤修行。因此，陳綺貞暫離歌壇充電，能夠被轉化為「閉關」，可見得歌迷充滿的崇拜之情，而且，有閉關就有出關，其中承載著滿滿的期待。

例二：

<u>不小心成為減塑教主</u>，洪平珊：我只是好奇，什麼樣的生活才快樂？[69]

---

66 〔美〕Margaret L. Andersen, Howard F. Taylor著，黃儀娟、齊力譯：《社會學（精華版）》，頁87-88。
67 〔美〕威廉・麥獨孤（William McDougall）著，俞國良、雷靂、張登印合譯：《社會心理學導論》，頁295。
68 張釔泠報導：〈陳綺貞閉關前最終唱　2萬人搶100票〉，自由時報網站，網址：http://ent.ltn.com.tw/news/paper/664686，發布日期：2013年3月25日。
69 游婉琪：〈不小心成為減塑教主，洪平珊：我只是好奇，什麼樣的生活才快樂？〉，網址：http://www.verymulan.com/issue/%E4%B8%8D%E5%B0%8F%E5%BF%83%E6%88%90%E7%82%BA%E6%B8%9B%E5%A1%91%E6%95%99%E4%B8%BB%EF%BC%8C%E6%B4%AA%E5%B9%B3%E7%8F%8A%EF%BC%9A%E6%88%91%E5%8F%AA%E6%98%AF%E5%A5%BD%E5%A5%87%EF%BC%8C%E4%BB%80%E9%

教主指的是宗教的創始者。「不小心成為減塑教主」一句，蒙後省略「洪平珊」，還原之後為：「（洪平珊）不小心成為減塑教主」。洪平珊被轉化為「教主」，其中涵藏的意念是對其減塑主張的肯定。

例三：

「十字架就我來扛吧」　葉俊榮：我也因台大校長離開了[70]

「十字架就我來扛吧」是葉俊榮之語。而此語一出，儼然把自己化成了甘心承擔人類罪惡的耶穌基督，因而幾乎有「殉教／殉道」之意。所以其後還有此言：「葉俊榮：我也因臺大校長離開了」。

（七）武俠化

武俠化是相當具有漢文化色彩的轉化。特別是武俠小說中的代表：金庸小說，其中的種種用詞、典故，是漢語使用者的共同文化財，因此，常成為武俠化的憑藉。

本類轉化所蒐集到的本體，有「自然人」、「具象事物（含有生命／無生命）」兩種。

BA%BC%E6%A8%A3%E7%9A%84%E7%94%9F%E6%B4%BB%E6%89%8D%E5%BF%AB%E6%A8%82%EF%BC%9F-14449.html?subtag_id=73，發布日期：2017年8月10日。

70 林曉雲、吳柏軒報導：〈「十字架就我來扛吧」　葉俊榮：我也因台大校長離開了〉，自由時報，網址：https://news.ltn.com.tw/news/politics/breakingnews/2653100，發布日期：2018年12月25日。

1 本體為自然人

例：

職場大人學／有人的地方，就有江湖！<u>怎樣順利走江湖？你得要有人幫</u>[71]

「有人的地方，就有江湖」乃是用典，典出金庸《笑傲江湖》。因為用此典，所以「職場」被轉化為江湖，而在職場工作、與人相處，就是「走江湖」。「怎樣順利走江湖」蒙後省略主語——你，「你」成為走江湖的江湖中人，此為武俠化。而此轉化，暗藏著職場多風波、處處凶險之意。

2 本體為具象事物（含有生命／無生命）

例一：

<u>劍指華為</u>　美將制定新對策[72]

華為是高科技公司，「劍指華為」承前省略主語——美國。因此「（美）劍指華為」一句，將美國和華為都轉化為武林中人，而「劍指」一詞，鮮明地表達出針對、不懷好意、準備攻擊等意涵。與其後：「美將制定新對策」聯繫起來，意義相當顯明。

---

71 「Yan」：〈【課後心得】職場大人學／有人的地方，就有江湖！怎樣順利走江湖？你得要有人幫〉，大人學有限公司網站，網址：https://shop.darencademy.com/article/view/id/14。

72 楊日興：〈劍指華為　美將制定新對策〉，工商時報，網址：https://ctee.com.tw/news/china/215790.html，發布日期：2020年2月6日。

例二：

對中政策　民進黨將辦「華山論劍」[73]

華山論劍是金庸武俠小說《射鵰英雄傳》及《神鵰俠侶》裡的橋段，描述武林頂尖高手在華山上比試武功。「華山論劍」一詞後來廣泛流傳於華文社會，不論文鬥、武鬥，均被借喻為頂尖高手過招的重要場合。[74] 而此新聞的背景是：面對中生代黨公職人員要求對中國政策進行論辯，民進黨中國事務委員會發言人鄭文燦昨正面回應說，今年度將舉辦九場「對中政策華山會議」，就政治、經濟、社會、安全等面向，廣邀各界甚至藍營學者參與。所以，「民進黨將辦『華山論劍』」一句，將民進黨轉化為武林盟主，因此有資格舉辦「華山論劍」。

（八）犯罪化

此類轉化，會有有犯罪者、受害者，而且，犯罪者、受害者可能分屬不同類別。分類時，乃依據犯罪者來進行分類。

本類轉化所蒐集到的本體，有「自然人」、「具象事物（含有生命／無生命）」兩類。

1　自然人

例一：

警方聲明發布後幾分鐘，內唐亞胡隨即召開記者會，否認涉及

---

[73] 曾韋禎報導：〈對中政策　民進黨將辦「華山論劍」〉，自由時報，網址：https://news.ltn.com.tw/news/politics/paper/682084，發布日期：2013年5月24日。

[74] 參見維基百科。

任何不法，反而指控警方政治追殺，意圖藉此逼他下臺，而他絕不會請辭，揚言繼續捍衛以色列的未來。[75]

內唐亞胡（Benjamin Netanyahu）是以色列歷來在位最久的領導人，面臨三起貪汙案之指控。「指控警方政治追殺」的主語是內唐亞胡，而在此句中，內唐亞胡顯然將自己當成受害者，警方是加害者。

例二：

雖然農委會保證「總量絕沒問題」，強調會維持糧食生產安全，但若農地不斷被各種「毒瘤」侵吞，未來能保證還可維持糧食安全？[76]

此則報導之標題為：「種電　不該是另個農地毒瘤」，因此，「毒瘤」指的是種電，而「侵吞」則是指非法占有公物或他人財物，而「農地」是受害者，所以此為犯罪化。特別值得注意的是：本體「毒瘤」屬於「自然人」的一部分，因此不能歸類為物，而被歸類為自然人。此為本體為自然人中，非常特別的內涵。

2　具象事物（含有生命／無生命）

例一：

你被智慧型手機綁架了嗎？[77]

---

[75] 國際中心報導，聯合新聞網，網址：https://udn.com/news/story/6809/2987488?from=udn-hotnews_ch2，發布日期：2018年2月15日。

[76] 許俊偉：〈「種電　不該是另個農地毒瘤〉，聯合新聞網，網址：https://udn.com/news/story/11321/3193442m，發布日期：2018年6月12日。

[77] 謝明玲：〈你被智慧型手機綁架了嗎？〉，《天下雜誌》第479期，網址：https://www.cw.com.tw/article/article.action?id=5026292，發布日期：2011年8月23日。

「被XX綁架」幾乎成為套語，其中涵藏著強制、不由自主的意涵。而「你被智慧型手機綁架了嗎」，則將「智慧型手機」轉化為挾持者，「你」轉化為人質，其涵意是：「你」不由自主被「智慧型手機」強制行動。

例二：

別為拉下管爺　凌遲大學自治[78]

「管爺」指的是管中閔，「拉下管爺」是不讓管中閔擔任國立臺灣大學校長。此種做法被稱為「凌遲大學自治」，顯然是將干預者轉化為行刑者，「大學自治」被轉化為受刑者，且「凌遲」是最為殘酷的古代刑罰，顯示出此為專制不合理的做法。不過，在此新聞標題中，主語省略了，而看新聞內文，主語應指教育部或政府高層，所以教育部或政府高層也在不覺中，被轉成了施刑者。

（九）運動化

　　Margaret L. Andersen, Howard F. Taylor《社會學》指出：「體育運動也是社會化的媒介之一。經由體育運動，男女皆可藉此習得終身為用的自我概念。……運動還被認為得以傳地其他寶貴價值，如競爭性、工作倫理、公平比賽，以及正確的輸贏態度。」[79]運動比賽是社會生活中重要的一環，其競爭、有規則、有不同場次等特性，廣為大家所熟知，因此很容易達成轉化。

---

[78] 張顏暉：〈別為拉下管爺　凌遲大學自治〉，聯合新聞網，網址：https://udn.com/news/story/11321/2985928，發布日期：2018年2月14日。

[79] 〔美〕Margaret L. Andersen, Howard F. Taylor著，黃儀娟、齊力譯：《社會學（精華版）》，頁88。

本類轉化所蒐集到的本體，有「自然人」、「具象事物（含有生命／無生命）」兩種。

1 本體為自然人

例一：

> 傅達仁為子婚禮　再打一場人生延長賽[80]

傅達仁為著名體育主播，因罹患胰臟癌，在瑞士接受安樂死，過程中曾因欲參加兒子婚禮，而暫延安樂死之日期。「再打一場人生延長賽」一句，承前省略主語──傅達仁。而「（傅達仁）再打一場人生延長賽」之說法，將傅達仁轉化為球員，相當切合其體育主播的身分。

例二：

> 步下投手丘⋯　賴的選項不會只有蔡賴配[81]

「步下投手丘」一句，蒙後省略賴清德。而此處將賴清德轉化為棒球投手，所謂「（賴）步下投手丘」，指的是賴清德率內閣總辭，即將交接卸任。將政治隱喻為球類運動是很常見的，而棒球在臺灣的地位無可取代，因此常以棒球作為轉體。

---

80 林柏年報導：〈傅達仁為子婚禮　再打一場人生延長賽〉，今日新聞，網址：https://www.nownews.com/news/20180211/2700933，發布日期：2018年2月11日。

81 林河名報導：〈步下投手丘⋯　賴的選項不會只有蔡賴配〉，聯合新聞網，網址：https://udn.com/news/story/12702/3590393，發布日期：2019年1月13日。

2　本體為具象事物（含有生命／無生命）

例：

> 全球性大學評鑑起自二○○四年，至今也不過十來年，卻是來勢洶洶，<u>頗有國際高教界奧林匹克之氣勢</u>。每年幾個大型評鑑結果一出，照例是幾家歡樂幾家愁。[82]

奧林匹克運動會是國際目前最高等級的綜合型體育賽事。「頗有國際高教界奧林匹克之氣勢」承前省略主語──全球性大學評鑑。而「（全球性大學評鑑）頗有國際高教界奧林匹克之氣勢」一句，則是將全球性大學評鑑轉化為國際運動賽事，一方面點出其「國際」之特色，再方面可以鮮明地表現出「最高等級競賽」之特質。

（十）醫療化

醫療也是人類源遠流長的行為，會據此形成轉化，也是理所當然的。而且，有趣的是，其中也出現了中西醫俱存的現象。本類轉化所蒐集到的本體，有「具象事物（含有生命／無生命）」、「抽象概念」兩種。

1　本體為具象事物（含有生命／無生命）

例一：

---

82 陳義華撰文，聯合新聞網，網址：https://udn.com/news/story/11321/3188695，發布日期：2018年6月9日。

小英：軌道路網連結　打通任督二脈[83]

此則新聞報導高鐵確定南延屏東之事。蔡英文總統表示，這是臺灣國土整體規劃的問題，可將臺灣西岸高鐵與東岸快捷系統整合起來，連結成快速的軌道路網。任督二脈是中醫理論的一部分，任督二脈在中醫診脈與道家導引養生上相當重要，同時也因武俠小說裡渲染與誇張的描述，如可藉由武功高強之人打通自身的任督二脈等，任督二脈一旦被貫通，武功即突飛猛進，故也成為一般人最為熟知的氣脈名稱。[84]臺灣彷彿被擬人化，而此種軌道路網連結也因此順勢被醫療化，成為「打通臺灣任督二脈」，其中蘊藏的意思，就是臺灣從此突飛猛進。
　　例二：

　　產檢完成！衛福部年底生出長照司[85]

「產檢完成」一句，蒙後省略「衛福部」，所以衛福部被轉化為孕婦，而且接受醫療。因此順勢帶出其後一句：「衛福部年底生出長照司」，在此句中，衛福部不但成為產婦，而且長照司成為即將出生的嬰兒。

83　李容萍、王榮祥、陳柔蓁報導：〈小英：軌道路網連結　打通任督二脈〉，自由時報，網址：https://news.ltn.com.tw/news/life/paper/1316925，發布日期：2019年9月11日。
84　參考百度百科。
85　倪浩倫、張語羚、呂雪彗報導：〈產檢完成！衛福部年底生出長照司〉，中國時報新聞網，網址：http://www.chinatimes.com/newspapers/20170901000356-260114，發布日期：2017年9月1日。

2　本體為抽象概念

例：

> 全教產：優秀生出走　<u>高教已插管</u>[86]

此則新聞與國立臺灣大學是否聘任管中閔一事的時間重疊。因為國立臺灣大學是否聘任管中閔,「卡管」、「拔管」、「插管」之說滿天飛舞。此則新聞關乎教育,全國教育產業總工會的用語是「高教已插管」,一方面有背景因素,再方面也將高教轉化為接受插管治療之病人。其中的涵義是:高教已瀕死。

（十一）賭博化

賭博也是人類源遠流長的活動,其投機、有風險、輸贏等特質相當鮮明,可以造成非常有表現力的轉化,因此這種轉化屢見不鮮。

本類轉化所蒐集到的本體,有「自然人」、「具象事物（含有生命／無生命）」、「抽象概念」三種。

1　本體為自然人

例：

> <u>王金平提「上桌的人都想胡牌」</u>　柯P笑：我不會打麻將[87]

---

[86] 徐如宜、吳佩旻、喻文玟報導,聯合新聞網,網址：https://udn.com/news/story/11311/3159106,發布日期：2018年5月24日。

[87] 邱瓊玉報導,聯合新聞網,網址：https://udn.com/news/story/6656/3568149,發布日期：2019年1月1日。

這段話的背景是：二〇二〇年總統大選備受關注，對於國民黨誰角逐大位，時任高雄市長韓國瑜曾比喻「四人打麻將、一人相公」，更稱有人是相公少一張牌，永遠胡不了牌，引發外界猜測相公究竟是誰。承續這個隱喻，引發出王金平與柯 P（柯文哲）各自的發言，王金平所稱「上桌的人」，應該是指躍躍欲試的潛在候選人，以華人世界最為流行的賭博——麻將，作為隱喻，文化色彩濃郁。

2 本體為具象事物（含有生命／無生命）

例：

大國博奕，小城跟注[88]

此則語料討論中美貿易競爭，此競爭被轉化為賭博。所以，「大國」指的是中美兩大國，被轉化為賭徒，而其競爭有如博奕，有風險勝負等。「小城跟注」之「小城」，指的是香港，「跟注」為賭博用語，指前一個玩家投入賭金後，第二位玩家也下了與第一位玩家相同的賭注。而且全文多處以賭博來比擬，譬如「自中美貿易戰開打，就有意見表示香港將會成為雙方博奕籌碼」、「如今坐到賭桌前的是世界數一數二最大經濟體，她們實力的虛實比例如何，只有她們自己才真正了解，對手和旁觀者僅能按著事實推敲。」

---

[88] 「小柯」：〈大國博奕，小城跟注〉，立場新聞，網址：https://www.thestandnews.com/politics/%E5%A4%A7%E5%9C%8B%E5%8D%9A%E5%A5%95-%E5%B0%8F%E5%9F%8E%E8%B7%9F%E6%B3%A8/，發布日期：2019年8月17日。

3　本體為抽象概念

例：

人生不該梭哈[89]

「梭哈」原為一種撲克牌遊戲，也常伴隨賭注，最後，每位玩家要比牌型的大小以確定贏家，牌最大的玩家贏得所有桌上的賭金。所以，「梭哈」一詞，有「賭博化」的作用，包含了孤注一擲、贏者全拿等含義，當然，還有敗者覆沒這一層。而「人生不該梭哈」，就用否定句的方式，表達了人生不該孤注一擲之意。

（十二）演藝化

所謂人生如戲，戲如人生，而此種看法所及，甚至產生了流行套語：「這是在唱哪一齣？」所以演藝化也是大家熟悉的轉化。

本類轉化所蒐集到的本體，有「自然人」、「具象事物（含有生命／無生命）」兩種。

1　本體為自然人

例一：

想必是歌詞裡「妳讓他叫妳寶貝」的震驚，呼應了此刻的心痛，所以我內心的急智歌王，竟擅自唱起了「我聽見有人叫我

---

[89] 張國洋：〈人生不該梭哈〉，大人學，網址：https://www.darencademy.com/article/view/id/6565，發布日期：2011年10月11日。

長輩」。[90]

「我內心的急智歌王」一句,是將內心的情感轉化為「急智歌王」,因此這位「急智歌王」會「擅自唱起了『我聽見有人叫我長輩』」。這樣的轉化,有效地將「震驚」、「心痛」,轉化為相當富有畫面感的歌唱場景,幽默地自我解嘲。

例二:

聘管!葉俊榮「走捷徑」　未照劇本演[91]

「未照劇本演」承前省略主語——教育部長葉俊榮。葉俊榮並非演員,但是卻稱「未照劇本演」,此為演藝化。如果加以深究,此種轉化的意思是:政府高層對聘管與否另有想法,但是葉俊榮並未照此想法而行,因此是「未照劇本演」。但是之所以要演藝化,其中當有對大學自治是否能落實的針砭。

2　本體為具象事物(含有生命/無生命)

例:

立院攻防　綠擺爛　藍還在演宮廷戲[92]

---

[90] 黃宗慧,聯合新聞網,網址:https://reader.udn.com/reader/story/7044/2996967,發布日期:2018年2月27日。

[91] 丘采薇、鄭媁報導,聯合新聞網,網址:https://udn.com/news/story/12704/3556114,發布日期:2018年12月25日。

[92] 李武忠報導,聯合新聞網,網址:https://udn.com/news/story/7339/2914619,發布日期:2018-01-06。

「藍」指國民黨。「藍還在演宮廷戲」一句,將國民黨轉化為演員,因此可以演「宮廷戲」。而之所以說是「宮廷戲」,有反諷之意,當是因為國民黨與民進黨之草根訴求相較起來,顯得脫離人民。

五 「人性化」之複合運用

　　修辭格有綜合運用的情況。汪麗炎《漢語修辭》針對此點,說道:「根據表達需要,多種修辭格的綜合運用,形式表現也是多種多樣的……大體上分為連用、兼用和套用三種形式。」[93]汪麗炎此語雖是針對一級辭格而發,但是一級辭格之下的二級、三級辭格,也同樣有著類似的情況。

　　就轉化格而言,轉化格是一級辭格,人性化、物性化、神性化、魔性化是二級辭格,本論文所探究之「人性化」下之「自然人化」、「社會人化」是三級辭格。而「自然人化」、「社會人化」常出現複合運用的情形,因此,特立一節加以探究。而底線也因此有不同的用法:首先,「連用」時,所討論的轉化標上底線,其他轉化則標上曲線,交錯出現,其次,因為「兼用」、「套用」都屬於「雙重轉化」,所以標上雙底線,以此標誌。

(一) 連用

　　汪麗炎《漢語修辭》指出:「辭格的連用一般是指同類辭格或異類辭格在一段文字中的連續使用;也指在一段話或一個較長的句子裡,連續地使用了幾種修辭方式,並且這幾種修辭方式之間一般沒有包含或者融合的關係,僅僅只是一個連接一個地使用。」[94]在本論文

---

93 見汪麗炎:《漢語修辭》(上海市:上海大學出版社,2001年2月),頁299。
94 見汪麗炎:《漢語修辭》,頁300。

所探討的「人性化」中，連用的情況屢見不鮮。

例一：

　　伴著老歌，長輩心底的小女孩，<u>流下了老淚</u>。[95]

「長輩」指不再年輕的自己，而已非少年、卻不想長大的心情被轉化為小女孩，成為「長輩心底的小女孩」。然而有趣的是，這位小女孩卻「流下了老淚」，等於是又被轉化為老人。而渴望青春／恐懼老去的糾結，就在此雙重轉化中表現了出來。此轉化為「連用」：先轉化為小女孩，後轉化為老人。

例二：

　　<u>腹背受敵的三星</u>，眼看這塊全球數一數二的市場大餅，就要被整碗捧走，想必會亟思挽救策略，<u>至於會祭出什麼招式</u>，也備受市場矚目。[96]

腹背受敵是指前、後都受到敵人的攻擊。三星是一家國際企業，卻稱為「腹背受敵」，可見得也是將商場比擬為戰場，三星宛如軍隊。此外，其後有「眼看這塊全球數一數二的市場大餅，就要被整碗捧走，想必會亟思挽救策略」一段，是轉化為自然人。最後，「至於會祭出什麼招式」則是武俠化，意謂三星會用什麼策略反擊。所以此則語料先將三星戰爭化，其次自然人化，最後武俠化。

---

[95] 黃宗慧報導，聯合新聞網，網址：https://reader.udn.com/reader/story/7044/2996967，發布日期：2018年2月27日。

[96] 何佩儒報導，聯合新聞網，網址：https://udn.com/news/story/11316/3079350，發布日期：2018年4月11日。

例三：

<u>交大、陽明聯姻遇3隻攔路虎</u>　新校長遴選恐有變數[97]

「交大、陽明聯姻遇3隻攔路虎」是一連動句。交大、陽明一直有併校之議，此併校之事，被轉化為婚姻之事，因此有「交大、陽明聯姻」之語。而攔路虎原指攔路搶劫的匪徒，後來比喻阻礙前進的人或事物。[98]所以併校時出現波折，被稱為「遇3隻攔路虎」，併校之議又被轉化為行路之事了，此為自然人化。

例四：

肉包鐵！<u>殺死大學生凶手</u>　專家：姓摩、名托車[99]

欲分析此則語料，可先就「專家：姓摩、名托車」來看，在此，摩托車被轉化為姓摩、名托車的人，此為轉自然人。因為摩托車被轉化為自然人了，所以能呼應前面一句「殺死大學生凶手」，而「殺死大學生凶手」則可視作「摩托車（自然人）」被轉化了，成為犯罪者，此為轉「社會人（犯罪化）」。因此，此則語料出現轉化之連用。[100]

97　章凱閎報導，聯合新聞網，網址：https://udn.com/news/story/11320/3670871，發布日期：2019年2月28日。

98　參考教育部國語辭典。

99　呂家輝報導：〈肉包鐵！殺死大學生凶手　專家：姓摩、名托車〉，TVBS新聞網，網址：https://news.tvbs.com.tw/fun/1056864，發布日期：2018年12月30日。

100　此則報導內文中，有「『肉包鐵』的機車是成為致死的主要凶器」之說法。此種說法則是將機車物性化為「主要兇器」。可見得作者欲表現出摩托車為致死主因，運用了多種轉化法。

例五：

巴巴兒雙手奉上眼前，結果一點不感興趣的狀況所在多有；即便能得貓皇垂青，也往往過了數天到一周的蜜月期後，便立即棄若敝屣。[101]

「貓皇」一詞，顯然是將貓帝王化了，以此顯示出貓在心中的重要價值。然而，接著的「垂青」、「也往往過了數天到一周的蜜月期後」，則顯然是婚戀化了，也是強調出對此貓的濃厚情感。最後，「便立即棄若敝屣」的說法，則又是轉為自然人了，也就是傳統的人性化。此段文字連用三種轉化，其作用無非是傳達出對貓的看重與情感。

（二）雙重轉化

雙重轉化是指在同時出現了兩種轉化，而且有「兼用」、「套用」兩種。汪麗炎《漢語修辭》說明道：「辭格的兼用主要是說一種表達形式兼有多種修辭格；或者兩種修辭方式之間有著密不可分的關係，一種修辭形式通過另一種修辭形式來實現，兩種修辭方式融合在一起成為一體。」[102]；「什麼是辭格的套用？一般指在修辭格內又包容著辭格，這樣層層相套，就稱為辭格的套用；或指一段話或一句話，在整體上使用了一種修辭方式，其中各個部份又使用了另一種修辭方式，就叫套用」[103]其下皆有例證。

---

101 葉怡蘭報導，聯合新聞網，網址：https://udn.com/news/story/11319/3953304，發布日期：2019年7月26日。
102 見汪麗炎：《漢語修辭》，頁302。
103 見汪麗炎：《漢語修辭》，頁305。

例一：

「賈新文」做掉多少候選人？第一苦主絕對是他[104]

「賈新文」指的是假新聞，此種「諧音雙關」手法，已然將假新聞轉化為有名有姓的人了。[105]而「『賈新文』做掉多少候選人」一句，則將賈新文轉化為罪犯。因此，此處出現了雙重轉化中之「兼用」：第一重為「假新聞」轉為「賈新文」，此屬轉自然人；第二重為「賈新文」轉為犯罪者，此屬轉社會人。[106]並且，與「賈新文」轉為犯罪者聯繫起來，某政治人物也被轉為被害者，因此有「第一苦主」的說法。

例二：

最新模擬路徑曝光！氣象局：跨年夜要看「颱風」臉色[107]

「跨年夜要看『颱風』臉色」為敘述句。主語「跨年夜」被轉化為自然人，因此會「看臉色」。不只如此，賓語「颱風臉色」中之颱風，也被轉化為自然人，因此有「臉色」。而因為「颱風臉色」是此敘述句──「跨年夜要看『颱風』臉色」之賓語，因此，此應為雙重轉化中之「套用」。

---

104 陳熙文報導，聯合新聞網，網址：https://theme.udn.com/theme/story/6773/3703298，發布日期：2019年3月18日。
105 此為兼格，兼用雙關與轉化。
106 關於「社會人（犯罪化）」之說明，詳見本論文第五節。
107 〈最新模擬路徑曝光！氣象局：跨年夜要看「颱風」臉色〉，自由時報，網址：https://news.ltn.com.tw/news/life/breakingnews/3017076，發布日期：2019年12月22日。

例三：

「NPO 網絡化」是什麼？<u>網絡平台牽動真實社會脈動、激發創新</u>[108]

「網絡平臺牽動真實社會脈動」為敘述句。主語「網絡平臺」可以作出「牽動」之動作，此為人性化。而從賓語「真實社會脈動」，則可見出真實社會也被人性化，因此有脈動。此亦為雙重轉化中之套用。

例四：

北京聯合大學臺灣研究院副院長李振廣表示，<u>民進黨一直在挑動大陸的敏感神經</u>，但是目前未必有足夠的膽量進行實質性修法。[109]

「民進黨一直在挑動大陸的敏感神經」也是敘述句。主語「民進黨」被自然人化，因此可以「挑動」神經。而賓語「大陸的敏感神經」為偏正結構，在此，「大陸」被自然人化了，因此有「敏感神經」。此亦雙重轉化中之為套用。

以上例二至例四皆出現雙重轉化中之「套用」，乃是因為敘述句中的主、賓語都會人性化，而賓語出現了更細緻的人之特徵，譬如前例之臉色、脈動、敏感神經，因此形成了雙重轉化。

---

[108]「CommBorg」：〈「NPO網絡化」是什麼？網絡平台牽動真實社會脈動、激發創新〉，公益交流站：網絡社會學專欄，網址：https://npost.tw/archives/41234，發布日期：2018年2月8日。

[109] 藍孝威報導：〈挑動敏感神經　陸學者嗆綠還不敢加入領土、主權變更等內容〉，中國時報新聞網，網址：https://www.chinatimes.com/newspapers/20171209001237-260118，發布日期：2017年12月9日。

例五：

華視39歲生日　藝人回娘家獻唱[110]

「娘家」是非常常見的詞彙，此中蘊藏的轉化是：將「原生家庭」轉化為「娘」，顯見其中親愛信賴的情感，此為第一重轉化。而「藝人回娘家獻唱」一句，則將「公司」轉化為「娘家」，其中仍然延續了親愛信賴之感，此為第二重轉化。而「藝人回娘家獻唱」是連動句，「回娘家」是其中的一個成份，所以此為雙重轉化中之「套用」。

例六：

訓練營星光閃閃　超級球星灌頂青棒[111]

「訓練營星光閃閃」一句，其中之「訓練營」可視為空間之借代，以此帶出住在訓練營中的青棒球員，而「星光閃閃」則顯然是演藝化了，將之轉化為大明星[112]。其次，「超級球星灌頂青棒」除了仍有演藝化之外，還用了「灌頂」一詞。灌頂是金剛乘儀，當上師向其弟子傳授一種新法門之前，所舉行的宗教儀式。上師以聖水灑在弟子頭頂，以象徵授予力量。[113]因此，超級球星傳授心得，被稱為「灌頂」時，可見得超級球星被擬為上師，而青棒球員被擬為弟子。之所以會

---

110 連昭慈、薛松乾、王又慶報導：〈華視39歲生日　藝人回娘家獻唱〉，華視新聞網，網址：http://news.cts.com.tw/cts/entertain/201010/201010310598140.html#.WfQ-o1uCzX4，發布日期：2010年10月31日。

111 蘇志會報導，聯合新聞網，網址：https://udn.com/news/story/11313/2869623，發布日期：2017年12月12日。

112 有趣的是：「明星」一詞是物性化，將著名的演藝人員轉化為天上閃閃發光的星星。

113 見教育部國語辭典。

產生此種轉化,可見出其中涵藏的虔敬、崇拜之意,讓傳授球技之事,也染上了「神聖」的色彩。所以「超級球星灌頂青棒」出現雙重轉化中之「兼用」。

六　綜合討論

綜合前面的探究,本節總結出「自然人」、「社會人」的內涵與定義,並據此重新闡述「人性化」。

(一) 自然人

「自然人」是本論文的重要術語,此術語借用自法學,然而與民法的著重在法律上的權利能力之內涵不同,本論文之重點在:自然人具有人類的器官、行動、感情、思想。然而,根據前面的探究,「自然人」不只具有人類的器官、行動、感情、思想,還有著其它內涵。

因為自然人可作為轉體,也可作為本體,其下先分別就轉體、本體進行探究,然後規範出自然人的內涵。

1　作為轉體

作為「轉體」,自然人之表現有幾個足堪注意的特點:

(1) 呈現為器官:此轉體可能呈現為器官,譬如:「黑手」(政治黑手可任意伸入大學翻攪)。

(2) 呈現為特指:此轉體可以是「肌肉男」(中美秀肌肉)、「小女孩」(長輩心底的小女孩,流下了老淚)等。此為與通指相對之「特指」。與「社會化」之後的賭徒、教主等不同,其生物特性,還是比較明顯的。

（3）呈現出「生物人」所不可能出現的表現：此轉體出現了「生物人」所不可能出現的表現，譬如：「復活」（從破局到復活）、「回魂」（模糊的藝術　讓臺灣回魂）、「前世今生」（「長照功德說」的前世今生）。

以上三種現象，第一、二種還可以涵納在傳統的人性化的內涵中，但是第三種的內容，就是以往的人性化所不能涵蓋的。

2　作為本體

作為「本體」，自然人之表現有幾個足堪注意的特點：

（1）呈現為器官：此本體可能呈現為器官，譬如：「子宮」（子宮不能等）、「胃」（餓到一定的地步，胃就變得神經質，狠刀刀的，憑空伸出了五根手指頭。它們在胃的內部，不停的推、拉、搓、揉，指法一點也不比沙復明差）。
（2）呈現為內部感覺：此本體可能呈現為內部感覺，譬如：「餓」（餓到一定的地步，胃就變得神經質，狠刀刀的，憑空伸出了五根手指頭。它們在胃的內部，不停的推、拉、搓、揉，指法一點也不比沙復明差）。
（3）呈現為疾病徵象：此本體可能呈現為疾病徵象，譬如：「毒瘤」（農地不斷被各種「毒瘤」侵吞）。

以上三種本體，都是以往所較少注意到的。也都應該納入自然人的內涵。

3　自然人的內涵

綜合自然人在**轉體**與**本體**上的表現，發現了一些以往的人性化的定義中，所未出現的內容。特別是「復活」、「回魂」、「前世今生」等表現，更超出了「生物人」的內涵，所以，「自然人」並不是「生物人」的概念，仍然有著社會化的烙印，只是程度之別而已，所以「自然人」的內涵要重新定義。

本論文之「自然人」是指：具有人類的器官、感覺、行動、感情、思想，以及超自然表現的人。

（二）社會人

「社會人」也是本論文的重要術語。本論文第四節曾說明：「社會人」是指能夠遵循該社會之社會規範的人。而本論文希望能較為全面地看出「社會化」的種種面向，因此涵蓋了其下十二種轉化：「親子化」、「君王化」、「軍事化」、「商業化」、「婚戀化」、「宗教化」、「武俠化」、「犯罪化」、「運動化」、「醫療化」、「賭博化」、「演藝化」。

整合前面的研究，「社會人化」有以下值得注意的特色：

1　符合「角色」特色

轉體為「社會人」時，本體之類別共有三種：「自然人」、「具象事物（含有生命／無生命）」、「抽象概念」。在這十二種社會化中，大部分都出現二至三種本體，可見得這些社會化都已經十分成熟，甚至活躍，因此可以用來做為各種本體的轉化途徑。而關於第一種：本體為「自然人」，可以很鮮明地看出，「自然人」如何成為「社會人」。至於第二、三種：本體為「具象事物（含有生命／無生命）」、「抽象概念」，則可見出人類如何用社會化的眼光，將各式各樣的本體轉化為人。

所以，正如 Margaret L. Andersen, Howard F. Taylor《社會學》所言：「在特定群體內的社會化過程，的確引導著每個人在特定的角色範圍內為所當為」[114]。「角色（role）是指處於社會中某一特定地位因而被社會期待的行為。當你擁有了某特定社會角色，便傾向承擔他人期望。」[115]這樣的社會化的特色，在轉化中表現無遺。本論文中所探討的十二種社會化類型，其表出無一不符合其社會化之後的「角色」特色。

2 文化色彩濃郁

社會與文化是分不開的，因此，社會化帶有濃郁的文化色彩，也是自然而然的。以下幾點特別值得關注：

（1）往往中西文化俱存。譬如：「君王化」、「軍事化」、「商業化」、「婚戀化」、「宗教化」、「運動化」、「醫療化」，都顯示出中西文化俱存的情況。這與「全球化」的影響，應該是密切相關的。

（2）有些很明顯地貫串古典與現代。譬如：「親子化」、「軍事化」、「婚戀化」、「犯罪化」、「醫療化」，都出現了古典與現代的觀念、用詞。

（3）有些具有鮮明之漢文化色彩。譬如：「武俠化」，尤其是金庸武俠小說，已經成為漢文化的共同文化財了。

（4）有些當代色彩鮮明。譬如：「商業化」，商業化雖然也是貫串古今，但是表現與用詞卻很當代，可想而知，當是以往為農業社

---

114 〔美〕Margaret L. Andersen, Howard F. Taylor著，黃儀娟、齊力譯：《社會學（精華版）》，頁80。

115 〔美〕Margaret L. Andersen, Howard F. Taylor著，黃儀娟、齊力譯：《社會學（精華版）》，頁80。

會，雖然也有商業行為，但是規模、深度等，都非現當代商業社會所能及，因此，商業化時，就自然而然地運用了當代的思維與用詞。

3　有兩類出現強烈的褒貶情感

社會化中有著強烈情感並不鮮見，譬如「親子化」的情感往往濃郁親切，而「軍事化」則表現出強烈的競爭意識。不過，「宗教化」、「犯罪化」兩類，特別表現出強烈的褒貶情感，前者為強烈的讚美崇敬、後者為強烈的譴責非議，並且，進一步細究為何有此褒貶之情？主要是本自道德判斷之臧否，其次是對技藝／功能超群者，給予極高讚美。而且，這兩種轉化大部份的本體是「自然人」類，就此或可推斷：自然人最容易讓人們湧生強烈的崇敬或貶斥之感。也可從中得知：吾人對於「人」之期待，與其他萬物是非常不同的。

（三）「人性化」的新闡述

關於「人性化」，有以下的新發現：

1　擴充、深化了本體和轉體的內涵

本論文第二節，曾引用兩位學者對於「人性化」的看法。首先，黃慶萱《修辭學》（增訂三版）認為：「所謂『人性化』就是把人類的心情投射於外物，把外物都看成人類一樣，而加以描述。」[116]其次，黃麗貞《實用修辭學》認為「擬人」就是：「把事物當作有情感、有思想的人類來描寫。事物擬化為人的方法，就是把人類的器官、行

---

116 見黃慶萱：《修辭學》，頁378。

動、感情、思想,給予事物,使事物具有人的『屬性』。」[117]兩位學者提到轉體,皆稱為「人」,提到轉體,則稱為「外物／事物」。

本論文針對「人性化」的考察所得,延續了人性化的精神,但是,擴充並深化了本體和轉體的內涵。

首先,本論文對「自然人」和「社會人」給出了新定義。「自然人」是指:具有人類的器官、感覺、行動、感情、思想,以及超自然表現的人。而「社會人」是指能夠遵循該社會之社會規範的人。

其次,轉體可以是「自然人」、「社會人」,而本體可以是「自然人」、「具象事物(含有生命／無生命)」、「抽象概念」。

2 「人性化」之新定義

根據前面的研究所得,可以得出「人性化」的新定義:「將『自然人／社會人』之轉體給『自然人／具象事物／抽象概念』之本體。」換個說法,就是:「將『自然人／具象事物／抽象概念』之本體,轉成『自然人／社會人』之轉體。」

前言所引王希杰之語:「人是人類認識世界的出發點、一個最常見最常用的參考框架。」堪稱是一語道破「人性化」的精髓。而此新定義充分彰顯了「人性化」的核心精神:以「自我」的角度去看待其他人、事、物,並與之交融。

七 結語

如前言所述:就轉化格而言,「轉化格」是一級辭格,「人性化」、「物性化」、「神性化」、「魔性化」、「通性化」是二級辭格。而本

---

[117] 見黃麗貞:《實用修辭學》,頁120。

論文聚焦於「人性化」下之「自然人化」、「社會人化」進行探究，此「自然人化」、「社會人化」，是三級辭格。

而本論文探討「自然人化」與「社會人化」時，連結「本體」與「轉體」來考察，並蒐羅分析大量當代語料，希望能掌握此修辭之最新進展。最後，綜合前面的探究，總結出「自然人」、「社會人」的內涵與定義，並據此重新闡述「人性化」。

基於「修辭格乃強化認知結果之手段」的觀點，期望能藉此探究，將「人」的內涵、「轉化」的型態與作用，盡可能地呈現。並且，冀望能藉此全幅度地展現出，轉化格中之「人性化」，在表現人類認知結果上，所具備的價值，以及放射出的力量。

參考文獻

一　專書與論文

〔美〕Margaret L. Andersen, Howard F. Taylor 著，黃儀娟、齊力譯：《社會學（精華版）》，臺北市：新加坡商聖智學習亞洲私人公司臺灣分公司，2020年3月第三版，頁80。

〔美〕威廉・麥獨孤（William McDougall）著，俞國良、雷靂、張登印合譯：《社會心理學導論》，臺北市：昭明出版社，2000年5月，頁59。

仇小屏：〈論轉化格中的「神／魔性化」〉，《章法論叢・第十二輯》，臺北市：萬卷樓圖書公司，2018年11月，頁193-217。

仇小屏：〈論轉化格中「物性化」之內涵與意義〉，《章法論叢・第十三輯》，臺北市：萬卷樓圖書公司，2020年12月，頁47-75。

王浩威：《晚熟世代》，臺北市：心靈工坊文化事業公司，2013年，頁133。

王溢嘉：〈序〉，《實習醫師手記》，臺北縣：野鵝出版社，1989年，頁4。

汪麗炎：《漢語修辭》，上海市：上海大學出版社，2001年2月，頁299。

畢飛宇：《推拿》，臺北市：九歌出版社，2013年，頁43。

彭聃齡主編：《普通心理學》修訂版，北京市：北京師範大學出版社，2004年。

黃慶萱：《修辭學》，臺北市：三民書局，2002年10月增訂三版，頁377。

劉振鯤：《法學概論（2010年最新版）》，臺北市：元照出版社，2010年9月第二十版，頁162。

藍珮嘉：〈序〉，〔美〕亞莉・霍希爾德（Arlie Hochschild）著，張正霖譯：《第二輪班：那些性別革命尚未完成的事》，新北市：群學出版公司，2017年，頁8。

二　網路資料

百度百科。

教育部國語辭典。

維基百科。

〈【守護孩子　相信高雄】吳虹疼惜：一個被重工業家暴超過50年的「孩子」〉，上報快訊，網址：https://www.upmedia.mg/news_info.php?SerialNo=51941，發布日期：2018年11月13日。

〈子宮不能等！情纏9年沒結婚共識　田中千繪斷開范逸臣〉，三立新聞網「娛樂中心／綜合報導」，網址：https://www.setn.com/News.aspx?NewsID=262245，發布日期：2017年6月14日。

〈為了台灣結不了婚？政壇十大單身貴族〉，網路溫度計，網址：https://dailyview.tw/daily/2014/07/26。

〈從破局到復活　川普只想演好外交實境秀〉，Yahoo 新聞網，網址：https://tw.news.yahoo.com/%E5%BE%9E%E7%A0%B4%E5%B1%80%E5%88%B0%E5%BE%A9%E6%B4%BB-%E5%B7%9D%E6%99%AE%E5%8F%AA%E6%83%B3%E6%BC%94%E5%A5%BD%E5%A4%96%E4%BA%A4%E5%AF%A6%E5%A2%83%E7%A7%80-224544922.html，發布日期：2018年6月11日。

〈郭董籲後宮別干政　她諷想做皇帝？〉，三立新聞網，網址：https://tw.news.yahoo.com/%E9%83%AD%E8%91%A3%E7%B1%B2%E5%BE%8C%E5%AE%AE%E5%88%A5%E5%B9%B2%E6%94%BF-%E5%A5%B9%E8%AB%B7%E6%83%B3%E5%81%9A%E7%9A%87%E5%B8%9D-123017263.html，發布日期：2019年4月25日。「她」為社民黨召集人范雲。

〈最新模擬路徑曝光！氣象局：跨年夜要看「颱風」臉色〉，自由時報，網址：https://news.ltn.com.tw/news/life/breakingnews/3017076，發布日期：2019年12月22日。

《經理人月刊》編輯部與 RHINOSHIELD 共同撰文：〈經營「個人品牌」不是當乖乖牌！而是創造自己的「獨特賣點」〉，《經理人月刊》，網址：https://www.managertoday.com.tw/articles/view/563，發布日期：2007年1月12日。

「CommBorg」：〈「NPO 網絡化」是什麼？網絡平台牽動真實社會脈動、激發創新〉，公益交流站：網絡社會學專欄，網址：https://npost.tw/archives/41234，發布日期：2018年2月8日。

「Yan」：〈【課後心得】職場大人學／有人的地方，就有江湖！怎樣順利走江湖？你得要有人幫〉，大人學有限公司網站，網址：https://shop.darencademy.com/article/view/id/14。

「小柯」：〈大國博弈，小城跟注〉，立場新聞，網址：https://www.thestandnews.com/politics/%E5%A4%A7%E5%9C%8B%E5%8D%9A%E5%A5%95-%E5%B0%8F%E5%9F%8E%E8%B7%9F%E6%B3%A8/，發布日期：2019年8月17日。

「品牌」，MBA 智庫百科網站，網址：https://wiki.mbalib.com/zh-tw/%E5%93%81%E7%89%8C。

「盤點」，MBA 智庫百科網站，網址：https://wiki.mbalib.com/zh-tw/%E7%9B%98%E7%82%B9。

「賣點」，MBA 智庫百科網站，網址：https://wiki.mbalib.com/zh-tw/%E5%8D%96%E7%82%B9。

「禪理禪趣」：〈理想很豐滿，現實很骨感，青春到底辜負了誰？〉，美日頭條網站，網址：https://kknews.cc/essay/33amq6g.html，發布日期：2017年9月25日。

appledaily 網站，網址：https://tw.appledaily.com/new/realtime/20190103/1494008/，發布日期：2019年1月3日。

Yahoo 網站，網址：https://tw.answers.yahoo.com/question/index?qid=20051231000014KK17208。

王姿琳：〈中、港股狙擊手　新目標是阿里巴巴？〉，《商業周刊》第1559期，網址：http://archive.businessweekly.com.tw/Article/Index?StrId=65508，發布日期：2017年9月28日。

王健壯：〈台灣民主正在倒退走〉，聯合新聞網，網址：https://udn.com/news/story/7340/2928700?from=udn-catelistnews_ch2，發布日期：2018年1月14日。

丘采薇、鄭煒報導，聯合新聞網，網址：https://udn.com/news/story/12704/3556114，發布日期：2018年12月25日。

何佩儒報導，聯合新聞網，網址：https://udn.com/news/story/11316/3079350，發布日期：2018年4月11日。

呂家輝報導：〈肉包鐵！殺死大學生凶手　專家：姓摩、名托車〉，TVBS 新聞網，網址：https://news.tvbs.com.tw/fun/1056864，發布日期：2018年12月30日。

李武忠報導，聯合新聞網，網址：https://udn.com/news/story/7339/2914619，發布日期：2018-01-06。

李春報導：〈李嘉誠告別秀　喊增持自家股〉，聯合新聞網，網址：https://udn.com/news/story/11323/3137866，發布日期：2018年5月11日。

李容萍、王榮祥、陳柔蓁報導：〈小英：軌道路網連結　打通任督二脈〉，自由時報，網址：https://news.ltn.com.tw/news/life/paper/1316925，發布日期：2019年9月11日。

林河名報導：〈步下投手丘⋯　賴的選項不會只有蔡賴配〉，聯合新聞網，網址：https://udn.com/news/story/12702/3590393，發布日期：2019年1月13日。

林柏年報導：〈傅達仁為子婚禮　再打一場人生延長賽〉，今日新聞，網址：https://www.nownews.com/news/20180211/2700933，發布日期：2018年2月11日。

林偉信報導：〈華南王子　新光公主　逆轉准離婚〉，中時電子報，網址：https://tw.news.yahoo.com/%E8%8F%AF%E5%8D%97%E7%8E%8B%E5%AD%90-%E6%96%B0%E5%85%89%E5%85%AC%E4%B8%BB-%E9%80%86%E8%BD%89%E5%87%86%E9%9B%A2%E5%A9%9A-215016505.html，發布日期：2019年1月10日。

林曉雲、吳柏軒報導：〈「十字架就我來扛吧」　葉俊榮：我也因台大校長離開了〉，自由時報，網址：https://news.ltn.com.tw/news/politics/breakingnews/2653100，發布日期：2018年12月25日。

法廣中文部提供，網址：https://tw.appledaily.com/new/realtime/20160117/777066/，發布日期：2016年1月17日。

邱瓊玉報導，聯合新聞網，網址：https://udn.com/news/story/6656/3568149，發布日期：2019年1月1日。

倪浩倫、張語羚、呂雪彗報導：〈產檢完成！衛福部年底生出長照司〉，中國時報新聞網，網址：http://www.chinatimes.com/newspapers/20170901000356-260114，發布日期：2017年9月1日。

徐如宜、吳佩旻、喻文玟報導，聯合新聞網，網址：https://udn.com/news/story/11311/3159106，發布日期：2018年5月24日。

袁　青：〈幸福的味道〉，聯合新聞網，網址：https://udn.com/news/story/7341/2589168，發布日期：2017年7月17日。

國際中心報導，聯合新聞網，網址：https://udn.com/news/story/6809/2987488?from=udn-hotnews_ch2，發布日期：2018年2月15日。

張　加、鄭媁、賴昭穎報導：〈台灣關係法40年／模糊的藝術　讓台灣回魂〉，聯合新聞網，網址：https://udn.com/news/story/12950/3742498，發布日期：2019年4月8日。

張釔泠報導：〈陳綺貞閉關前最終唱　2萬人搶100票〉，自由時報網站，網址：http://ent.ltn.com.tw/news/paper/664686，發布日期：2013年3月25日。

張國洋：〈人生不該梭哈〉，大人學，網址：https://www.darencademy.com/article/view/id/6565，發布日期：2011年10月11日。

張錦弘報導：〈觀察站／太上教育部拔管　讓高教史留下惡例〉，聯合新聞網，網址：https://udn.com/news/story/11311/3112111，發布日期：2018年4月28日。

張顏暉：〈別為拉下管爺　凌遲大學自治〉，聯合新聞網，網址：https://udn.com/news/story/11321/2985928，發布日期：2018年2月14日。

章凱閎報導，聯合新聞網，網址：https://udn.com/news/story/11320/3670871，發布日期：2019年2月28日。

許俊偉：〈「種電　不該是另個農地毒瘤〉，聯合新聞網，網址：https://udn.com/news/story/11321/3193442m，發布日期：2018年6月12日。

連昭慈、薛松乾、王又慶報導：〈華視39歲生日　藝人回娘家獻唱〉，華視新聞網，網址：http://news.cts.com.tw/cts/entertain/201010/201010310598140.html#.WfQ-o1uCzX4，發布日期：2010年10月31日。

陳正健報導：〈想問鼎奧斯卡？李奧納多要演普丁〉，臺灣醒報，網址：https://anntw.com/articles/20160117-Six6，發布日期：2016年1月17日。

陳柏樺：〈旅美6年曾苦坐冷板凳，世大運霸氣贏韓國　台灣籃球狀元陳盈駿　「內心沒有體脂肪」〉，《今周刊》1082期，網址：http://www.businesstoday.com.tw/article/category/154685/post/201709140017，發布日期：2017年9月14日。

陳洛薇報導：〈中美秀肌肉　臺灣自亂淪角力場〉，聯合新聞網，網址：https://udn.com/news/story/11311/3732071，發布日期：2019年4月2日。

陳景寧：〈「長照功德說」的前世今生〉，聯合新聞網，網址：https://udn.com/news/story/11318/2842698，發布日期：2017年11月27日。

陳義華撰文，聯合新聞網，網址：https://udn.com/news/story/11321/3188695，發布日期：2018年6月9日。

陳熙文報導，聯合新聞網，網址：https://theme.udn.com/theme/story/6773/3703298，發布日期：2019年3月18日。

陳熙文報導，聯合新聞網，網址：https://udn.com/news/story/6656/3556045?from=udn-relatednews_ch2，發布日期：2018年12月25日。

曾韋禎報導：〈對中政策　民進黨將辦「華山論劍」〉，自由時報，網址：https://news.ltn.com.tw/news/politics/paper/682084，發布日期：2013年5月24日。

曾薏蘋、張理國報導：〈張酸當副手不如做假日農夫：呂轟蔡柯織女會牛郎　不忍卒睹〉，中國時報新聞網，網址：https://www.chinatimes.com/newspapers/20190103000523-260118，發布日期：2019年1月3日。

游婉琪：〈不小心成為減塑教主，洪平珊：我只是好奇，什麼樣的生活才快樂？〉，網址：http://www.verymulan.com/issue/%E4%B8%8D%E5%B0%8F%E5%BF%83%E6%88%90%E7%82%BA%E6%B8%9B%E5%A1%91%E6%95%99%E4%B8%BB%EF%BC%8C%E6%B4%AA%E5%B9%B3%E7%8F%8A%EF%BC%9A%E6%88%91%E5%8F%AA%E6%98%AF%E5%A5%BD%E5%A5%87%EF%BC%8C%E4%BB%80%E9%BA%BC%E6%A8%A3%E7%9A%84%E7%94%9F%E6%B4%BB%E6%89%8D%E5%BF%AB%E6%A8%82%EF%BC%9F-14449.html?subtag_id=73，發布日期：2017年8月10日。

黃尹青：〈宣示感情狀態　戴戒指的理由和樂趣〉，聯合新聞網，網址：https://udn.com/news/story/7341/2437131，發布日期：2017年5月2日

黃佩君報導：〈銀行收傘？政院設平台盯企業紓困〉，自由時報，網址：https://ec.ltn.com.tw/article/paper/1360998，發布日期：2020年3月24日。

黃宗慧，聯合新聞網，網址：https://reader.udn.com/reader/story/7044/2996967，發布日期：2018年2月27日。

黃宗慧報導，聯合新聞網，網址：https://reader.udn.com/reader/story/7044/2996967，發布日期：2018年2月27日。

楊日興：〈劍指華為　美將制定新對策〉，工商時報，網址：https://ctee.com.tw/news/china/215790.html，發布日期：2020年2月6日。

葉怡蘭報導，聯合新聞網，網址：https://udn.com/news/story/11319/3953304，發布日期：2019年7月26日。

鄒秀明報導，聯合新聞網，網址：https://udn.com/news/story/7270/3000075，發布日期：2018年2月26日。

謝明玲：〈你被智慧型手機綁架了嗎？〉，《天下雜誌》第479期，網址：https://www.cw.com.tw/article/article.action?id=5026292，發布日期：2011年8月23日。

藍孝威報導：〈挑動敏感神經　陸學者嗆綠還不敢加入領土、主權變更等內容〉，中國時報新聞網，網址：https://www.chinatimes.com/newspapers/20171209001237-260118，發布日期：2017年12月9日。

魏國彥：〈綠電簽軍令狀　碳排卻飆新高〉，聯合新聞網，網址：https://udn.com/news/story/11321/2801955，發布日期2017年11月7日。

蘇志畬報導，聯合新聞網，網址：https://udn.com/news/story/11313/2869623，發布日期：2017年12月12日。

蘇詠智報導：〈鍾楚紅、鄭裕玲爭寵　陳自強智慧擺平〉，聯合新聞網，網址：https://stars.udn.com/star/story/10090/2780744，發布日期：2017年10月26日。

論抑揚法與文氣之關係
——以〈滕王閣序〉為例

溫光華

國立東華大學中國語文學系副教授

摘要

　　抑揚法是通過抑筆的收斂與揚筆的張揚，在文意的鋪陳和情感的表達中形成波瀾起伏的效果，進而使文章富有層次感與感染力。本文以抑揚法為核心，旨在探討其在文章中對文氣形成的影響，並以唐代王勃〈滕王閣序〉為主要例證。首先，本文從抑揚法的概念展開，探討其既可用於評價人物與事件，又可發揮欲氣蓄勢的效果，是使文章氣旺神足的一項行文策略。其次，本文透過文本細讀，分析抑揚法在〈滕王閣序〉中的實際應用情形，主要歸結出：「脈絡一貫，結構渾成」、「波瀾迭起，跌宕多氣」及「潛氣內轉，氣韻生動」等三項特點，可見文中運用抑揚法可形成文勢上的波瀾，且「潛氣內轉」可使上下文銜接自如，因而文氣連貫，一氣呵成，展現了駢文柔中帶剛、氣韻生動的藝術特色。透過抑揚法與文氣關係之探索，可彰顯章法對於創作及文章鑒賞的意義，也期許能為〈滕王閣序〉文章風格及美感的探索，開啟較不一樣的觀看視野。

關鍵詞：抑揚法、文氣、章法、滕王閣序、潛氣內轉

一　前言

　　章法是布局安章的行文技巧，也是作家為文之際所展現的邏輯思維及規律，透過章法技巧的探索，則可透顯作品內在思維條理，並可有助於釐辨文章結構所呈現的形式美感，從中觀察作家如何在有意或無意之間運用這些技巧，使作品之布局、運材、措辭等皆能井然有序，且彌縫無隙，達成「首尾周密，表裏一體」[1]的完整性，這不僅屬於創作論探討的範疇，對文學作品鑒賞而言，也同樣具有重要意義。

　　章法本身代表規律，能有俾於文章條理之安排，既可使文意承接更為完密順當，也有增進表達的效果，這自然可能影響文章整體的風格。就以本論文所關注的抑揚法來說，其屬於映襯家族之章法，[2]是在映照、對比的關係中，形成文意的相對及文勢的變化，這種相對性，既有映襯美感，也往往能形成文章內部的張力，進而使文氣起伏，跌宕生姿，豐富文學作品的表現力。

　　本論文著眼於抑揚法，嘗試探討其如何在聯絡律／連貫性的文章理則下，透過意念的相對、相反、相成而開展文意，構成張力，進而蘊生文氣，這種寫作手法及藝術構思的探索，亦當能有助於掌握文學風格及美感。[3]本論文除針對抑揚章法相關概念及文學表現進行闡

1　此語出自《文心雕龍‧附會》，引見王師更生：《文心雕龍讀本‧附會第四十三》，臺北市：文史哲出版社，1991年9月，下冊，頁244。

2　如陳師滿銘指出：「各章法單元之間，也些會呈現映照、對比的關係，有些則會呈現襯托、調和的關係，總括來說，這類章法皆是通過對比或調和的方式，構成相互映對的關係，故稱之為『映襯家族』。」其中所列舉正反法、立破法、抑揚法、眾寡法、張弛法等，均屬於映襯家族之章法。詳參見陳滿銘：《篇章修辭學》（福州市：海風出版社，2005年2月），上冊，第四章，頁258-268。

3　如蒲基維指出：「分析辭章之『主題』、『意象』、『修辭』、『文法』、『章法』所內含

述,並且將以初唐王勃所作駢文名篇〈秋日登洪府滕王閣餞別序〉一文為實例,分析文章中抑揚法的運用及文氣表現,從中也可印證駢體「潛氣內轉」的藝術特質。

二　「抑揚」的章法概念及其文學表現

「抑揚頓挫」通常用來指詩文作品或音樂歌曲之聲調高低轉折富於變化又具有節奏感,「抑揚」可以指聲調的高低起伏,或者平聲與仄聲字的交錯運用,[4]「頓挫」則多用於節奏方面,此等均得透過誦讀而感知;但就章法上而言,「抑揚」則有多重意涵,直接就詞義面上來看,是「指貶抑和頌揚,藉以論人議事,以形成結構」,[5]這樣的抑揚,旨在進行評價,或貶或褒,或毀或譽,是作家對人事情感態度的展現。從以往古文家的梳理略可見此法運用概況,如歸有光(1507-1571)《文章指南》歸納文章體則若干條,其中針對「抑揚則」云:

> 人非聖人,孰能無過,苟非至惡,未必無一長可取,故論人者,雖不可恕人之惡,亦不可沒人之善,抑而須揚,揚而須抑,方為公論。然抑揚之法,用處卻有不同。[6]

此說即指出對人物有所評論時,抑惡揚善應正反兩面兼顧,方為公允之論,並隨後列出抑揚法運用時機有「先抑而後揚」、「先揚而後

的氣蘊,對於透視辭章整體的風格有莫大的幫助。」引見蒲基維:《辭章風格教學新論》(臺北市:萬卷樓圖書公司,2005年11月),頁61。
4 　關於「抑揚」名義的闡述,可詳參仇小屏:《文章章法論》(臺北市:萬卷樓圖書公司,1998年11月),頁291-302。
5 　引見陳滿銘:《篇章修辭學》,頁259。
6 　引見〔明〕歸有光:《文章指南》(臺北縣:廣文書局,1985年10月),頁9。

抑」、「抑揚並用」、「揚中之抑」、「抑中之揚」等狀況及篇名舉例,可見此法實已廣泛運用於古文。宋文蔚(1854-1936)對於「筆法抑揚」,認為是「運調」(運意運筆)之一法,其闡釋云:

> 凡論人之美惡,與事之成敗,其是非得失,必與其人其事相稱,否則非失之太過,即失之不及,作文遇此種題,當知用筆抑揚之法。古人文中議論題多抑揚互用,如權衡之於輕重,乃能不差累黍。
> 文中抑揚調法,最見用筆之妙。[7]

其對於抑揚筆法之見解,也是基於「人之美惡」、「事之成敗」等人事得失之評價而言,並可透見作者運意用筆之妙。

然而本文所指涉的「抑揚」概念,並不僅著眼於褒貶的態度。「抑揚」也可指文意的抑制收斂和縱發張揚,其立意在收與縱之間,旨趣與「開闔」筆法亦有近似之處。[8]柳宗元(773-819)〈答韋中立論師道書〉文中歸納為文筆法有「六欲」,其云:

> 抑之欲其奧,揚之欲其明,疎之欲其通,廉之欲其節,激而發之欲其清,固而存之欲其重,此吾所以羽翼夫道也。[9]

---

[7] 以上引見〔清〕宋文蔚:《評注文法津梁》(臺北市:蘭臺書局,1977年10月),中冊,頁52。

[8] 「揚」對於文意的縱發張揚有類於「開」,「抑」對於文意的抑制收斂有類於「闔」。依據周振甫《文章例話》對「開合」法之闡述云:「先務虛,不接觸正題,就是開;務虛以後歸到正題,就是合。」引見周振甫:《文章例話》(臺北市:蒲公英書局,出版年月不詳),頁143。

[9] 引見〔唐〕柳宗元:〈答韋中立論師道書〉,收錄於《柳河東集》(清欽定四庫全書本・集部・別集二),卷34,頁7。

此處「抑之」、「揚之」與其他「疏之」、「廉之」、「激而發之」、「固而存之」並列,均指文章筆法,且兩兩相對為一組,依陳衍(1856-1937)《石遺室論文》之說以為:

> 「疏之」指接筆言,「廉之」指轉筆言,「激而發之」指開筆,「固而存之」指頓筆。[10]

就筆法之功能而言,「抑之」與「揚之」屬於立意之法,「疏之」與「廉之」屬於運材之法,「激而發之」與「固而存之」屬於布局之法,也從而可見抑筆及揚筆非為論議褒貶人事之意,主要是指文意文勢上的收斂與振發。唐彪(1640-1713)《讀書作文譜》論列「文章諸法」時指出:

> 凡文欲發揚,先以數語束抑,令其氣收斂,筆情屈曲故謂之抑,抑後隨以數語振發,乃謂之揚,使文章有氣有勢,光焰逼人,此法文中用之極多,最為緊要。……世人不知,竟以為其法止可用之評論人物,何其小視此法也。其先揚後抑,反此而觀。[11]

尋繹此段文意,可概括出四項重點:第一,文章可以有「欲揚先抑」(先抑後揚)和「先揚後抑」等不同寫法;第二,「抑揚」法之運用,並不僅侷限於人物之評論;第三,「抑」筆旨在壓抑文意,使情

---

10 引見〔清〕陳衍:《石遺室論文》,此書收錄於王水照:《歷代文話》(上海市:復旦大學出版社,2007年11月),第七冊,頁6728。
11 引見〔清〕唐彪:《讀書作文譜》(臺北市:偉文圖書出版社,1976年11月),卷七,「文章諸法」,頁89-90。

致屈曲，而「揚」筆旨在提舉振發，以張揚氣勢；第四，抑揚法與文氣表現有連帶關係，因為具有提振文勢、生發文氣的效果。唐彪又針對「抑揚」和「頓挫」兩法關係闡釋云：

> 文章無一氣直行之理，一氣直行，則不但無飛動之致，而且難生發，故必用一二語頓之，以作起勢；或用一二語挫之，以作止勢，而後可施開拓轉折之意，此文章所以貴乎頓挫也。若以頓字作住字解，則誤矣。按抑揚者，先抑後揚也；頓挫者，猶先揚後抑之理，以其不可名揚抑，而名頓挫，其實無二義也。[12]

亦可知「抑揚」與「頓挫」之區別，在於頓筆運用先後所造成文勢之表現不同，兩者名異而實同，均用以避免行文過於平直乏味，甚而缺乏生動之氣。不過，以上關於「抑揚」的兩種意涵，也時有結合兼容之意，亦即在收與縱的對比之間，同時寓含褒貶情意。顏智英針對「抑揚法」之界定及運用效果指出：

> 「抑揚法」是針對同一事物，運用貶抑與讚揚的角度來闡述，使兩者之間產生對比與烘托，進而凸顯出褒或貶的態度。……不論是「抑揚並重」或「抑揚偏重」，在文勢上皆會造成一起一伏的波瀾變化。[13]

此一方面凸顯抑揚法運用對比以凸顯褒貶之態度，另一方面也指出抑揚法會造成文勢起伏，形成波瀾。

---

12 引見〔清〕唐彪：《讀書作文譜》，頁90。
13 引見顏智英：《辭章章法變化律研究》（臺北市：萬卷樓圖書公司，2015年9月），第二章〈章法類型及四大律概說〉，頁35。

在此進一步舉一則實例說明。如宋文蔚《評注文法津梁》在「筆法抑揚」一則下所舉《史記·季布欒布傳》的「太史公曰」即可作為一考察實例,據其引文如下:

> 以項羽之氣,而季布以勇顯於楚,身屢典軍搴旗者數矣,可謂壯士。然被刑戮,為人奴而不死,何其下也!彼必自負其才,故受辱而不羞,欲有所用其未足也,故終為漢名將。賢者誠重其死。夫婢妾賤人感慨而自殺者,非能勇也,其計畫無復之耳。欒布哭彭越,趣湯如歸者,彼誠知所處,不自重其死。雖往古烈士,何以加哉![14]

此贊透顯出將季布與欒布兩人並列、對比以立論之深意,前者自重其死,後者重義輕生,不自重其死,確實如宋文蔚所謂「兩人所處各得其當,一語盡之矣,然全不說破,但從語意抑揚中見之」,參其評語之標注,文中「以勇顯於楚」為揚筆,「可謂壯士」又一揚筆,「何其下也」為抑筆,「故終為漢名將」則極力一揚筆,正能呈現抑揚交錯互用的文筆靈活之妙。以上幾處揚筆既有褒讚意,也均兼有振舉文意之用,而抑筆在評議之際,亦兼有收合之意,其先揚後抑、抑後又揚之筆,使前後文意在揚抑縱收之間,得以承接順當,故其綜評云:

> 兩者跡雖不同,各有所處之義,中間欲抑先揚,欲揚先抑,而兩人所處,各得其義之意,自在言外。[15]

---

14 引見〔清〕宋文蔚:《評注文法津梁》,頁52-53。
15 同上註,頁52。

由此，也正可見抑揚法常運用於人物褒貶的基本特性。[16]另依文中所呈現抑揚互用之情形，將此文結構繪表附列如下：

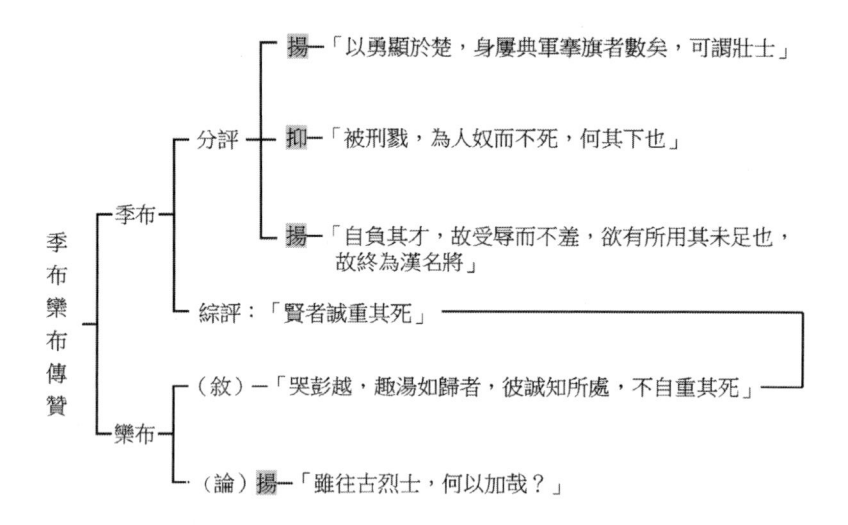

```
                    ┌─ 揚─「以勇顯於楚，身屨典軍搴旗者數矣，可謂壯士」
                    │
            ┌─ 分評 ─┼─ 抑─「被刑戮，為人奴而不死，何其下也」
            │       │
            │       └─ 揚─「自負其才，故受辱而不羞，欲有所用其未足也，
    ┌─ 季布 ─┤                故終為漢名將」
    │       │
季布  │       └─ 綜評：「賢者誠重其死」
欒布 ─┤
傳贊  │       ┌─（敘）─「哭彭越，趣湯如歸者，彼誠知所處，不自重其死」
    │       │
    └─ 欒布 ─┤
            │
            └─（論）揚─「雖往古烈士，何以加哉？」
```

文章中運用抑揚法，可以藉相對、相形之文意以達成相生、相成的效果，並且透過文意與文勢的「開闔」，連繫統貫前後文意，並在迴環往復之際，激生出波瀾。關於「開闔」法的觀念，依據唐彪謂：

> 蓋開闔者，乃於對待諸法中，而兼抑揚之致，或兼反正之致者是也。如賓主、擒縱、虛實、淺深諸法，皆對待者也。……惟對待中，兼有抑揚反正之致，譬如水之逆風，風之逆水，一往一來，激而成文，而波瀾出焉，乃真開闔也。[17]

---

16 如陳佳君〈抑揚法的理論與應用〉一文中指出：「抑揚法不限於運用在人事物景上，但仍以用於人物的褒貶為最多。……尤其可從《史記》中找到許多例子。然而會造成此現象的原因，即在於抑揚法強烈的褒貶特性，運用於人物上更可見此人物的全面性。」文載中國修辭學會、國立臺灣師範大學國文學系編印：《第一屆中國修辭學學術研討會論文集》（1999年6月），頁238-239。

17 引見〔清〕唐彪：《讀書作文譜》，頁82。

「抑」筆有「闔」（束合／收）的作用，而「揚」筆有「開」（展開／縱）的作用，其一反一正，一往一來，在錯綜變化中，發揮「對待」之致，並引生文中之波瀾，成為促成文意起伏的動力。而若是波一生起旋即平息，則當無所謂波瀾可言，是故必然得在「一波未平，一波又起」的接續生發狀態下，方能謂為波瀾，這正如姜夔（1155-1209）所謂：

> 波瀾開闔，如在江湖中，一波未平，一波已作，如兵家之陣，方以為正，又復是奇；方以為奇，忽復是正。出入變化，不可紀極，而法度不可亂。[18]

由此可見「抑揚」、「開闔」正是構成或推助「波瀾」的條件，而文意有了波瀾起伏，轉折處自有起落變化之勢，如此行文生動，文意不致平直，文氣也更能充塞其中。是以林紓（1852-1924）有謂：

> 氣不王，則讀者固索然；勢不蓄，則讀之亦易盡。故深於文者，必欲氣而蓄勢。[19]

此論雖非專就「抑揚」法而言，然「抑揚」法確實能「斂氣而蓄勢」，發揮蘊蓄氣勢的效果，可謂是使文章神旺氣足的一項行文策略。朱榮智針對文氣與文章章法之關係，也指出：

---

18 引見〔宋〕姜夔：《白石道人詩說》，亦收錄於《中國歷代詩話選》（長沙市：岳麓書社，1985年8月），第三卷，頁791。
19 引見〔清〕林紓：《春覺齋論文》，《論文偶記・初月樓古文緒論・春覺齋論文合訂本》（北京市：人民文學出版社，1998年5月），頁76。

> 為了使篇法靈活，古人常用順逆、抑揚、賓主、虛實、正反五法，以使文氣閎肆。……行文貴在變化，文章用筆，有抑有揚，有伏有起，文氣自然會開闊閎肆。[20]

「抑」筆以蓄勢，「揚」筆以展勢，文章布局得以靈活多致，而文氣也在起伏往復之間流動充蘊，暢通不滯。文氣是作家才性及作品辭氣的體現，[21]文氣既能使作品富含生命力，也能透過作家自身的創造力，豐富文章的表現力，形成文學審美特質。[22]

關於抑揚法對構段、布局以及形成文勢所發揮的實質作用，羅廣德指出：

> 抑揚的辯證藝術運用於構段，就是利用抑與揚的節奏錯落，組織布置段落，造成文勢的起伏。
> 「先揚」和「先抑」，多運用於事物矛盾產生之前或人物出場之

---

20 引見朱榮智：《文氣與文章創作關係研究》（臺北市：師大書苑，1988年3月），頁212、217。

21 關於「文氣」之多重意涵，可以指作家才能、性情在作品上的展現，也可以指作品中所展現的辭氣，如鄭毓瑜將「文氣論」分成「作家才性論」及「作品辭氣論」，詳參鄭毓瑜：《六朝文氣論探究》，臺北市：國立臺灣大學出版委員會，1988年6月；又如朱榮智認為「文氣」的涵義是：「一方面是指作者的性情、才學，透過文字的表達，所能顯現出來的藝術形貌，一方面則是指文學作品中所反映出來的作者的生命形相。」引見朱榮智：《文氣與文章創作關係研究》，頁2；另外，張靜二認為：「『氣』則可作『生命力』解。文氣論就是以『氣』的觀念為中心來探討作家、作品與評家三者之間的關係。」可見文氣指作品的生命力，引見張靜二：《文氣論詮》（臺北市：五南圖書公司，1994年4月），頁19。

22 如祁志祥綜合古代文氣說之內涵，指出：「『文氣』是『文學生命力』，那麼這種『文學生命力』體現在哪些方面呢？古人認為，一方面，它是作家生命力的表現，另一方面，它是作家創造力的表現，是作家賦予文學作品的藝術生命。」引見祁志祥：《中國古代文學原理》（上海市：學林出版社，1993年7月），第六章第一節〈文氣說——中國古代的文學生命論〉，頁177。

前。其作用類似於鋪墊法之上墊,即借「先揚」或「先抑」之筆,為後揚或後抑服務,以形成章法布局的曲折錯綜之勢。[23]

此亦可見運用抑揚章法作為鋪墊,可使文意呈現起伏變化,並形成曲折錯綜的文勢。至於文氣要能在起伏往返之間流動,則尚有待脈絡通貫無礙,根據宋文蔚之說謂:

> 一篇之中,其前後中間互相呼應、互相聯合處,即文之脈絡。有脈絡,則篇中神氣往來,流行無滯,行文自然活潑,如人之氣血,行於脈絡之中環轉周身,……文章脈絡貫注,則篇法自然有生動之氣。
> 文之神氣,無形者也,而一篇之脈絡,則可以於字句間求之,脈絡中互相貫注之處,即文章神氣之所在。欲知行文神氣,當先求脈絡,得其脈絡,則文之抑揚往復、頓挫跌宕,皆涌現於紙上矣。[24]

脈絡是文章內在的條理,在文章中發揮連貫文意、使前後呼應的作用,其若隱若現,猶如人體的經絡,文章脈絡通貫,有神氣灌注,就如同人體富含精神和活力,行動因而得以靈動自如。關於章法、脈絡與文氣的關係,方東樹所述甚為具體,其謂:

> 有章法無氣,則成死形木偶;有氣無章法,則成粗俗莽夫。大約詩文以氣脈為上,氣所以行也,脈綰章法而隱焉者也。章

---

[23] 引見羅廣德:《文章章法論略》(呼和浩特市:內蒙古教育出版社,1994年9月),頁187、189。

[24] 引見〔清〕宋文蔚:《文法津梁》,上冊,頁70。

法，形骸也；脈者，所以細束形骸者也；章法在外可見，脈不可見。氣脈之精妙，是為神至矣。[25]

章法顯於外，脈絡行於內，其「細束形骸」，不但是供文氣周行運轉之通路，亦是使文章具有精神的關鍵，可見脈絡概念與文氣及章法之關係密切。故當文章中運用「抑揚往復」、「頓挫跌宕」之法，既可廣開文路，也能使文意呈現出線索清晰、脈絡通貫的特徵，並在往復迴環之間透見文筆變化之妙。

綜合上述可見，文章有脈絡，文意有抑揚，則往復迴環間遂有波瀾，情意轉折處能見起落，此對於文章中文氣之涵養，文勢之蘊蓄也自能發揮效益。

三　〈滕王閣序〉一文中抑揚法的運用及文氣表現

王勃（650-676）〈秋日登洪府滕王閣餞別序〉（以下均簡稱〈滕王閣序〉）一文，[26]雖是在飲宴聚會上應邀為眾賓客所撰寫的詩集序，屬於即席應酬之作，展現王勃信手拈來、敏捷過人的才思；然而也因為文中寫景風情之美、裁對用典之麗，而成為王勃詩作以外的代表作，並被推崇為初唐駢文的名篇，可謂是美文中的精品。

〈滕王閣序〉一文並未沿襲六朝齊梁以降駢儷體製漸趨藻飾，追求華麗濃豔而顯得柔靡的文風，也並不因為即席即興、附庸風雅而落於俗套，而是直書胸臆，寄寓感慨，為遷客騷人不幸的際遇及沈鬱難

---

25 引見〔清〕方東樹：《昭昧詹言》（臺北縣：漢京文化公司，2004年1月），卷一，頁30。
26 〈秋日登洪府滕王閣餞別序〉，篇名亦作〈滕王閣詩序〉，收錄於《王子安集》。本論文所徵引原文，皆根據〔清〕蔣清翊註：《王子安集註》（上海市：上海古籍出版社，1995年11月），此文見於該書卷八，頁229-235，凡以下徵引不另標註頁碼。

喻的心情代筆，充分展現不凡的文思與才情。本文旨在探討抑揚筆法之用，擬以〈滕王閣序〉為例，考察此文中抑揚法的運用及文氣的表現，或能凸顯這篇雖為駢儷之體，卻不流於過度雕琢，而能表現出文氣貫注直下，氣勢壯闊奔放而又能兼具陰柔靈動的風格特點。

先從余誠（約1706-？）《古文釋義》對此文所書寫的一則評語來看：

> 對眾揮毫，珠璣絡繹，固可想見旁若無人之概。而字句屬對極工，詞旨轉折一氣，結構渾成，竟似無縫天衣。縱使出自從容雕琢，亦不得不嘆為神奇，況乃以倉猝立就，尤屬絕無而僅有矣。[27]

此處所評「字句屬對極工」、「從容雕琢」自是駢文體製本身所具備的形式特徵，然其所謂「轉折一氣」、「結構渾成」，則係其辭章經營之才情巧思所致；至於文章如何能在前後承轉中呈現渾然一氣之感，且又如何透過筆法之力，使「文之抑揚往復、頓挫跌宕，皆涌現於紙上」（此據前引宋文蔚之說），則可做為進一步考察的重點。以下分從三方面加以闡述：

（一）脈絡一貫，結構渾成

〈滕王閣序〉前半篇幅描寫滕王閣一地之景，其由地而人及事，再由景入情，鋪敘線索有致，脈絡井然，也相當具有層次，在內容結構上確實能發揮逐步引人入勝的效果。

其一，由地至人，逐層扣題：從「洪府」一地之歷史沿革、地理

---

[27] 引見〔清〕余誠編、呂鶯校注：《古文釋義》（北京市：北京古籍出版社，1998年5月），頁429。

形勢起筆,接著帶入此時此地勝友雲集,高朋滿座的盛況,為一場宴飲聚會揭開序幕:

> 物華天寶,龍光射牛斗之墟;人傑地靈,徐孺下陳蕃之榻。雄州霧列,俊采星馳。臺隍枕夷夏之交,賓主盡東南之美。都督閻公之雅望,棨戟遙臨;宇文新州之懿範,襜帷暫駐。十旬休假,勝友如雲;千里逢迎,高朋滿座。騰蛟起鳳,孟學士之詞宗;紫電青霜,王將軍之武庫。

開頭處先凸顯豫章洪府一地奇寶名士薈萃,再從地而人,人有主、賓,主則是享有清望的都督閻公,賓則是優美風範的宇文刺史,賓又分文士、武將,文士則文采富盛,武將則胸懷韜略,文武齊聚,賓主相迎,齊整的對偶句,發揮並舉、對舉的鋪排功能,極具儀式感,烘托出此次邀宴之不凡以及躬逢勝餞之榮幸。

　　此處為略寫之筆,主要扣住題目中「洪府」二字,交代寫作背景,以下內容,則就「秋日」、「登」、「滕王閣」、「餞別」等關鍵詞,逐一扣題發揮,開展出情景相生之旨。

　　其二,由景入情,逐層低抑:「時維九月,序屬三秋」、「儼驂騑於上路,訪風景於崇阿」是寫赴會時節的三秋之景,以及沿途觀覽之景,並描述登臨閣上,由近而遠,極目眺望之景,此則扣「秋日」、「登」、「滕王閣」而寫:

> 層臺聳翠,上出重霄;飛閣翔丹,下臨無地。鶴汀鳧渚,窮島嶼之縈迴;桂殿蘭宮,即岡巒之體勢。披繡闥,俯雕甍。山原曠其盈視,川澤紆其駭矚。閭閻撲地,鐘鳴鼎食之家;舸艦迷津,青雀黃龍之軸。雲銷雨霽,彩徹區明。落霞與孤鶩齊飛,

秋水共長天一色。漁舟唱晚，響窮彭蠡之濱；雁陣驚寒，聲斷衡陽之浦。

此段是詳寫之筆，呈現觀覽所得，透過視角的移動及次序，先敘閣中所見之景，層臺飛閣之高聳入霄，鶴汀鳧渚之縈繞迴環，宮殿體勢之高低起伏，展現滕王閣當山臨水的壯觀，為近景；其後，再調整視角，開闊觀看視野，書寫閣外所見之遠景，從山原川澤之壯、村落彩船之盛、雨止空明之采、落霞秋水之色，最後至漁唱雁驚之聲，由視覺而聽覺，由實景入虛景，引至呈現遼遠舒闊的想像境界。寫景筆墨至此收合，為闔筆（抑），而「遙襟甫暢，逸興遄飛」以下，由景生情，則為一開筆（揚）：

爽籟發而清風生，纖歌凝而白雲遏。睢園綠竹，氣凌彭澤之樽；鄴水朱華，光照臨川之筆。四美具，二難并。窮睇眄於中天，極娛游於暇日。天高地迥，覺宇宙之無窮；興盡悲來，識盈虛之有數。望長安於日下，目吳會於雲間。地勢極而南溟深，天柱高而北辰遠。關山難越，誰悲失路之人；溝水相逢，盡是他鄉之客。懷帝閽而不見，奉宣室以何年。

此處轉入抒情，透顯遷客騷人聚會於此所產生的「覽物之情」，也使全篇意旨轉趨深沈，「興盡悲來」一句正是全篇承上啟下之樞紐，並開展出糾結難解的人生感懷，其中有宇宙無窮、盈虛有數之生命規律及悲劇意識，也有天地遼闊、人生路遙之孤寂感，而最能引發座中眾多賓客文士共鳴的，則不外乎是懷才不遇、失意客鄉之憂患情懷。

　　此段是酒興詩情揮灑後，對宇宙、對人生、對仕途所興發之感慨，也是使情思低抑的蓄勢待發之筆，自此處以下，情思更趨沈鬱，

是以自白方式為眾文士代言的筆調，敘寫歷來能人才士久處困阨、備受壓抑的命運及精神面貌。故如以下所云：

> 時運不齊，命途多舛。馮唐易老，李廣難封。屈賈誼於長沙，非無聖主；竄梁鴻於海曲，豈乏明時。

此段更引用馮唐、李廣、賈誼、梁鴻等幾位懷才不遇之歷史人物為典實，表達即使太平盛世，明君當朝，懷才蘊德的賢能之士也未必皆能壯志得伸，可見才及盛世不可恃，其「時運不齊」、「命途多舛」的消極思緒，流露於筆端，悲感更顯得難以壓抑，低盪至谷底。對於此處所敘情思，如顧偉列賞析指出：

> 作者正是自如地驅遣歷史典故，以跌宕之筆述志言情，事典繁多但貼切達意，氣勢充暢而語約意豐，展示了抑揚升沉的情感發展軌跡，披露了交織於內心的失望與希望、痛苦與追求、失意與奮進的複雜感情。[28]

其評謂「跌宕之筆」、「抑揚升沉的情感發展軌跡」，正是抑揚筆法所展現的表達效果。

最後，文末點出作序旨意：

> 勝地不常，盛筵難再，蘭亭已矣，梓澤丘墟。臨別贈言，幸承恩於偉餞；登高作賦，是所望於群公。

---

28 引見陳振鵬、章培恆主編：《古文鑒賞辭典》（上海市：上海辭書出版社，1997年7月），上冊，頁847。

不論是「勝地」，或者是「盛筵」，皆終將成為歷史的滄桑，故在文末表達臨別贈言的情意，呼應前云「二難并」，也與開頭段所敘賓主相迎「勝友」、「勝餞」的盛況前後照應，並和題目的「餞別」二字相扣，故整體結構完整，情思逐層遞進，並且承接緊密。

（二）波瀾迭起，跌宕多氣

〈滕王閣序〉從記敘到寫景，由寫景而抒情、敘感，文章開展的條理相當清晰，故結構嚴整，然其文意轉折之間，多有抑揚之變化，故呈現出波瀾起伏的特點，這對於文氣之形成甚有直接關聯。文章從「遙襟甫暢，逸興遄飛」以下的部分，屬於抒情敘感，依其文意所蘊含的抑揚，大致可區分為四組：

1. 第一組抑揚：「遙襟甫暢，逸興遄飛……天高地迥，覺宇宙之無窮」為「揚」筆，是在詩歌酒助興之後，放眼縱觀天地間，故顯得意氣飛揚，頗見壯懷；「興盡悲來，識盈虛之有數……懷帝閽而不見，奉宣室以何年」為「抑」筆，是落回到眼前現實，面對遠謫不得志的遭遇，抒發顛沛失意的悲感。

2. 第二組抑揚：「嗟乎！時運不齊，命途多舛……竄梁鴻於海曲，豈乏明時」又再「抑」一筆，是歎老嗟卑，凸顯才及盛世皆不足恃的無奈之情；「所賴君子見機，達人知命……阮籍猖狂，豈效窮途之哭」為「揚」筆，以見機知命的態度自勵共勉，只要不變操守志節，來年終能有所作為，並藉以勸慰座中賓客。

3. 第三組抑揚：「勃三尺微命，一介書生。無路請纓，等終軍之弱冠」為「抑」筆，表達自己尚無法像終軍得到請纓報國良機；「有懷投筆，慕宗慤之長風……鍾期相遇，奏流水以何慚」為「揚」筆，表述自己對投筆從戎、乘風破浪等壯志的傾慕，頗有

自白襟懷及以昂揚志向互勉之意，令人鼓舞振奮，其後自敘願承受庭訓侍奉父母之願，以及在此結識諸賢、得遇知音之幸。

4. **第四組抑揚**：「嗚呼！勝地不常，盛筵難再，蘭亭已矣，梓澤丘墟」為「抑」筆，表達此情此景難再之憾；「臨別贈言，幸承恩於偉餞……請灑潘江，各傾陸海云爾」則以「揚」筆作結，在文章收束處敬表拋磚引玉之意。

以上從抑揚的角度簡要歸納文意起伏，可見其後半抒情部分蘊含多組抑揚筆法，確實也透見了波瀾迭起、往復迴環之勢，文中抑揚交錯互用的脈絡，不僅展現作者不卑不亢、視野開闊的人生觀，也使文章倍顯沈鬱又不乏豪邁慷慨之氣。在此也可參照余誠《古文釋義》對此篇寫法的分析，相當具體細密，其謂：

> 分閱之，首敘地，次敘人，次敘時，次敘閣中景、閣外景及當秋景，再次敘在閣之會，再次敘樂後生出感慨，再次為凡不遇者慰，再次自敘，再次嘆盛衰不常，及以詩寓吊古意作結，段段各有實意；合讀之，從地說到人，從賓主引入自己，從時敘出閣，從閣中而及閣外，從秋景而及在閣之會，從壯生出悲而為他人慨，復從悲說轉壯而為他人慰，從自敘處困不挫而及以作序為快，從慨嘆勝衰不常而因以詩吊古為結，步步一氣相生，且其間轉折承接，脫卸收束開合，賓主起伏照應，俱於實處自具虛神，讀者當細為尋繹。

尋繹其所謂「轉折承接」、「脫卸收束開合」、「賓主起伏照應」等，正能點出章法運用的特點，也凸顯此文兼用抑揚的效果，及其所呈現「一氣相生」的文學美感；具體而言，其所謂「從壯生出悲而為他人

慨」正是上述第一組揚抑,「復從悲說轉壯而為他人慰」是第二組抑揚,「從自敘處困不挫而及以作序為快」為第三組抑揚,「從慨嘆勝衰不常而因以詩吊古為結」屬於第四組抑揚,均可與以上所歸納各點呼應,以見抑揚法運用之一斑。此外,《古文筆法百篇》評語也指出:

> 此四六體也,平仄要合,對仗要工,段落要明,次序要清,多用古典,詞要藻麗,方有足觀。以法論:首敘天文地理,次敘賢主嘉賓,次敘時令,次敘閣內閣外,似盡矣;乃忽拓開筆勢,將古之失志者感慨一番,又將今之失志者規勉一番,方敘到自己,又自負一番,波瀾壯闊,不是徒了題目者。[29]

此一方面分析本篇的駢體寫作藝術,另一方面也從文章發展脈絡呈現抑揚筆法運用之情形,其所謂「拓開筆勢」應該即是「遙襟甫暢,逸興遄飛」以下的抒情部分,為揚(開)筆,「感慨一番」是抑,「規勉一番」是揚,「自負一番」則又一揚,可見「波瀾壯闊」實為抑揚法交錯迭用,從而蘊蓄文氣、舒展文勢所展現出來的文學效果,此自然也成為賞評〈滕王閣序〉氣韻之美不可忽視的關鍵。

為呈現本篇全文渾然一體的架構特點,另配合上文所述抑揚運用形,加上標注,將結構表附列如下:

---

[29] 此評為《古文筆法百篇》校訂者黃仁黼書於文後之按語,引見〔清〕李扶九:《古文筆法百篇》(臺北市:文津出版社,1978年11月),卷十八,頁209。

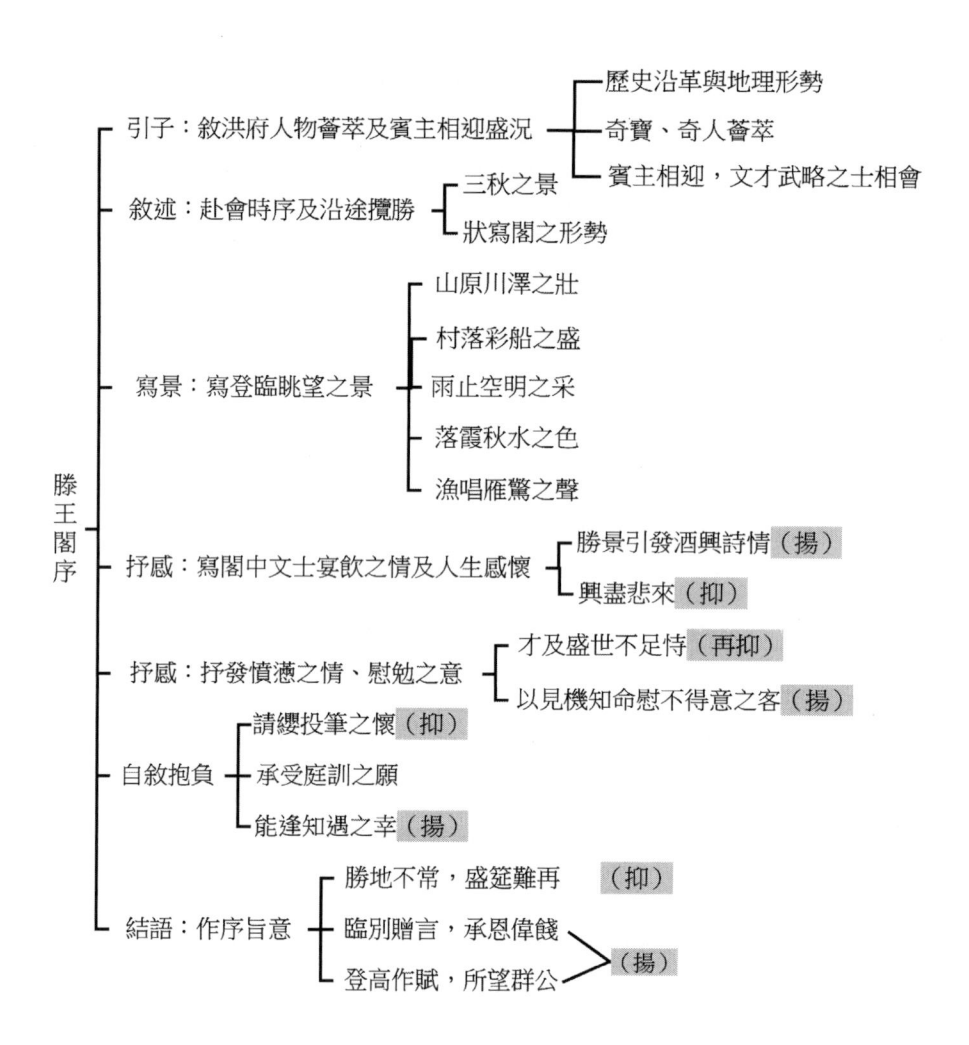

```
                              ┌─ 歷史沿革與地理形勢
      ┌─ 引子：敘洪府人物薈萃及賓主相迎盛況 ─┼─ 奇寶、奇人薈萃
      │                              └─ 賓主相迎，文才武略之士相會
      │                  ┌─ 三秋之景
      ├─ 敘述：赴會時序及沿途攬勝 ─┤
      │                  └─ 狀寫閣之形勢
      │              ┌─ 山原川澤之壯
      │              ├─ 村落彩船之盛
      ├─ 寫景：寫登臨眺望之景 ─┼─ 雨止空明之采
      │              ├─ 落霞秋水之色
滕    │              └─ 漁唱雁驚之聲
王    │                          ┌─ 勝景引發酒興詩情（揚）
閣 ───┼─ 抒感：寫閣中文士宴飲之情及人生感懷 ─┤
序    │                          └─ 興盡悲來（抑）
      │                      ┌─ 才及盛世不足恃（再抑）
      ├─ 抒感：抒發憤懣之情、慰勉之意 ─┤
      │                      └─ 以見機知命慰不得意之客（揚）
      │          ┌─ 請纓投筆之懷（抑）
      ├─ 自敘抱負 ─┼─ 承受庭訓之願
      │          └─ 能逢知遇之幸（揚）
      │              ┌─ 勝地不常，盛筵難再（抑）
      └─ 結語：作序旨意 ─┼─ 臨別贈言，承恩偉餞
                      └─ 登高作賦，所望群公   （揚）
```

（三）潛氣內轉，氣韻生動

六朝自齊梁以降，駢儷之體漸趨藻飾華麗，文氣漸顯柔靡，故行文之間能呈現氣韻，而生氣靈動，往往也是能擺脫離繪浮靡，進而成就佳篇的關鍵要素之一。程美華從駢文角度來看〈滕王閣序〉，以為其文：

> 寫景縱逸多變,具呈恢弘之姿。……全文詞采華贍卻不浮華,而是情文並茂,氣韻生動,氣脈貫通。[30]

可見「氣韻生動」、「氣脈貫通」正是本文能超逸出群的美感特徵。至於氣韻如何生動,氣脈如何貫通,則可進一步從駢體文「潛氣內轉」的角度來檢視。「潛氣內轉」是清代在駢文批評上所運用的術語,朱一新(1846-1894)之觀點當為此說理據之源,其云:

> 駢文自當以氣骨為主,其次則詞旨淵雅,又當明於向背斷續之法。向背之理易顯,斷續之理則微。……惟其藕斷絲連,乃能迴腸蕩氣。……潛氣內轉,上抗下墜,其中自有音節,多讀六朝文則知之。[31]

孫德謙(1869-1935)受朱一新此說影響而悟「潛氣內轉」之理,嘗謂:

> 及閱《無邪堂答問》,有論六朝駢文,其言曰:「上抗下墜,潛氣內轉。」於是六朝真訣,益能領悟矣。蓋余初讀六朝文,往往見其上下文氣似不相接,而又若作轉,不解其故,得此說乃恍然也。[32]

所謂「上抗下墜,潛氣內轉」是指上下語句間之文意落差,是故在句意待銜接處,不運用虛字等連接詞,表面似未相連,卻能使讀者感受

---

30 引見程美華:〈略論駢文之氣——從六朝到初唐四傑〉,《安徽大學學報》(哲學社會科學版)第29卷6期(2005年11月),頁88-89。

31 引見〔清〕朱一新:《無邪堂答問》(北京市:中華書局,2000年12月),卷二,頁91-92。

32 引見〔清〕孫德謙:《六朝麗指》(臺北市:新興書局,1963年11月),頁8。

字面上下文氣的內在轉折，此陽斷陰連之筆法，可使前後銜承緊密，文氣承轉自如，文意自能有自然貫通、一氣呵成之感。此屬於潛性的章句作法，[33]但與氣韻之形成有連帶關係。駢體文章法常有追求自然承轉的特點，亦即其承轉遞進不透過轉折詞，而文意情思仍得以在文氣流轉中層層遞進，這使文章既有外在的形式美，又有內在的情韻美。

〈滕王閣序〉文章前半部分寫景，層層遞進，脈絡井然，在「四美具」亦即良辰、美景、賞心、樂事的助興之下，開展出情景相生的意境，並展現豐富的創作才情；後半部分為抒情，充分運用抑揚筆法，使文意在波瀾迭起，往復迴環之間，使文氣充盈灌注其中，正是所謂「運散文之氣於駢偶之中，嚴整中呈行雲流水之勢」。[34]全文之中，除用「嗟乎」及「嗚呼」各一作為感嘆發語詞，另有「所賴君子見機，達人知命」中「所賴」作為領句之轉折外，其餘均未運用連接詞，然全篇文氣承轉自然，文意一路而下，幾至一氣呵成，確實印證了駢體「潛氣內轉」的特徵。「潛氣內轉」雖原用來指涉六朝文，但在初唐文體沿六朝之習的前提下，[35]用來探索初唐駢體辭章，亦能印證具有同工同妙。

孫德謙《六朝麗指》嘗謂：「六朝駢文即氣之陰柔者也」、「六朝

---

33 關於章法之潛顯，如陳師滿銘謂：「章法有顯性和潛性之分。……語言文字方面的組合銜接方式，是看得見摸得著的，是一種顯性章法。內容的組合和銜接不能直接觀察，是潛性章法。運用一定形式標誌表現出來的章法關係，是顯性章法。不用明顯標誌表現出來的章法關係，是潛性章法。」引見陳滿銘：《章法結構原理與教學》（臺北市：萬卷樓圖書公司，2007年4月），頁124。

34 引見陳振鵬、章培恆主編：《古文鑒賞辭典》（上海市：上海辭書出版社，1997年7月），上冊，頁846。

35 如高步瀛《唐宋文舉要》云：「唐初文體，沿六朝之習，……當時最著者為四傑，其小品猶存齊梁韻味。」詳見高步瀛：《唐宋文舉要》（上海市：上海古籍出版社，1997年5月），乙編，卷一，頁1189。

文體,蓋得乎陰柔之妙矣」,[36]是故相對於散文而言,駢文體製本質較偏於陰柔之美,然而由於〈滕王閣序〉一氣灌注直下,氣勢奔放自然,不僅寫景處予人意境開闊之感,抒情處除沈鬱之氣外,更有壯志慷慨之氣。于景祥從駢文史的角度,評其文謂:「有凌雲之氣,挾風霜之勢,讀之令人奮發」,[37]均可體現其文在柔美之中仍兼具壯闊陽剛美,張仁青對〈滕王閣序〉一文評云:

> 本文興到筆落,不無機調過熟之病,而英思壯采,如光氣騰涌,不可遏止,流離遷謫,哀感駢集,洋溢紙上,固是駢文名作中最傳誦於世者。[38]

其所謂「英思壯采」、「光氣騰涌,不可遏止」、「哀感駢集」,也正是〈滕王閣序〉柔中帶剛、剛中帶柔的風格表現。[39]

四 結語

　　抑揚法屬於映襯類的章法,透過意念的相對、相反、相成而形成

---

36 引見〔清〕孫德謙:《六朝麗指》,頁7-8。另張仁青《中國駢文析論》也指出:「散文得之於陽剛之美,即今世所謂壯美者也,而駢文則得之於陰柔之美,即今世所謂優美者也。」引見張仁青:《中國駢文析論》(臺北市:東昇出版事業公司,1980年10月),頁28。
37 引見于景祥:《中國駢文通史》(長春市:吉林人民出版社,2002年1月),頁537。
38 引見張仁青:《中國駢文析論》,頁137。
39 關於章法對剛柔風格之形成,尚可從「陰陽」及「順逆」的概念著眼,以抑揚法來說,「抑」屬於「陰(柔)」,「揚」屬於「陽(剛)」,當「陰→陽」屬於順向,呈現趨向陽剛的節奏,而當「陽→陰」屬於逆向,呈現趨向陰柔的節奏,而「陰→陽→陰」的轉位,可能強化陰柔的力量;「陽→陰→陽」的轉位,則強化陽剛的力量。此也可用以理解〈滕王閣序〉一文陰柔中兼具陽剛美風格的另一視角。以上說明,可詳參蒲基維:《辭章風格教學新論》,頁68-70。

聯絡，構成張力，並進而蘊生文氣，因此，探討抑揚法與文氣表現的關係，當能有助於掌握文學風格及美感。本文從抑揚法的概念著眼，指出其內涵不僅侷限於對人事的褒貶評價，更可用於文意的收放，使文勢產生起伏變化。抑筆用以收斂情感以蓄勢，揚筆則展現文勢與情感的激發，兩者交迭運用，文章布局得以靈活多致，形成波瀾起伏的效果，這使文章更顯生動，而文氣也在迴環往復之間充盈流動。

本文以〈滕王閣序〉為例進行分析，考察抑揚法在駢體名篇中的具體運用。如文章在描述景物時，先抑筆鋪敘細節作為鋪墊，再用揚筆以壯闊氣勢，使景色描寫層層遞進，展現滕王閣建築物的風華及周圍景致的遼遠舒闊；在抒發情感時，通過對人生失意的低抑與豪壯志向的激揚交錯運用，使情感流露跌宕起伏，波瀾壯闊。此種章法安排，不僅增強了文章的感染力，也深化了主題情思內涵。此外，文中潛氣內轉的運筆方式，即文意轉折隱而不顯的特徵，使上下文情思銜接連貫，文氣流轉自然，一氣呵成，既充分凸顯駢文的藝術特質，也展現柔美之中兼具壯闊陽剛美的藝術魅力。

抑揚法不僅是古典詩文創作中重要的章法技巧，更是使文章氣韻生成的一項關鍵。本文透過抑揚法與文氣關係之探索，彰顯了章法對於創作及文章鑒賞的意義，也期望能藉助章法的切入視角，為〈滕王閣序〉文章風格及美感的探索，開啟較不一樣的觀察視野。

參考文獻

一　傳統文獻

〔唐〕柳宗元：《柳河東集》，清欽定四庫全書本。
〔宋〕姜　夔：《白石道人詩說》，收錄於《中國歷代詩話選》，長沙市：岳麓書社，1985年8月。
〔明〕歸有光：《文章指南》，臺北縣：廣文書局，1985年10月。
〔清〕方東樹：《昭昧詹言》，臺北縣：漢京文化公司，2004年1月。
〔清〕朱一新：《無邪堂答問》，北京市：中華書局，2000年12月。
〔清〕宋文蔚：《評注文法津梁》，臺北市：蘭臺書局，1977年10月。
〔清〕李扶九：《古文筆法百篇》，臺北市：文津出版社，1978年11月。
〔清〕余誠編、呂鶯校注：《古文釋義》，北京市：北京古籍出版社，1998年5月。
〔清〕林　紓：《春覺齋論文》，《論文偶記・初月樓古文緒論・春覺齋論文合訂本》，北京市：人民文學出版社，1998年5月。
〔清〕孫德謙：《六朝麗指》，臺北市：新興書局，1963年11月。
〔清〕唐　彪：《讀書作文譜》，臺北市：偉文圖書出版社，1976年11月。
〔清〕陳　衍：《石遺室論文》，收錄於王水照：《歷代文話》，上海市：復旦大學出版社，2007年11月。
〔清〕蔣清翊註：《王子安集註》，上海市：上海古籍出版社，1995年11月。

二　近人論著

于景祥：《中國駢文通史》，長春市：吉林人民出版社，2002年1月。

王更生：《文心雕龍讀本》，臺北市：文史哲出版社，1991年9月。
仇小屏：《文章章法論》，臺北市：萬卷樓圖書公司，1998年11月。
朱榮智：《文氣與文章創作關係研究》，臺北市：師大書苑，1988年3月。
祁志祥：《中國古代文學原理》，上海市：學林出版社，1993年7月。
周振甫：《文章例話》，臺北市：蒲公英書局，出版年月不詳。
高步瀛：《唐宋文舉要》，上海市：上海古籍出版社，1997年5月。
程美華：〈略論駢文之氣——從六朝到初唐四傑〉，《安徽大學學報》（哲學社會科學版），29卷6期，2005年11月。
張仁青：《中國駢文析論》，臺北市：東昇出版事業公司，1980年10月。
張靜二：《文氣論詮》，臺北市：五南圖書公司，1994年4月。
陳滿銘：《篇章修辭學》，福州市：海風出版社，2005年2月。
陳滿銘：《章法結構原理與教學》，臺北市：萬卷樓圖書公司，2007年4月。
陳振鵬、章培恆主編：《古文鑒賞辭典》，上海市：上海辭書出版社，1997年7月。
中國修辭學會、國立臺灣師範大學國文系編印：《第一屆中國修辭學學術研討會論文集》，1999年6月。
蒲基維：《辭章風格教學新論》，臺北市：萬卷樓圖書公司，2005年11月。
鄭毓瑜：《六朝文氣論探究》，臺北市：國立臺灣大學出版委員會，1988年6月。
顏智英：《辭章章法變化律研究》，臺北市：萬卷樓圖書公司，2015年9月。
羅廣德：《文章章法論略》，呼和浩特市：內蒙古教育出版社，1994年9月。

連結古典與現代的教學策略運用
——以《詩經》的「賦、比、興」開啟學生詩創之鑰

鄭栢彰

勤益科技大學基礎通識教育中心助理教授

摘要

本文採相契於 Grant Wiggins 及 Jay McTighe 所提出「逆向設計」之課程主張為理念,將主題聚焦在引導學生閱讀《詩經》的篇章,然後再將所閱讀篇章轉換為自我創作的養分。其方法與材料,即藉由《詩經》中〈將仲子〉、〈采葛〉及〈摽有梅〉等文本,透過教師的解說賞析與學生的分組討論之同儕激盪效果,以理解古典詩歌所要傳遞之內在情感;其後,再引領學生經由詩歌「賦、比、興」的創作技巧,在教師所設計的「問題引導」下,以現代詩的文體進行構思創作;如舉所閱讀〈采葛〉為例,詩人以「彼采葛兮,一日不見,如三月兮」表達出對無法相見那位采葛之人的思念,那麼學生閱讀後是否有那位思念之人(不一定是意中人,可以是親人、家人、朋友)?學生何時會對那位思念的人觸發思念之意?當學生觸發思念之意時,如何藉由感受陳述或具體事物來表達內心抽象思念?當學生融入問題情境後,即可運用「賦、比、興」的創作技巧,藉由現代詩的文體進行詩歌創作,如此便能將古典與現代一門之隔的詩歌體裁,藉由「賦、比、興」之鑰將其開啟,使學生得以悠遊於詩創的天地以抒情寫意。

最後,學生詩創活動文本,即可作為本文的研究成果,藉此檢視學生「詩創思維書寫脈絡」及「引導中所出現瓶頸」,達到教學相長之效益。

關鍵詞:詩經、國風、賦比興、逆向設計、問題引導、詩創之鑰

一　前言

　　傳統課程以「課堂活動」為出發點（如選材《詩經》著名篇章〈豳風・七月〉[1]為文本，再對所選篇章進行活動設計），然後檢視學生的「學習成果」（如將〈豳風・七月〉講解之後檢視學生的理解情況），最後再確立「課程目標」（如從〈豳風・七月〉的情境裡讓學生體現當時的農業生活）的「順向設計」之思維，如此不免使課程內容與學生日常有所脫節，讓他們對《詩經》產生距離感，甚至將會望而生畏。

　　本文有別於上述傳統「順向設計」的課程，在行文架構上：首先，筆者將闡明課程所採教學策略相契合於 Grant Wiggins 及 Jay McTighe 所提出之「逆向設計」為課程理念，然後依照「逆向設計」的理念，先設定「學生完成一首具情感表達的現代文體之詩歌」為教學目標，接著從學生所完成的教學成果之中，檢視其是否能將個人的所知所感呈現出來，作為「決定可接受的學習結果」，最後再以課程目標與結果的預設為前提，安排與此前提相關的教學活動。復次，當課程理念確立後，筆者將根據前述所設定的教學目標，選取貼近學生理解層次的文本，如《詩經》中〈將仲子〉、〈采葛〉及〈摽有梅〉等，作為課堂閱讀素材，即藉由透過教師的解說、賞析與學生分組討論，使學生理解並熟稔詩人對詩歌「賦、比、興」創作技巧的運用，是如何將內心所要抒發的情感，透過營造烘托的氛圍傳遞給讀者。其後，引領學生經由詩歌「賦、比、興」的創作技巧，在教師所設計的「問題引導」下，以現代詩的文體進行構思創作，並就學生所構思創作的文本作析

---

[1] 詩篇原文，見〔清〕阮元校勘：〈國風〉，《詩經》（臺北市：藝文印書館，1979年3月），《十三經注疏》，第2卷，頁276-286。

論，以檢視課程所安排的教學活動，是否有達到預期成果。

藉此，將古典與現代一門之隔的詩歌體裁，透過「賦、比、興」之鑰將其開啟，使學生得以體會到古典文學的文本素材，實為現代創作之活水源頭。

二　採取「逆向設計」的教學理念

本文理念之設計脈絡，即相契於 Grant Wiggins 及 Jay McTighe 所提出的「逆向設計」之課程主張。茲將「逆向設計」所論及之階段，圖示如下：

```
1. 確認期望的
   學習結果
        ↓
    2. 決定可接受的
       學習結果
            ↓
        3. 設計學習經驗
           及教學活動
```

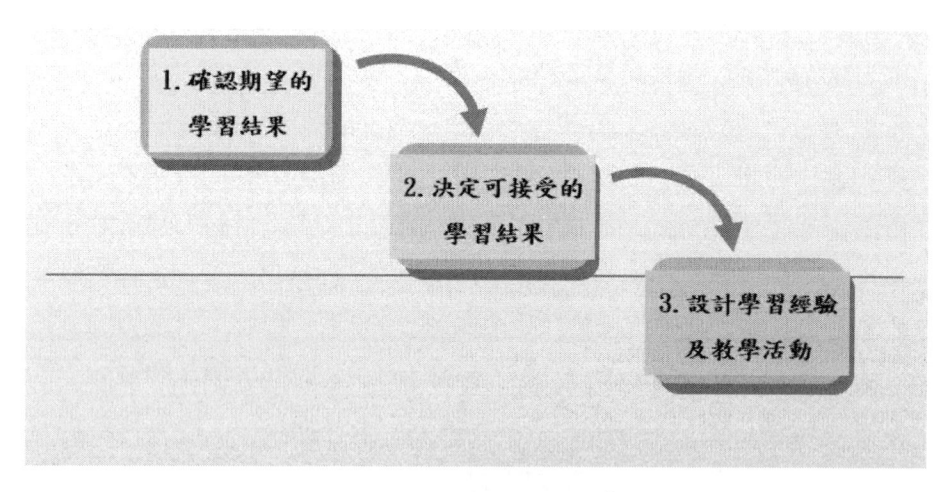

圖一　逆向設計的階段[2]

上圖清楚指出教師在進行課程設計時，應「謹慎陳述期望的結果——優先學習，然後從目標所要求或暗示的學習表現來產生課程。……課程

2　〔美〕Grant Wiggins, Jay McTighe著，賴麗珍譯：《重理解的課程設計》（新北市：心理出版社公司，2018年5月），頁7。本圖係為筆者美編過後的樣式。

設計者在擬定教學目標之後考慮下列問題：有什麼可被視為是這類學習成就的證明？達成這些目標的情況看起來像什麼？所以，什麼是目標所指出的學習表現，而這些學習表現是否構成所有教學應該針對的評量？只有在回答這些問題之後，我們在邏輯上才能產生適當的教學經驗。」[3]據此可知，對於教師的課程設計來說，並非只是為了完成課堂所應授課的教材內容，而是要預先評估學生經由課堂學習之後，可以被期望達到何種的學習效益，然後以此學習效益作為首要考量以設定教學目標；復次，再依所評估之學習效益為前提，將授課的教材內容導入所設定之教學目標，藉以規劃課程的授課內容；最後，將學習效益的教學目標與課程授課內容相互結合，延伸安排相應於目標與內容之學習經驗或教學活動，讓課程從「目標」到「內容」以至於「活動」，相互貫串為一個環環相扣的緊密整體。若此，則教師所開設之課程，即能藉由明確學習效益的目標設定，讓學生經由學習後，清楚檢視是否達到所設定之目標（具備學習效益所產生之理解或能力），然後讓所規劃的教材內容與所安排的課程活動準確對焦，以免流於單方面側重「活動」或「內容」的教學課程，[4]而又再重蹈「學校傳統課程設計的『孿生之惡』（twin sins）。」[5]

由於筆者所授課內容為詩歌，子曰：「小子何莫學夫詩？詩可以興，可以觀，可以群，可以怨」[6]，故期望將詩具「興」、「觀」、「群」

---

3 〔美〕Grant Wiggins, Jay McTighe著，賴麗珍譯：《重理解的課程設計》，頁6。
4 鄭栢彰：〈從文學文本繪製對環境體驗之圖像〉，載《靜宜大學2022教學實踐研究研討會——教學·研究·實踐之共融——論文集》（電子書）（臺中市：靜宜大學教學發展中心，2022年9月），頁75-76。
5 〔美〕Grant Wiggins, Jay McTighe著，賴麗珍譯：《重理解的課程設計·導言》提到：「學校傳統課程設計的『孿生之惡』（twin sins）：活動為焦點的教學和內容為焦點的教學。」，頁xvii。
6 〔清〕阮元校勘：〈陽貨〉，《論語》（臺北市：藝文印書館，1979年3月），《十三經注疏》，第8卷，頁156。

及「怨」的多元功能給彰顯出來。就個己而言,則可從「興」與「群」作為學詩門徑,依循傳統對詩的性質之認知:「詩者,志之所之也。在心為志,發言為詩」[7]面向著眼,亦即「作者的情感意念、憧憬與懷抱、甚至夢想與失落,都是『志』,當他把這些情意用精粹的語言表達出來,就可以稱為詩。詩寫的是我們最私密、幽微的內在感受」[8],而將授課目標設定在掌握詩歌「言志傳情」的此種文體特質。是以筆者所開設課程之規劃:首先,將設定「學生完成一首具情感表達的現代文體之詩歌」為目標,當作所期望達到的教學結果。接著,從學生所完成的教學成果之中,檢視其是否能將個人的所知所感呈現出來,作為「決定可接受的學習結果」。因為「一首寫或印底詩,就它的文字符號而言,只是一種物質底痕跡,就於不識字底人不能算詩,對於識字而不能感到文字後面情味底人也還不能算是詩。一首詩對於一個人如果是詩,必須在他的心中起詩底作用,能引起他的『知』與『感』。他必須能欣賞,而欣賞必須在想像中『再造』(recreate)詩人所寫底境界,再在詩人所傳出底情味中生活一番。所以嚴格地說,詩只存在於創造與欣賞的心靈活動中。欣賞也不是被動地接受,它是再造,所以仍有幾分創造。創造或欣賞的心理活動如果不存在,詩也就不存在」[9]。然後,再以課程目標與結果的預設為前提,安排與此前提相關的教學活動,如:藉由詩人在文本所描繪的事物意象,讓學生揣摩其情感營造;再將學生所揣摩的情感營造,透過學習遷移到個人的生活感知;其後學生在生活感知所營造的情感氛圍當中,運用相關詩創

---

7 〔清〕阮元校勘:〈毛詩序〉,《詩經》,《十三經注疏》,第2卷,頁13。
8 蔡英俊:〈都什麼年代了,為何讀古詩?清大蔡英俊教你詩的語言藝術〉,載《人文・島嶼》電子版,網址:https://humanityisland.nccu.edu.tw/ying-chun-tsai/,發布日期:2022年9月28日,檢索日期:2025年2月7日。
9 朱光潛:《詩論新編》(臺北市:洪範書店,1984年8月),頁4-5。

技巧將此種情感氛圍經由經緯線條的文字呈現出來。

如此一來，教師便能聚焦在授課後所可接受的結果，使之成為修習課程後的真正學習效益，而轉移以講授完成選材文本的內容為重心，讓學生能將所學運用至自身的感知情境之中，進而將其出乎性情之本真予以抒發出來，這樣學生即能從原本教師講授選材文本的客體角色，調整為學生參與感知抒發的主客融合，使學生在創作時以技巧作為初階指引，最後進階到對詩歌文體美感體現的心靈昇華，[10]如是「創造與欣賞都必有綜合底想像，它們的不同在憑藉：創造所憑藉底是人生世相中某一情境的直接底領悟，欣賞所憑藉底是詩人所用為媒介底語文，由此藉助於自己對於人生世相底固有底瞭解，間接地達到那個情境的領悟。人人都有幾分是詩人，所以詩的感受不限於作詩者那一個階級底人們。」[11]

三　《詩經》「賦比興」創作技巧文本引導解說

在確認「逆向設計」的課程設計理念之後，於實際課程的運作當中，會將修課學生四人分成一組（若有餘數，則併組或自成一組），接著即以授課所選取的《詩經》教材文本，引導學生熟悉「賦、比、興」的創作技巧。茲將其分述如下：

---

10 裴普賢：《詩經研讀指導》（臺北市：東大圖書公司，1991年4月），就明確指出：「論語為政篇記載孔子的話說：『詩三百，一言以蔽之，曰思維邪。』無邪就是直。直就是誠，也就是真。易經文言說：『修辭立其誠』，禮記表記也記載：『子曰：情欲信。』這都是說文章貴乎性情之真，而文學以『真』為第一要義。一般地說，真的就是美的，也就是好的」，頁31。筆者此處所論「進階到對詩歌文體美感體現的心靈昇華」，即本於裴氏之說。

11 朱光潛：《詩論新編》，頁5。

(一)「賦」的創作技巧解說文本引導解說

所謂賦者,「詩文直陳其事,不譬喻者,皆賦辭也」[12],朱熹更精確指出「賦者敷陳其事而直言之者也」[13],因此這一創作技巧,即創作者將個人的切身觀感,經由最直接的方式形諸文字表達而出,便能成為一首動人的詩篇。其實,「《詩經》中運用成功的賦體,於抒情、寫景、敘事兼而有之」[14],本文則以「抒情」主題作為課堂引導學生的核心,[15]使其能夠發揮同情共感的學習效益。此處,就以課程選文的〈鄭風·將仲子〉為例,作課程引導的解說。其詩原文載:

將仲子兮、無踰我里、無折我樹杞。豈敢愛之、畏我父母。
仲可懷也、父母之言、亦可畏也。
將仲子兮、無踰我墻、無折我樹桑。豈敢愛之、畏我諸兄。
仲可懷也、諸兄之言、亦可畏也。
將仲子兮、無踰我園、無折我樹檀。豈敢愛之、畏人之多言。
仲可懷也、人之多言、亦可畏也。[16]

此詩為描述「女子拒人求愛之詩」[17],而詩中女子所要拒絕之追求

---

12 〔清〕阮元校勘,〔唐〕孔穎達疏:〈毛詩序〉,《詩經》,《十三經注疏》,第2卷,頁15。
13 〔宋〕朱熹集傳,汪中斠注:〈葛覃〉集傳,《「詩經集傳」附斠補》(臺北市:蘭臺書局,1979年1月),頁3。
14 夏傳才:《詩經語言藝術新編》(北京市:語言出版社出版,1998年1月),頁112。
15 夏傳才:《詩經語言藝術新編》,又提到「抒情的方式多種多樣,總的說,不外直抒胸臆和意在言外兩種基本形式」,頁113。依此,筆者會將課堂上對學生的文本引導置於「直抒胸臆」這方面,使其能夠更容易心領神話。
16 〔清〕阮元校勘:〈國風〉,《詩經》,《十三經注疏》第2卷,頁161-162。
17 屈萬里:《詩經詮釋》(臺北市:聯經出版事業公司,1996年7月),頁135,對〈將仲子〉一詩之注釋。

者，即首句所提及「男子之字」的「仲子」[18]。從詩人所敷陳其事之直言來看，「無踰我里（我墻、我園）、無折我樹杞（樹桑、樹檀）」，明顯是要拒絕男子的追求，然女子之所以拒絕的背後原因，卻是「畏我父母（諸兄、人之多言）」，並非純然出於自我的意願選擇。故而女子最後亦才坦言不諱，道出「仲可懷也、父母之言（諸兄之言、人之多言）、亦可畏也」的心底話，因此才不得不將仲子拒之於門外。

　　這時，學生便可藉由課堂分組的討論，思考：既然女子認為「仲可懷也」，然卻因畏懼家（他）人之言而拒絕了仲子的追求，心中是呈現出何種感受？再者，此種感受詩人在詩中藉由何種場景來表達？最後，讓學生從不同的時空背景裡，尋繹我們所熟知「人言可畏」這句成語今昔意涵為何？上述問題經過討論之後，就會對這首八句三章以複沓章法表現的詩歌，有了討論之後的理解認知：首先，學生即能從詩中女子雖坦承「仲可懷也」，卻因畏懼家（他）人之言拒絕仲子追求，同理到詩人所要表達內心的矛盾情懷，最後在先秦「父母之命，媒妁之言」[19]傳統社會環境下，為免「鑽穴隙相窺，踰牆相從，則父母國人皆賤之」[20]，就只能犧牲自我的意願選擇，斷然拒絕仲子進一步發展的機會。再者，學生亦能就詩裡由外而內的場景轉換當中（「無踰我里」、「無踰我墻」及「無踰我園」），感受到仲子步步向前的殷勤追求，與女子所畏懼的對象由內而外（父母、諸兄到人之多言）形成反差，深怕一旦未經父母之命踰牆相從後，便會在鄉里間會形成負面的公眾輿論，影響了自己或家人的聲譽，將女子內心經矛盾

18　〔宋〕朱熹集傳，汪中斠注：〈螽斯〉集傳，《「詩經集傳」附斠補》，頁48。
19　〔清〕阮元校勘：〈滕文公下〉，《孟子》，（臺北市：藝文印書館，1979年3月），《十三經注疏》，第8卷，頁109。
20　〔清〕阮元校勘：〈滕文公下〉，《孟子》，《十三經注疏》，第8卷，頁109。

牽扯後所做最後拒絕的決定，[21]藉由此種敷陳其事的反差，以加深心中的感觸效果。最後，學生便可瞭解到，原來「人言可畏」係出自於《詩經》當中，女主人翁在未經「父母之命，媒妁之言」的情況下，害怕形成負面輿論而對追求者的拒絕，於是現今才有「人言可畏」一詞，意指「社會輿論力量很大，令人敬畏」[22]。

經由上述的討論所理解詩中之訊息，一則可使學生瞭解到「賦」（直抒切身觀感）的運用，再則亦能讓學生察知如何在「賦」的陳述當中，更有層次地抒發內心的感受。如此，當學生熟稔「賦」的直抒胸臆後，便可將所要表達之情營造場景或形成反差來和盤托出，而樂於將自己的情感寄託於詩歌的文字之中。

（二）「比」的創作技巧解說文本引導解說

所謂「比者，以彼物比此物也」[23]，即將創作者所欲表達之意（此物），透過具有類比性之象徵概念（彼物），來作為感知或情意之傳遞媒介的表現手法。從現代譬喻修辭的理論來看，[24]「比」則會以喻體（此物）、喻詞（如）及喻依（彼物）的完整結構呈現，而在《詩經》篇章對「比」的運用當中，即會將前述的完整結構作樣式變化，是以除了完整結構的「明喻」之外，還有「隱喻」（將喻詞

---

21 此說，參江亞玉等編著：〈將仲子〉，《大學國文選》（臺北市：三民書局，2022年8月），頁14-15。
22 據國家教育研究院：《教育部重編國語辭典（修訂本）》「人言可畏」之解釋，網址：https://dict.revised.moe.edu.tw/dictView.jsp?ID=135986&word=%E4%BA%BA%E8%A8%80%E5%8F%AF%E7%95%8F，檢索日期：2025年2月13日。
23 〔宋〕朱熹集傳，汪中斠注：〈蝃蝀〉集傳，《「詩經集傳」附斠補》，頁4。
24 沈謙：《修辭學》（新北市：國立空中大學出版，1998年10月），即有言：「譬喻，又稱比喻，也就是俗謂的『打比方』，是一種最常見的修辭方法，簡言之，就是「借彼喻此」，頁3。

「如」換成「是」)、「略喻」(省略「喻詞」)及「借喻」(省略「喻體」和「喻詞」,以「喻依」替代「喻體」)。[25]

　　但本文所實施課程的運作當中,為讓學生能迅速掌握詩人技巧運用與情感抒發的境況,並啟發其嘗試創作的學習興趣,課堂將以完整結構的「明喻」作為授課的重點,暫時擱置現代修辭的理論模式,逕自以詩人的感知或情意且結合類比象徵概念,作為從閱讀銜接詩創階段的登堂途徑。於此,即舉課程選文的〈王風・采葛〉為例,作課程引導的說明。其詩原文載:

　　　彼采葛兮,一日不見,如三月兮。
　　　彼采蕭兮,一日不見,如三秋兮。
　　　彼采艾兮,一日不見,如三歲兮。[26]

詩中,詩人對「彼采葛兮」(采蕭、采艾)的意中人,[27]透過漫長時間推移的等待(如三月、三秋或三歲)之象徵概念作為媒介,來將內心所欲表達「一日不見」的思念之意,傳遞給正在閱讀此詩的讀者,使其能感同身受。此時,可引導學生體會到自己所萌生的任何感知或情意,係可藉由外在事物類比象徵概念的覺察,進而將兩者結合以運用於詩作的表達。

　　這時,學生便可藉由課堂分組的討論,思考:我們常聽到的一日三秋,如果回到文本脈絡裡,時間會是多長?再者,詩人對彼意中人

---

25 夏傳才:《詩經語言藝術新編》,即有提到:「《詩經》各篇中運用的比喻,有明喻、隱喻、借喻及比擬。」,頁135。然而,筆者此處所論「明喻」以迄「借喻」之說,係參見沈謙:《修辭學》,頁5-44。

26 〔清〕阮元校勘:〈國風〉,《詩經》,《十三經注疏》,第2卷,頁153。

27 屈萬里:《詩經詮釋》,對〈采葛〉一詩注曰:「此男女相思之詩。」,頁130。

以「一日」與「三月、三秋或三歲」的時間安排，能呈現出何種思念的情緒？最後，一日不見的對象，為何會有采葛、采蕭、采艾的不同？

　　上述問題經過討論之後，就會對這首三句三章以複沓章法表現的詩歌，有了討論之後的理解認知：首先，「一日三秋」在日常所提抽離全詩的解讀上，雖亦可被理解為一年一秋的「一日不見如隔三年」；然在閱讀全詩脈絡之後，可以發現第三章已有「三歲」（三年）的意涵了，所以第二章的「三秋」再解讀為三年，在語意上便會重複，因此若將「秋」解讀為「季節」，三秋為「三季」的九個月，更符合詩中之意。[28]再者，以「一日」與「三月、三秋或三歲」的時間安排，可看出是透過時間層層遞進的方式，來委婉傳遞了詩人對那位意中人的思念，是會隨著時間的推移，而讓思念的情感鬱積地愈為濃厚，如此便能彰顯出詩人企盼見面的言外之意。最後，詩中所思的意中人為何會有采葛、采蕭、采艾的不同？可合理推測，係詩人所思之意中人在不同的時間點做不同的工作，而詩人在思而不得見的情況下，只能藉由遙想其目前所做之事，進而與時間的推移相互連結，以更為真摯懇切地傳遞內心的思念之意，而契合劉勰所言：「且何謂為比？蓋寫物以附意，揚言以切事者也。」[29]

　　經由上述的討論所理解詩中之訊息，一則可使學生瞭解到「比」（情感與事物結合）的運用，再則亦能讓學生察知如何更適切運用「比」來表達內心感受。如此，便可開拓學生詩創內容書寫的思緒，使其原本可能呈現出窒礙閉塞的情狀，在教師引導其將所要傳遞之意，能藉由個人細膩的體察或同儕討論的火花，於日常生活事物當中去尋覓關連性的貫串之後，然後將所捕捉到的類比素材，得以恰如其

---

28 此論，見江亞玉等編著：〈采葛〉，《大學國文選》，頁4注釋3。
29 〔南朝梁〕劉勰著、周振甫注：《文心雕龍注釋》（臺北市：里仁書局，1994年7月），頁569。

分地運用在其寫作當中。當學生熟稔「比」的創作技巧之後,其所要抒發之意,便可悠遊於寬廣的日常事物當中的構思,在其取之不盡、用之不竭的類比概念下,沉浸於詩意情境的探索玩味之中。

(三)「興」的創作技巧解說文本引導解說

所謂興者,孔穎達引鄭康成曰:「托事於物則興者起也。取譬引類,起發已心,詩文詩舉草木鳥獸以見意者,皆興辭也」[30],又朱熹云:「興者,先言他物以引起所詠之詞也」[31],從兩說可知「興」即將詩人所感之情,藉由寄托於外物來起發,進而引為所詠之詞的創作技巧。於此,且以課程選文的〈召南‧摽有梅〉為例,作課程引導的講解。其詩原文載:

> 摽有梅,其實七兮。求我庶士,迨其吉兮。
> 摽有梅,其實三兮。求我庶士,迨其今兮。
> 摽有梅,頃筐墍之。求我庶士,迨其謂之。[32]

創作者主要就外在景物觸發內心之情的寫作聯想,描繪女子見到樹上的梅子落下起興,[33]進而感發個己到適婚之年,[34]企盼眾多未婚男士們

---

30 〔清〕阮元校勘,〔唐〕孔穎達疏:〈毛詩序〉,《詩經》,《十三經注疏》,第2卷,頁15。
31 〔宋〕朱熹集傳,汪中斠注:〈關雎〉集傳,《「詩經集傳」附斠補》,頁1。
32 〔清〕阮元校勘:〈國風〉,《詩經》,《十三經注疏》,第2卷,頁62-63。
33 〔清〕阮元校勘,〔唐〕孔穎達疏:〈摽有梅〉,《詩經》,載:「興也。摽,落也。盛極則隋落者,梅也。尚在樹者七。箋云:興者,梅實尚餘七未落,喻始衰也。」,《十三經注疏》,第2卷,頁63;〔宋〕朱熹集傳,汪中斠注:〈摽有梅〉集傳,《「詩經集傳」附斠補》,曰:「賦也。」頁11。兩者對於此詩的創作技巧之判定有所不同,然筆者就其詩所表達的內容來推論,則採孔穎達之說,將此詩視為是「興」體。
34 黃錦堂編注:《詩經今釋》(臺南市:大夏出版社,1996年3月),於〈摽有梅〉一詩

（庶士）[35]能夠積極主動請人來說媒，以期日後自身有個良好的歸宿。

　　這時，學生便可藉由課堂分組的討論，思考：詩中何以透過「梅」之意象來抒情？再者，女子在詩中意象的營造下，所要抒發內心的何種情感？最後，由詩中所形成「摽梅之年」在今昔心態上有何差異？上述問題經過討論之後，就會對這首四句三章以複杳章法表現的詩歌，有了討論之後的理解認知：女子之所以會藉「梅」來抒情起興，可能隱含著諧音雙關的表現手法；因當時婚嫁必須經過媒妁之言，這樣才能避免女子受人非議；經由合於禮的媒介管道來得以順利覓得良人。再者，詩人在托梅起興的技巧運用當中，亦藉由層遞的烘托氛圍，讓梅子落下由首章「其實七兮」到次章「其實三兮」，以迄終章「頃筐塈之」，將所興之物逐步推進的狀繪，象徵女子隨著年齡漸長，但卻仍然待字閨中，由此所觸發內心的焦慮情感。最後，因這篇詩作而有「摽梅之年」一詞以指「女子已到適婚年齡」[36]，然基於古今社會型態的差異，現代女子或許到了適婚年紀，也可將往昔詩作所呈現出的焦慮之情，調整轉換為現今隨緣而安的自適之感。

　　經由上述的討論所理解詩中之訊息，一則可使學生瞭解到「興」（興物托事以詠詞）的運用，再則亦能讓學生察知如何在「興」的陳述當中，更有層次地藉由烘托氛圍以表達內心的感受。如此，當學生熟稔「興」的聯想創作技巧後，便可發揮其個人的想像力，透過外在事物的觀察將內心的情感作連接，進而激發其對詩創構思的興趣。

「題解」曰：「大意是說女人到了可以嫁丈夫的時候便想出嫁，做這首詩是表明他的意思的。」，頁43。

35 此解，見江亞玉等編著：〈采葛〉，《大學國文選》，頁10註釋3。

36 據國家教育研究院：《教育部重編國語辭典（修訂本）》「摽梅之年」之解釋。網址：https://dict.revised.moe.edu.tw/dictView.jsp?ID=25164&word=%E6%91%BD%E6%A2%85%E4%B9%8B%E5%B9%B4#searchL，檢索日期：2025年2月13日。

四　教師設計「問題引導」開啟學生運用賦比興技巧的詩創之鑰

　　當教師就《詩經》賦比興之創作技巧，在課堂上舉相關文本作介紹與引導後，接著便會以「思念」為抒情主題，請學生創作一首現代詩歌，以誌記你（妳）所思念的那人，來作為開啟詩創之鑰的書寫方向。

　　在此書寫方向下，教師將以問題引導的方式，讓學生依照步驟從自我成長的經驗事物之中，去觸發表達內心真切情感的題材。詩創前的問題引導，教師會扣合上節所提課堂閱讀引導的〈采葛〉為例，點出詩人以「彼采葛兮，一日不見，如三月兮」表達出對無法相見那位采葛之人的思念，那麼你／妳閱讀後是否有那位思念之人（不一定是意中人，可以是親人、家人、朋友）？你／妳何時會對那位思念的人觸發思念之意？當你／妳觸發思念之意時，如何藉由感受陳述或具體事物來表達內心抽象思念？經由這一系列問題的提問，並搭配與課堂主題相關之現代歌曲（如王菲〈我願意〉）的歌詞及旋律作為情境萌生，這樣學生便會開始從腦海當中尋覓那位思念的書寫對象，並在察知何時思念那位對象時，醞釀起那份油然而生的純真之情，然後將所抒發的情感與生活事物作連結。當學生融入問題情境之後，即可在濃郁思念情感的觸發下，運用「賦、比、興」創作技巧，進行現代詩文體的詩創練習活動。在詩創練習活動當中，教師亦隨時會輔助學生進行書寫指引與文字潤飾，學生也在練習活動當中充分將自己的真摯情感予以抒發。茲舉學生所練習之詩創文本，以分析其於課堂選文引導後，其學習遷移之技巧運用概況。且看以下詩篇：[37]

37　此處所引學生詩創之文本，皆以授權書的方式取得學生簽名授權。

〈她〉 簡○羽（四智一丙）
不天天聯絡，卻在我心裡；
不天天見面，卻總在腦海出現；
不天天相伴，卻在生命中，永遠不變。

此詩，篇幅雖然簡短，然卻將表達對象——「她」的思念之情，純然以直抒胸臆的「賦」之技巧呈現地一覽無遺。詩中，透過接觸距離上的由「聯絡」、「見面」到「相伴」之層遞關係的鋪陳其事，表達了自己雖然未能時刻與對方聯繫或同在，但卻抒發了對「她」既充滿縈繞心懷腦海的思念，又領會到此情長久又豈在朝暮的體認，恰如其分地將思念托寄於兩心相印的彼此認定當中。於是創作者所呈現的思念之情，就不再是一種思而不得見的牽繫企盼，而是進一步將其提升到了滋潤生活的甜蜜動力。

再如下列詩章：

〈念〉 張○軒（四慧一甲）
思念如潮水　起伏不定
愛慕如浪潮　波濤洶湧
思念的感覺　苦中帶甜
願時間停止　定格在相見的那天

詩中運用了「比」的創作技巧，將對思念之人的情感譬喻為「潮水」、「浪潮」，以表達對其人之思所觸動內心的情緒變化。然此種情緒變化，作者再以「賦」的方式，直言箇中感受是「苦中帶甜」的，詩句最後「願時間停止定格在相見的那天」，傳遞出了隨著時間的推移，將會讓自己的思念肆無忌憚的蔓延，而抑制思念蔓延的最好方

式，就是期望能夠將時間停止，直到相見那天作者原本思念情緒變化的動盪，才會回隨著時間的繼續運轉而得到心境上的平復。

又如其下詩歌：

〈楓葉〉　林○樺（四智一丙）
鮮紅的葉子，承載著我對外婆的思念
記憶中，她輕聲呼喚
那溫暖的聲音，宛如陽光灑落在飄舞的楓葉上
儘管相隔千里，往日的笑語仍回蕩耳邊
飄落的楓葉，依然在記憶的深處徘徊

詩中，藉由楓葉起「興」，表達了作者對外婆的思念。然作者之所以會由楓葉興起對外婆的思念，或者是出於在某個時間點自己與外婆共賞的場景，或者僅是藉由楓紅葉落的感受而觸發離家思念外婆之感，從詩的內容來看實較不易覓得脈絡，使其隱含著多義性的解讀空間。然卻不影響作者對外婆思念的真實情感傳遞，在詩中陳述的思念裡，有藉由「比」的技巧，傳達了「陽光灑落楓葉」的溫度感受；有透過「賦」的技巧，呈現了「往日笑語回蕩」的歡樂場景，以及「記憶深處徘徊」的點滴過往；藉由「比」、「賦」技巧的情緒融入，交織成一首抒發離鄉思親的動人詩篇。

從上引學生詩創文本的篇章，不難看出其內容已可將《詩經》「賦、比、興」的創作技巧融入其中，並能夠對所思念對象的真摯情感適切地抒發出來，如此實已符合課程所預設「檢視其是否能將個人的所知所感呈現出來」為「決定可接受的學習結果」，也達到了「學生完成一首具情感表達的現代文體之詩歌」之目標。從達到課程目標後作通盤檢視，雖然學生詩創的篇幅較為簡短，但在其經過創作的構

思歷程而完成屬於自我的文本後（即非以敷衍心態應付了事），讓原本對詩創心懷畏懼而裹足不前的學生，在書寫的態度上明顯有了正面效益的轉折，這樣《詩經》就不會因為它是時代久遠的著作，就與現代人產生斷層，相反地如能從中學習到詩的創作技巧，便能夠成為現代詩創的養分，讓古典文學與現代文學相互融為一體，而非將其作截然二分的學習上之直觀認知。

五　結語

　　綜上所述，本文採相契於 Grant Wiggins 及 Jay McTighe 所提出的「逆向設計」之課程主張為理念，將主題聚焦在引導學生閱讀《詩經》的篇章，從個己而言的「興」與「群」作為學詩門徑，然後再將所閱讀的篇章轉換為自我創作的養分。其方法與材料，即藉由《詩經》的〈將仲子〉、〈采葛〉及〈摽有梅〉等文本，透過課堂上教師的解說賞析與學生的分組討論之同儕激盪效果，理解古典詩歌如何藉由「賦、比、興」的運用，以將個己所欲抒發的內在情感傳遞給讀者；其後，再引領學生亦經由詩歌「賦、比、興」的創作技巧，在教師所設計的「問題引導」下，讓學生運用「賦、比、興」創作技巧，並藉由現代詩的文體進行詩創練習，使其將課堂所習得的詩創技巧，透過學習遷移的課程效果，運用於所創作的詩篇當中。如此便能讓古典與現代一門之隔的詩歌體裁，藉由「賦、比、興」之鑰將其開啟，使學生悠遊於詩創的天地之中以抒發詩意之情。最後，學生在詩創活動練習的文本，即可作為本文研究的研究成果，藉此檢視學生「詩創思維書寫脈絡」及「引導中所出現瓶頸」，達到教學相長之效益。

參考文獻

一　古籍

〔南朝梁〕劉　勰著、周振甫注：《文心雕龍注釋》，臺北市：里仁書局，1994年7月。

〔宋〕朱　熹集傳、汪中斠注：《「詩經集傳」附斠補》，臺北市：蘭臺書局，1979年1月。

〔清〕阮　元校勘：《詩經》，《十三經注疏》，第2卷，臺北市：藝文印書館，1979年3月。

〔清〕阮　元校勘：《論語》，《十三經注疏》，第8卷，臺北市：藝文印書館，1979年3月。

〔清〕阮　元校勘：《孟子》，《十三經注疏》，第8卷，臺北市：藝文印書館，1979年3月。

二　專書

朱光潛：《詩論新編》，臺北市：洪範書店，1984年8月。

江亞玉等編著：《大學國文選》，臺北市：三民書局，2022年8月。

沈　謙：《修辭學》，新北市：國立空中大學出版，1998年10月。

屈萬里：《詩經詮釋》，臺北市：聯經出版事業公司，1996年7月。

夏傳才：《詩經語言藝術新編》，北京市：語言出版社出版，1998年1月。

黃錦堂編注：《詩經今釋》，臺南市：大夏出版社，1996年3月。

裴普賢：《詩經研讀指導》，臺北市：東大圖書公司，1991年4月。

〔美〕Grant Wiggins, Jay McTighe著，賴麗珍譯：《重理解的課程設計》，新北市：心理出版社，2018年5月。

三　期刊

蔡英俊：〈都什麼年代了，為何讀古詩？清大蔡英俊教你詩的語言藝術〉，載《人文‧島嶼》電子版，網址：https://humanityisland.nccu.edu.tw/ying-chun-tsai/，發布日期：2022年9月28日，檢索日期：2025年2月7日。

鄭栢彰：〈從文學文本繪製對環境體驗之圖像〉，《靜宜大學2022教學實踐研究研討會——教學‧研究‧實踐之共融——論文集》（電子書），臺中市：靜宜大學教學發展中心，2022年9月，頁73-93。

四　網站

國家教育研究院：《教育部重編國語辭典（修訂本）》「人言可畏」，網址：https://dict.revised.moe.edu.tw/dictView.jsp?ID=135986&word=%E4%BA%BA%E8%A8%80%E5%8F%AF%E7%95%8F，檢索日期：2025年2月13日。

國家教育研究院：《教育部重編國語辭典（修訂本）》「摽梅之年」，網址：https://dict.revised.moe.edu.tw/dictView.jsp?ID=25164&word=%E6%91%BD%E6%A2%85%E4%B9%8B%E5%B9%B4#searchL，檢索日期：2025年2月13日。

系統地學習文言詞彙的有效方法
——「字源系統識字法」的理念與成效介紹*

羅燕玲

香港教育大學中國語言學系助理教授

摘要

「重視經典閱讀」，是現時香港中國語文課程的發展方向；「文道並重」，則是文言篇章學習的總體方針。文言經典對語文學習、文化認識以及品德情意培養方面的正面作用，是無庸置疑的。問題是，文言作品的用詞和表達方式與現代漢語存有距離，如何讓學生破除語言障礙，讀懂文言，以了解和欣賞文言經典之美，是教授文言作品的第一道，亦是最大的難題。

本研究利用漢字象形的特點，配合漢字在本形、本義以及引申義之間的密切關係，開創「字源系統識字法」，借助漢字古文字字形的介紹，引領學生認識漢字字源，並由此為學生組織漢語的詞義系統，以提升學生記認文言詞彙及推測篇章語詞意義的能力。文中將詳細介紹「字源系統識字法」的理念和教學成效，並透過具體字例，講解其運作方法。

關鍵詞：香港、文言文教學、字源學習、詞義系統、漢字文化

---

* 本文為香港政府「語文教育及研究常務委員會」經費資助項目：「源來字有方：利用字源知識系統地提升中學生的文言詞解讀能力」計劃（項目編號：1047-2050-8080-9029-00044）的階段性成果。本文承蒙《章法論叢》兩位匿名評審惠予寶貴意見，使本文之論述更完整，謹此深切致謝。

一　前言

　　與一九七〇年代只強調語文能力訓練、「唯工具論」的教育目標不同，現時香港中國語文科的教學方向，除了重視閱讀、寫作、聆聽、說話和思維等能力培訓，亦著重培養學生對中國文化的認識，[1]而文言閱讀及文學文化的學習，在本地中小學中文課程中，地位亦愈見重要。學校課程檢討專責小組二〇二〇年的報告強調「身為中國人應懂得欣賞中華文化和中國文學」，[2]就此，教育局成立了專責委員會，並就中小學不同的學習階段向學校推薦了適合學生程度的文言經典作品，刊載於教育局網站。[3]教育局並以「文道並重」為總體方針，建議學校在課程內逐步加入相關篇章，以豐富學習內容。[4]然而，本地學生普遍缺乏文言作品的學習興趣，[5]由教師主導、以提供

1　施仲謀：〈香港漢語言文字教育的現狀與展望〉，《語言文字應用》總第22期（1997年2月），頁37-42。據此文考證，一九七〇年香港教育司署設立課程發展委員會，下設小學及中學中國語文科科目委員會，同年《中國語文教學研討會報告書》指出：「傳統上中文教學目標包括了解中國文化，培養道德觀念和愛國心等項目，這似乎是其他學科的目標，部份甚至是教師或家長的責任。」局方進而修正了教學目標，只強調語文能力訓練，走進「唯工具論」的胡同。至一九八八年，政府才公布新課程綱要，在語文學習的實用價值以外，重新強調語文學習的教育價值和文化價值。

2　學校課程檢討專責小組：《優化課程迎接未來，培育全人啟迪多元——學校課程檢討專責小組最後報告》，頁19，網址：https://www.edb.gov.hk/attachment/tc/curriculum-development/renewal/taskforce_cur/TF_CurriculumReview_FinalReport_c.pdf，發布日期：2020年9月，檢索日期：2025年1月28日。

3　教育局，網址：https://www.edb.gov.hk/tc/curriculum-development/kla/chi-edu/index.html，檢索日期：2025年1月28日。

4　何燕萍：〈加強文學文化的學習——增設建議篇章　強調文道並重〉，網址：https://www.edb.gov.hk/tc/about-edb/press/insiderperspective/insiderperspective20210812.htm，發布日期：2021年8月12日，檢索日期：2025年1月28日。

5　潘溫文：〈香港文言作品教學的困境〉，載羅燕琴編著：《閱我深意——文言作品學與教的理論與實踐》（香港：香港大學出版社，2016年8月），頁1-8。

文言翻譯為主的傳統教學法,並無法有效提升學生的文言篇章閱聽讀能力,學生的古代漢語知識薄弱,文言詞彙認讀能力欠佳,對文言翻譯和理解策略的認識和運用能力不足,[6]與當局推動文言經典閱讀的方向形成了落差。

在文言字詞認讀的問題上,學生無論在語義記認或是語義推敲兩方面,表現皆未如理想。

本地中學文憑試中國語文科卷一「閱讀能力」考核,每年俱設課內及課外文言篇章理解,[7]其中文言字詞及語句翻譯是常見題型。然而,由香港考試及評核局提供之考試報告歷年均指出,考生的文言字詞解釋能力偏弱,以剛過去二〇二四年的一屆為例,考問課內篇章常見文言字詞翻譯的題目共有三道,答對百分率最高是八十八,其次為六十二,最低只有五十,反映學生的文言詞記認能力尚不理想而「仍有提升之空間」;課外篇章部份,同類題目設兩題,得分率分別只有五十六及四十點二,可見學生之語義推敲能力欠佳。[8]在課外篇章題目中,考問字詞之一「害」曾兩度於課內篇章中出現,惟考生之得分率仍不及五成,反映學生遷移能力偏低,學過的文言語詞一旦脫離熟悉的語境而進入陌生的篇章語境中,學生即未能有效推敲語義。檢視本地文言教學設計,文言字詞之學習採取「隨文識字」的模式,教師據文說字,學生對語詞意義的認識片面而只與篇章語境連繫,缺乏對語詞各個義項的充份掌握,則語義認知遷移能力貧弱的問題,自然不難理解。另一方面,本研究統計文言字詞於第四階段(中四至中六)

---

6 劉潔玲、谷屺欣:〈香港高中學生閱讀文言文的表現與困難〉,《教育學報》第45卷第2期(2017年12月),頁161-181。

7 按,局方為第四學習階段(中四至中六)學生提供的二十篇建議篇章中,屬香港中學文憑考試考核範圍的共有十二篇。

8 香港考試及評核局:《香港中學文憑試·中國語文2024試題專輯》,2024年。

課內篇章中的出現情況，在全部的一四六七個語詞中，出現十次以上的共有一三六個，其餘語詞出現九次至一次不等，當中六三六個語詞在所有篇章中只出現了一次（詳下文），頻率隨機，視乎課程所選篇章而定，未見系統分布。要言之，現時香港學生的文言詞彙學習模式並無系統，從材料選編到教學方式，皆缺乏策略。如何讓學生系統地、有效地學習和記認文言詞彙，並遷移知識，在指定學習篇章以外具備閱讀其他文言經典的能力，以欣賞文言經典之美，是值得深入探討的課題。

二　研究緣起

在「隨文識字」的既有設計之下，教師可進一步努力的方向，是培訓學生對語詞意義更全面和根本性的認知，以提升遷移能力，讓學生能利用已掌握的文言知識來解決新問題。[9]本研究提倡的「字源系統識字」，利用傳統的字源識字法，以古文字字形認識和字源理解為起點，進而連繫語詞各個義項的認知，期望為學生提供更系統的詞義學習、記認和推敲方法，從根本提升學生文言詞彙知識的遷移能力。本研究已獲得香港政府「語文教育及研究常務委員會」（Standing Committee on Language Education and Research，簡稱「語常會」、"SCOLAR"）的經費資助，開展「源來字有方：利用字源知識系統地提升中學生的文言詞解讀能力」計劃，而在此之前，計劃主持人曾進行先導研究（pilot study），驗證了「字源系統識字法」的成效。以下，本文將詳細介紹「字源系統識字法」背後的學術理念、先導實驗

9　遷移能力是文言閱讀的重要基礎，詳參周長生：〈文言文閱讀遷移能力的提高〉，《語文教學與研究》第5期（2007年），頁44-45。

（pilot experiment）的教學成效，並將以具體字例的講解，說明其運作方法。

三 「字源系統識字法」的理念

　　本研究提倡的「字源系統識字法」，操作原理是利用字源連繫漢字的本義和各項引申義，引領學生認識漢語的詞義系統，以提升學生對語詞意義的遷移能力，加強文言詞義的記認和推敲效果。漢字的形、音、義關係密切，字形是認識漢字音、義的重要依據，傳統的「字源識字法」就是透過漢字本形本義的介紹，引導學生認識漢字，而在漢字的構成法中，象形、指事與會意字的圖畫性皆強，適合利用字源識字法教授。[10]這種識字教學法除了能讓漢字的筆畫變得具象化，加強學生對形、義的記認，亦能教學生更深入地認識漢字文化，因此近年不少港、臺的學者和教師都積極將字源識字的元素融入漢字教學當中。[11]「字源系統識字法」則比「字源識字法」更進一步，在字形和本義的認知基礎上為學生連繫語詞的各項主要引申義，讓學生對漢字的意義網絡有更系統的認識。此法的學理根據，是漢字本義與

10　黃沛榮：《漢字教學的理論與實踐》（臺北市：樂學書局，2006年），頁13。
11　在本地方面，由「優質教育基金」資助的「小學中文科常用字研究」（香港浸會大學語文中心，2001-2003年）重新編訂了小學識字範圍，並從文字學角度探究了部分常用字的字源，分析了字形流變，研究成果見於計劃網站（網址：https://ephchinese.ephhk.com/lcprichi/index.php?s=1）；而由「語文基金」及「優質教育基金」贊助研究經費的「綜合高效識字」教學法（香港大學教育學院，2002年）也將字源知識編入了教材。臺灣教師趙立真創立的「字感教學」方法（Cultivating Chinese Literacy through Children's Sense of Chinese Characters，相關網址：https://lcscc.net），以及學者周碧香提倡的「圖解識字教學原理」（詳見周碧香：〈圖解識字教學原理探討〉，《臺中教育大學學報》〔人文藝術類〕第23卷第1期〔2009年6月〕，頁55-68），均融合了字源知識。

引申義的密切連繫:早於清代,學者如王引之(1766-1834)已點出漢字有「古義相因,觸類而長」的特點,[12]說明了漢字各義項相連繫的特色,其後章太炎(1869-1936)申明了本形、本義與詞義衍生的關係:「本形、本義之不知,而欲窺求義訓,雖持之也有故,其言之必不能成理。」[13]近代的訓詁學家對漢語詞意義孳長的規律亦多有討論,例如齊佩瑢指出引申義離不開本義,並由本義連繫;[14]陸宗達、王寧亦謂「詞義引申」在個別階段來說,是指一個義項延伸出另一個與之有關的新義項。[15]既然本形、本義是漢字語義引申的依據,則字源的學習將有利於各項引申義的認識,而不同的引申義亦可透過與字源的連繫系統地組織起來,構成互相關聯的意義網絡,便利學習和記認。一詞多義,是漢語詞的釋義特色,亦是文言篇章的學習難點,[16]正如前文所言,在「隨文識字」的教學模式下,學生雖然按篇章語境學習過語詞的一些義項,然而,一旦語境轉換,相同語詞出現於陌生篇章之中,學生便每每想不起可用意思。[17]例如,上文提及「害」字在第四學習階段的課內篇章中出現兩次,分別釋為「損害」(《論仁、論孝、論君子》「無求生以害仁」句)及「侵害」(《逍遙遊》(節錄)「不夭斤斧,物無害者」句),惟當二〇二四年文憑試卷文言閱讀理解部份以選擇題形式考核蘇軾(1037-1101)《東坡志林》「棺槨衣

---

12 〔清〕王引之:《經義述聞》(南京市:江蘇古籍出版社,2000年),卷二,頁52。
13 章太炎著:《太炎文錄初編・別錄卷二・論漢字統一會》(上海市:右文社,1915年),卷二,頁2。
14 齊佩瑢:《訓詁學概論》(北京市:中華書局,2004年),頁81-82。
15 陸宗達、王寧:《訓詁方法論》(北京市:中國社會科學出版社,1983年),頁145-146。
16 潘溫文:〈香港文言作品教學的困境〉,載羅燕琴編著:《閱我深意——文言作品學與教的理論與實踐》,頁1-8。
17 劉潔玲、谷屹欣:〈香港高中學生閱讀文言文的表現與困難〉,《教育學報》第45卷第2期,頁161-181。

衾，不害為達」一語中「害」字之意，卻只有百分之四十點二考生能選出「妨礙」為正確答案，[18]反映考生對文言詞彙的語義只有片面認識，未能充分掌握其核心和整體意義，語義的推敲能力亦弱。「字源系統識字法」針對上述問題，期望透過系統化的詞義知識提升學生在記認和推敲字義方面的能力。

三 先導研究「字源系統識字研究計劃」的教學成效

二〇二一年，在院校研究經費的資助下，計劃主持人開展了先導研究「字源系統識字研究計劃」，利用漢字字源連繫本義及漢字的各項引申義，為學習者整理漢字的意義系統，讓學習者對漢字的字義網絡有更全面及深入的認知。該計劃搜集整理漢字的字源和語義材料，編成識字教材，並製作成字卡共三十套，以形像化的方式為學習者介紹漢字的字源和甲骨、金文等古文字構形，以下是一些字卡的示例（字例按筆劃數排序）：

例	語詞	字源	識字卡1 古文字構形圖	識字卡2 字源示意圖	識字卡3 古文字構形圖及字源示意圖重疊
1	友	兩隻手同一方向，或連在一起，表示友好。			

---

18 香港考試及評核局：《香港中學文憑試・中國語文2024試題專輯》，頁70。

例	語詞	字源	識字卡1 古文字構形圖	識字卡2 字源示意圖	識字卡3 古文字構形圖及字源示意圖重疊
2	毛	象人的毛髮及禽獸的羽毛。			
3	各	甲骨文象腳往洞穴走，表示到來之意。			
4	秉	從「又」（手）持「禾」，表示執持之意。			
5	舍	金文從「余」從「口」，「余」除了表聲，也象房屋之形，「口」則象房屋的下基。			
6	幽	甲骨和金文從「火」從二「幺」（絲），表達兩縷絲幼細，必須以火照亮才能看得見。			

系統地學習文言詞彙的有效方法
——「字源系統識字法」的理念與成效介紹 ❖ 119

例	語詞	字源	識字卡1 古文字構形圖	識字卡2 字源示意圖	識字卡3 古文字構形及字源示意圖重疊
7	既	甲骨和金文從「皀」從「旡」，「皀」象食器，「旡」象張口的人背向食器，全字會人跪坐於食器前，吃飽後，轉頭不再看食具之意。			
8	洲	「洲」本作「州」，字象水中有陸地之形。			
9	兼	金文從「又」（手形）從二「禾」，象一雙手同時拿著兩把禾。			
10	閒	「閒」金文從「月」從「門」，或從「夕」從「門」，「月」、「夕」皆表示月亮，字形表達月光從門縫照射進來的意思。			

該計劃並以漢字的本形本義為基礎，進一步組織與之相關的引申義項，為學習者建立詞義的網絡系統。以上列字卡所見文字為例，「友」（例1）的古文字以兩隻相同方向的手表達「朋友」或「與……為朋友」之意，其義可擴大形容如朋友一般親近的的關係，如「友愛」、「友好」；「秉」（例4）和「兼」（例9）的構形原理相同，可組合觀之，其中，「秉」古文字從手（「又」）從禾，象以手持禾之狀，本義是拿著、執持，如「秉燭」、「秉筆」，當執持的具體事物虛化，「秉」的語義可以遷移為「執掌權力」，如「秉公執法」，亦可表示執持的態度，即堅持之意，如「秉節」；「兼」的古文字字形則是一手持著兩把禾，本義是「一併」、「兼及」，如「兼收並蓄」、「品學兼優」，引而申之，「兼取」達至的倍數，亦可以「兼」示，如「兼程」、「兼旬」，若「兼取」之物是別人的國家，則表「吞併」之意，如「兼天下」；「既」（例7）從「皀」從「旡」，象張口的人背向食器，會合起來表達人跪坐於食器前，吃飽後轉頭不再看食具之意，本義是食畢，引申指完成、已經，如「既夕」、「既濟」。為了驗證此法的成效，計劃主持人在本地一所資助中學的中四級設置教學實驗，從教育局建議的文言篇章中選取文言字詞設計教材，於實驗班施教，並以前後測和課後練習檢驗學生對字源知識的接收效能，以及字源和字義的系統知識對文言詞義記認及篇章字義推敲方面的效益。前後測成績輸入 SPSS，再作進階分析，結果如下（N=70）：

		Mean	SD	t	df	Sig. (2-tailed)
1.漢字知識	Pretest	.43	.604	-9.348	69	<0.01
	Posttest	1.49	.756			
2.詞義記認	Pretest	.21	.508	-4.896	69	<0.01
	Posttest	.76	.924			

		Mean	SD	t	df	Sig. (2-tailed)
3.具體義推理	Pretest	.36	.539	-6.209	69	<0.01
	Posttest	.94	.759			
4.抽象義推理	Pretest	.10	.347	-9.868	69	<0.01
	Posttest	.84	.605			
5.總計	Pretest	1.11	.986	-13.734	69	<0.01
	Posttest	4.03	1.888			

通過 T 檢驗，研究發現學生參與教學實驗後在漢字知識、文言詞義記認及推理能力方面皆有明顯進步。檢測上述能力的前後測全卷總分是10分，實驗前學生的平均得分為1.11，實驗後為4.03，p<0.01。其中，學生在漢字知識及文言字詞抽象義推理的能力方面進步更大。在本義及引申義的推論過程中，一些引申義較為具體，例如，由「徒」字「徒步」（不坐車、不坐船）的本義推論至「步兵」（徒步作戰的士兵）、「同伴」（步行的伙伴）；一些引申義較為抽象，如「徒」不借外物的意義引申至「空」、「只有」、「白白地」等，理解過程較為曲折。根據研究結果所示，學生掌握字源知識後，對兩種字義的推論能力相當，反映字源知識對兩種字義的推敲能力都有促進作用。由此可見，字源及字義的系統知識對學生文言篇章解讀能力的提升有相當顯著的效益。

四　研究的進一步推展

在先導研究的基礎下，計劃主持人於二〇二四年獲得本地政府的經費資助，開展「源來字有方：利用字源知識系統地提升中學生的文言詞解讀能力」計劃，進一步推廣「字源系統識字法」的理念。該計

劃以教育局建議的第四學習階段文言建議篇章為基礎，利用計算機程式配合 Python 語言對篇章中出現的文字及其次數進行詞頻統計，從中選定高頻詞或文言常用詞約八十至一百個，作字源及意義系統的分析，以便製作相關教材及進行新一組教學實驗。據統計所得，共二十個建議篇章中，出現過的漢字共一四六七個，其中出現頻率達一百次以上的均有虛詞性質，分別是「之」、「不」、「而」、「以」、「也」；出現次數達十次以上的漢字有一三一個，其餘一三三一個字出現次數不達十次，當中六三六個字在所有篇章中只出現了一次。理論上，一個語詞在建議篇章裡的出現頻率愈高，便代表學生掌握的語詞義項愈為豐富，因此高頻詞是計劃分析的首選，因為學生掌握的義項愈多，便愈能透徹理解其意義系統，對建議篇章的學習亦愈為有利。然而，一些低頻詞如「宦」、「服」、「察」、「侵」等，在建議篇章中雖只出現了一至三次不等，卻是文言常用語詞，亦屬本計劃分析的目標。當然，不是每一個漢字的字源都可以透過文字材料清晰推求，在文字學界中，許多漢字的字源仍然成迷；而且，一些漢字即使字源較為確定，其語詞意義亦不易連結成系統。然而，本計劃分析全部一四六七個漢字後，發現能以字源連結意義系統的漢字，其實仍然不少，「字源系統識字法」在文言教學中的確具有實行空間。

　　以下以具體事例闡明本研究運用字源連繫詞義系統的具體方法：

例一* 去（詞頻：9次）[19]

字源及字形發展[20]		（字形演變圖：商、西周、西周、春秋、戰國、戰國《說文》小篆、秦、戰國、秦、漢、漢、漢、楷書）	
本義	動詞	【離開】古文字從「大」（人形）從「凵」，古人穴居，「去」字像一個人離開洞口，本義是離開。 用例[21]：《廉頗藺相如列傳》#：臣所以去親戚而事君者。	
引申義	動詞	【去除】離開是主動的，人使得其他人或物離開，就是去除。 用例：《捕蛇者說》：去死肌，殺三蟲。	
	動詞	【拋棄】由去除，引申出負面的拋棄義。 用例：《論仁・論孝・論君子》#：君子去仁，惡乎成名？	
	動詞	【相距】離開以後產生了距離，表示相距。 用例：《蜀道難》：連峰去天不盈尺。	
	動詞	【死亡】人離開這個世界，就是去世。 用例：《雜詩》：日月還復週，我去不再陽。	

---

19 字例以筆劃數排列，其「詞頻」指該字在建議篇章中出現的頻率。

20 本文之字源及字形發展示意圖取自李學勤主編：《字源》，天津市：天津古籍出版社；瀋陽市：遼寧人民出版社，2012年。

21 本研究計劃之字義用例首取見於建議篇章者，屬建議篇章者，表中以#號標示；如無建議篇章用例，則收入較淺白的文言句例以便理解。

例二*　至（詞頻：27次）

字源及字形發展		商　西周　戰國　《說文》小篆　漢　楷書
本義	動詞	【到】射來的箭落在了地上，表示到達。 用例：《詩・天保》：如川之方<u>至</u>。
引申義	動詞	【來】從A點到達B點，以B點的視角來看就是「來」。 用例：《禮記・雜記》：大功將<u>至</u>。
	副詞	【極度】「到達」表示在空間上到達某一地點，當空間變成抽象的「程度」時，就變成了表示「極點」、「深度」的副詞。 用例：《陳情表》#：今臣亡國賤俘，<u>至</u>微<u>至</u>陋，過蒙拔擢，寵命優渥，豈敢盤桓，有所希冀？
	形容詞	【最】「極點」用以形容物體時，也可以表達「最」的含義。 用例：《送東陽馬生序》：色愈恭，禮愈<u>至</u>。

例三*　奉（詞頻：12次）

字源及字形發展		西周　春秋　戰國　秦　《說文》小篆　漢 漢　漢　楷書
本義	動詞	【捧著】從手，從廾，表示恭敬地用手捧著。 用例：《廉頗藺相如列傳》#：臣願<u>奉</u>璧往使。
引申義	動詞	【接受】用手捧著，可以代表接受了一些東西。 用例：《出師表》#：<u>奉</u>命於危難之間。

引申義	動詞	【進獻】用手捧著可以是接受東西，也可以是把東西給別人，尤指恭敬地進獻。 用例：《史記‧項羽本紀》：謹使臣良奉白璧一雙，再拜獻大王足下；玉斗一雙，再拜大將軍足下。
	動詞	【侍奉】恭敬地捧著東西，詞義擴大指侍奉。 用例：《孟子‧魚我所欲也》#：鄉為身死而不受，今為妻妾之奉而為之。

例四*　具（詞頻：1）

字源及字形發展	〔字形演變圖：西周、西周、春秋、戰國、秦、《說文》小篆；戰國、秦、漢、漢、楷書〕	
本義	動詞	【準備】雙手捧著鼎，以準備食物，本義為準備。 用例：《過故人莊》：故人具雞黍，邀我至田家。
引申義	動詞	【具有】準備一件事，就說明已經存在了一些事，由此，延伸出表示「有」的動詞義。 用例：《核舟記》：各具情態。
	名詞	【酒食、酒席】指「置辦」、「準備」這個行為的賓語，即酒食、酒席。 用例：《史記‧司馬相如列傳》：今有貴客，為具召之。
	名詞	【物體】「具」所指的名詞範圍由單純的酒食演變成了廣義的物體。 用例：《史記‧貨殖列傳》：奉生送死之具。
	名詞	【才能】也可以表示人擁有的某種品質，如才能。 用例：《文選‧答蘇武書》：皆信命世之才，抱將相之具。

| 引申義 | 副詞 | 【完備、詳盡】形容準備好的狀態。
《史記‧項羽本紀》：項伯乃夜馳之沛公軍，私見張良，<u>具</u>告以事。 |

例五* 宦（詞頻：1次）

字源及字形發展	宦 — 宦 — 宦 — 宦 — 宦 西周　《說文》小篆　汉　汉　楷书	
本義	名詞	【奴僕】從宀從臣，「宀」象房屋，「臣」是臣服的奴僕，表示在別人家裡當臣僕，本義是奴僕、臣隸。 用例：《國語‧吳語》：與范蠡入<u>宦</u>於吳。
引申義	名詞	【官吏】皇帝的僕人。 用例：《玉台新詠‧古詩為焦仲卿妻作》：承籍有<u>宦</u>官。
	動詞	【做官】當皇帝的僕人。 用例：《陳情表》[#]：本圖<u>宦</u>達，不矜名節。
	動詞	【學習為官之事】做官必須學習官吏的事務。 用例：《禮記‧雜記》：<u>宦</u>於大夫。

例六* 徒（詞頻：8）

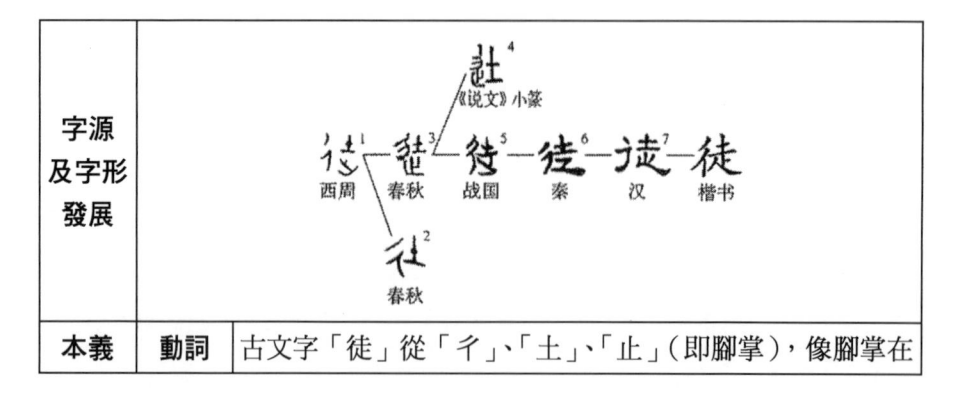

字源及字形發展	徒 — 徒 — 徒 — 徒 — 徒 — 徒 西周　春秋　战国　秦　汉　楷书 徒 春秋	
本義	動詞	古文字「徒」從「彳」、「土」、「止」（即腳掌），像腳掌在

系統地學習文言詞彙的有效方法
——「字源系統識字法」的理念與成效介紹 ❖ 127

本義	動詞	街上的土地步行，所以「徒」字的本義是步行（徒步而行，不坐車、船）。
引申義	名詞	【步兵】徒步行走的士兵。 用例：《左傳‧昭公二十五年》：帥徒以往。
	名詞	【同伴】只能徒步的人屬同一社會等級的人。 用例：《始得西山宴遊記》[#]：日與其徒上高山，入深林，窮迴溪。
	名詞	【地位低的人】取「徒步」沒有其他憑藉之意，指無可依憑的人。 用例：《李娃傳》：時望甚崇，家徒甚殷。
	副詞	【只是、僅僅】取「徒步」沒有其他憑藉之意。 用例：《廉頗藺相如列傳》[#]：藺相如徒以口舌為勞。
	副詞	【白白地】由沒有憑藉、空空之意連繫到無益之舉。 用例：《廉頗藺相如列傳》[#]：欲予秦，秦城恐不可得，徒見欺。

例七* 陟（詞頻：1）

字源及字形發展	商 商 商 商 商 商 西周 西周 西周 春秋 《說文》小篆 楷書
本義	動詞	【登高】字形一邊是山坡，一邊是兩隻腳掌（「止」）。雙腳從低處往高處走，會合為登高之意。 用例：《詩‧卷耳》：陟彼崔嵬，我馬虺隤。
引申義	動詞	【晉升】登上物理意義上的高處是登高，轉而指職位向高位變動，就是晉升。 用例：《尚書‧虞書》：汝陟帝位。

| 引申義 | 動詞 | 【獎賞】由晉升所帶來的正面內涵，延伸出獎勵的動詞義。
用例：《出師表》[#]：<u>陟</u>罰臧否，不宜異同。 |

例八* 從（詞頻：15次）

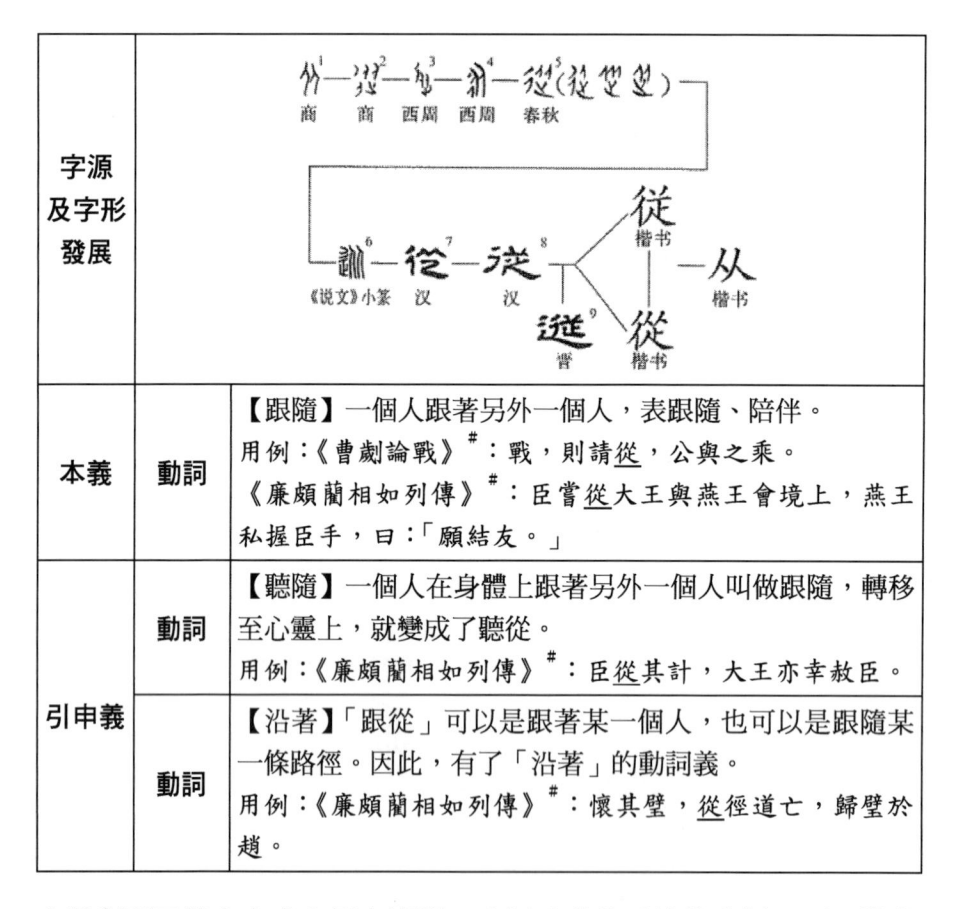

字源及字形發展	（字形演變圖）
本義	動詞	【跟隨】一個人跟著另外一個人，表跟隨、陪伴。 用例：《曹劌論戰》[#]：戰，則請<u>從</u>，公與之乘。 《廉頗藺相如列傳》[#]：臣嘗<u>從</u>大王與燕王會境上，燕王私握臣手，曰：「願結友。」
引申義	動詞	【聽隨】一個人在身體上跟著另外一個人叫做跟隨，轉移至心靈上，就變成了聽從。 用例：《廉頗藺相如列傳》[#]：臣<u>從</u>其計，大王亦幸赦臣。
	動詞	【沿著】「跟從」可以是跟著某一個人，也可以是跟隨某一條路徑。因此，有了「沿著」的動詞義。 用例：《廉頗藺相如列傳》[#]：懷其璧，<u>從</u>徑道亡，歸璧於趙。

本計劃現已基本完成字例之篩選、字源及意義系統的分析，下一階段是教材編製（包括網頁材料）及教學實驗。與先導研究以量化分析法為主的實驗設計不同，此計劃擬利用有聲思維法（Think Aloud Protocol）作質性研究，透過刺激性回憶（stimulated recall）了解學生

在實驗前後閱讀文言篇章的認知過程和心理狀態。實驗完成後，結果將以另文報告。

　　本研究的目的，除了探討字源及字義的系統知識對文言詞彙學習、記認和推敲的影響，亦希望推廣「字源系統識字法」的理念，為文言詞彙之教習尋求更有效的方法。本研究之意，非在為每一個漢字塑源及整理其意義系統，而在於讓教師甚或學生能獨立借助漢字的字源連繫背後的意義網絡，使文言詞彙的學習過程變得更見策略和更具系統。前文提到，漢語詞彙的各個義項往往與文字的本形本義相關，而義項之間互相連繫，組成意義網絡。教師講授文言字詞時，不妨嘗試借助字源為學生連結語義知識，系統化的知識將更有利於學習。學生學習相關知識時，不必將各個義項死記硬背，而應重視詞義衍生過程的理解，並掌握核心概念，因為語詞的各個意項往往圍繞特定的核心概念推展。以上表所列的「徒」（例六*）字為例，其古文字從「彳」、「土」、「止」（即腳掌），像腳掌在街上的土地步行，本義是徒步（而不借助車馬舟船等交通工具），圍繞此一本義推展的各個語詞義項，多具「沒有憑藉」、「空空」的意思，例如「徒隸」、「刑徒」、「囚徒」都是地位低的人；「家徒四壁」、「徒有虛名」等的「徒」字，是「一無所有」、「只有」的意思；而「徒勞無功」、「徒費唇舌」的「徒」，則指白白地作的無益之舉，學生若能掌握「沒有憑借」、「空空」這個核心義，即使遇上陌生的用例，配合篇章的上下文理及詞性，應更易推敲語詞所含之義。

五　結論

　　文言經典乃中華文化之蒐寶，它不僅盛載了古代漢語的精華，更是文化教育的基石，為學子認識古代社會、歷史和思想傳統的重要媒

界。可惜的是,中國語文教育的課程設計雖然重視文言經典,教習效果卻不如理想,豐富、有益的學習材料竟然成為了學生的恐懼來源,而以翻譯為主的教學方式並未能促進學習效益,更莫論提升學習興趣。本研究銳意從文言學習的根基做起,利用古漢語中最底層的小學材料為學生打穩文言經典學習的基礎,以系統化的字源及語義知識提升學生對文言詞彙的記認和推敲能力,以促進學生對文言作品的理解。語言層面的理解障礙破除後,教師才能進一步引領學生欣賞文言經典的文學和文化之美。參考古時候學子的學習歷程,《說文解字‧敘》嘗引《周禮》所記,謂「八歲入『小學』,保氏教國子,先以六書」,[22]可見自古以來文字的基礎知識都是進一步修業的基本訓練,《說文》的作者許慎更以為文字是「經藝之本,王政之始」,乃「前人所以垂後,後人所以識古」,[23]這不但說明了文字素養對習經學藝的重要性,更點明了文字在文化承傳中所起的作用。

　　與此同時,漢字文化亦是中華文化的重要組成。增進學生對漢字的認識,讓學生掌握文字的源和流,有助從理及情地培育學生對文字的情感。漢字本身亦是文化載體,利用文字的結構,可推知古代社會文明、思想文化的各種情況,因此,要讓學生認識、欣賞漢字之美,亦務須從文字的基本知識做起。

---

22 〔東漢〕許慎:《說文解字》(北京市:中華書局,1963年,據陳昌治刻本影印),卷十五上,頁314。
23 同上注,頁316。

參考文獻

（依筆劃序，古籍按年代先後排列）

一　古籍

〔東漢〕許慎：《說文解字》，北京市：中華書局，1963年，據陳昌治刻本影印。

〔清〕王引之：《經義述聞》，南京市：江蘇古籍出版社，2000年。

二　專書

李學勤主編：《字源》，天津市：天津古籍出版社；瀋陽：遼寧人民出版社，2012年。

香港考試及評核局：《香港中學文憑試・中國語文2024試題專輯》，2024年。

章太炎著：《太炎文錄初編》，上海市：右文社，1915年。

陸宗達、王寧：《訓詁方法論》，北京市：中國社會科學出版社，1983年。

黃沛榮：《漢字教學的理論與實踐》，臺北市：樂學書局，2006年。

齊佩瑢：《訓詁學概論》，北京市：中華書局，2004年。

三　論文

周長生：〈文言文閱讀遷移能力的提高〉，《語文教學與研究》第5期，2007年，頁44-45。

周碧香：〈圖解識字教學原理探討〉，《臺中教育大學學報》（人文藝術類）第23卷第1期，2009年6月，頁55-68。

施仲謀：〈香港漢語言文字教育的現狀與展望〉，《語言文字應用》總第22期，1997年2月，頁37-42。

劉潔玲、谷屹欣：〈香港高中學生閱讀文言文的表現與困難〉，《教育學報》第45卷第2期，2017年12月，頁161-181。

潘溫文：〈香港文言作品教學的困境〉，載羅燕琴編著：《閱我深意——文言作品學與教的理論與實踐》，香港：香港大學出版社，2016年8月，頁1-8。

四　網頁

「小學中文科常用字研究」（香港浸會大學語文中心，2001-2003）研究計劃網站，網址：https://ephchinese.ephhk.com/lcprichi/index.php?s=1，檢索日期：2025年1月28日。

「字感教學」方法（Cultivating Chinese Literacy through Children's Sense of Chinese Characters）網站，網址：https://lcscc.net，檢索日期：2025年1月28日。

何燕萍：〈加強文學文化的學習——增設建議篇章　強調文道並重〉，2021年8月12日，網址：https://www.edb.gov.hk/tc/about-edb/press/insiderperspective/insiderperspective20210812.html，檢索日期：2025年1月28日。

教育局網址：https://www.edb.gov.hk/tc/curriculum-development/kla/chi-edu/index.html，檢索日期：2025年1月28日。

學校課程檢討專責小組：《優化課程迎接未來，培育全人啟迪多元——學校課程檢討專責小組最後報告》，2020年9月，頁19，網址：https://www.edb.gov.hk/attachment/tc/curriculum-development/renewal/taskforce_cur/TF_CurriculumReview_FinalReport_c.pdf，檢索日期：2025年1月28日。

論「米干節」文創產業之內涵與意象
——兼論認同之變遷

段承恩

開南大學文化創意與治理進修學士學位學程兼任助理教授

摘要

藉由桃園市龍岡地區忠貞新村，自民國四十二年（1953）來臺異域孤軍落腳本地後，與當地文化的飲食相區隔，藉由米干在此遙憶異域故鄉的飲食，並自民國一〇〇年（2011）起結合公部門所舉辦的雲南「米干節」慶典，由創始到現今所演變出不同的文創意象及符號的改變，為尋求商機及認同所延續及建構出的潑水節、火把節、長街宴、打歌活動、穆斯林文化體驗。並因龍岡地區的忠貞新村，位於中壢、平鎮、八德三行政區的交界，而給予一個具有異國情懷充滿神秘且獨特想像的名稱「異域金三角」而出現，與本來異域孤軍在泰、緬、寮三地的歷史生活相呼應，型塑跨足異文化的展演呈現在大眾面前。藉由研究論文，得知雲南族裔來臺經過及如何藉由米干節結合公部門的推展與社區總體營造的結合，成功將飲食及自身文化原素，傳達給臺灣所有地區對異域文化有想像及興趣的大眾，並藉由此一節慶將對家國的思念轉化為對族群的守護。

關鍵詞：米干節、滇緬、異域孤軍、國旗、忠貞新村

一　前言

　　本次所要討論文創意象為桃園市龍岡地區的「忠貞新村」，本為地區性質的雲南美食「米干」，在文創的包裝下，華麗轉身為桃園市重大慶典活動之一，帶動地方文創及經濟發展，也在活動慶典中引入大批遊客進入，在品嘗美食之餘，也看見此地文創產業的興盛。在《全國法規資料庫》中〈文化創意產業發展法〉中提出文創發展的法規定義及推動文創法的背後意涵：

> 為促進文化創意產業之發展，建構具有豐富文化及創意內涵之社會環境，運用科技與創新研發，健全文化創意產業人才培育，並積極開發國內外市場，特制定本法。政府為推動文化創意產業，應加強藝術創作及文化保存、文化與科技結合，注重城鄉及區域均衡發展，並重視地方特色，提升國民文化素養及促進文化藝術普及，以符合國際潮流。[1]

　　由上述定義可知，忠貞新村所建構出的文創產業，結合周邊獨特環境而衍生出商機無限，更在住地居民們的同心合作下，成為「注重城鄉及區域均衡發展，並重視地方特色，提升國民文化素養及促進文化藝術普及，以符合國際潮流。」

　　文化創意產業依文化部定義共分為十六種，[2]而此次所介紹的桃

---

[1] 引自《文化創意產業發展法》，全國法規資料庫，網站：https://law.moj.gov.tw/LawClass/LawAll.aspx?pcode=H0170075，檢索日期：2025年01月15日。

[2] 文創產業共分為：視覺藝術產業、音樂及表演藝術產業、文化資產應用及展演設施產業、工藝產業、電影產業、廣播電視產業、出版產業、廣告產業、產品設計產

園市龍岡地區的忠貞新村文創產業，即是以米干節為發展基礎下創設而成的。自二〇一一年起桃園縣長吳志揚時期所建構出的米干節文化迄今，米干節已歷經十五寒暑，現以草創到二〇二一年間的十五年文創變革，做一分析介紹，看米干節是如何對外行銷並藉由各項文創產業的理念，將本是桃園地區的地方美食推展展臺灣各地，因而建構出不同於臺灣各民族的米干文化體系，讓米干節在這十年中成長茁壯；除了美食的推展也增加了周邊相關產業的發展，讓整個龍岡商圈平添異域風采，不用出國也能來一趟異國小旅行。

龍岡商圈如以忠貞市場為中心拓展，可看到一個方形所圍繞，建構出的不同文化衝撞的美麗新世界，以前龍街、龍平路、後龍街、龍東路所圍成的方形，看藉不同景象的出現，前龍街、中山路可看到米干集團連鎖店[3]的所呈現的不同中國西南少數民族的服飾風情。也看見短短不到一百公尺的街道充斥著超過五家以上的越南街邊修指店，還有販售東南亞食品的商店如雨後春筍般地出現。龍平路上的米干一條街，多為親朋好友開立店面，藉由親戚間的合作無間，在此雄霸一方，在國旗屋、阿秀米干、雲鄉米干、來來米干、阿嬌米干、鄉味米干等店舖的經營下，建構出米干為主體濃郁好吃的飲食文創產業。由國旗屋所建構出的國族創意，以國旗為情感宣洩的述求，藉由國旗的符號文創吸引遊客來此參觀，展現出家國一體的文創構思，吸引遊客如織的到來。後龍街的多元族群閩、客、外省商業經營，各地口音的喧騰，而此地飲食主打的是外省麵食「秦記山東饅頭」。龍東路為此商圈的主要道路，駕、騎車經過因為擁塞務必小心，但也可趁機飽覽東南亞各國的異國美食的創意招牌，有越南麵包、泰國飲食、印尼辣

業、視覺傳達設計產業、設計品牌時尚產業、建築設計產業、數位內容產業、創意生活產業、流行音樂及文化內容產業、其他經中央主管機關指定之產業。

3 如七彩雲南、阿美米干、版納傣味、小云滇、異域故事館、八妹婆婆……等店家。

麵、廣東腸粉、緬甸唐明寶……等，以飲食為主所建構出不同臺式文化的異國飲食文化，替臺灣社會平添出一股新的活力出現，也展現臺灣的本土化與國際化的撞擊下，不同以往的文化創意的現身。

二　忠貞新村的由來及沿革發展

（一）歷史沿革

　　歷史沿革可由覃怡輝《金三角國軍血淚史：1950-1981》[4]，段承恩《從口述歷史看滇緬邊區游擊隊（1950-1961）》[5]兩本著作知道「異域孤軍」的起源及來臺經過。異域孤軍的由來由民國三十八年（1949）中共席捲整個中國地區，國府駐守在雲南的部隊為李彌的第八軍及余程萬的二十六軍。兩軍由中國退守到緬甸境內，由李國輝、譚忠合組的「復興部隊」游擊隊開始，後由民國三十九年（1950）底韓戰爆發，美方為舒緩韓戰壓力，在緬甸境內的游擊隊反攻雲南，牽制中共兵力，此時國府亦派本已賦閒家中的李彌，擔任游擊隊總指揮，將部隊更名為「雲南人民反共救國軍」，自民國四十年（1951）一直到民國四十二年（1953）第一次撤軍為止，期間游擊隊曾反攻雲南，並與緬軍發生數次大戰，但也因韓戰的結束，美援停止，並因緬甸政府向聯合國控告國府資助緬境內的少數民族，使國府不得不將游擊隊撤回，而有民國四十二年（1953）撤軍之舉，部隊最終落腳於桃園龍岡地區，也才有現今的「忠貞新村」出現。

4　覃怡輝：《金三角國軍血淚史：1950-1981》，臺北市：聯經出版事業股份有限公司，2019年。
5　段承恩：《從口述歷史看滇緬邊區游擊隊1950-1961》，臺北市：中國文化大學史學研究所碩士論文，2003年。

現今回顧忠貞新村歷史,眾人只知道異域孤軍來臺後米干與外省眷村的臘腸、肉,或是雲南人所標榜的豆腐香腸。相關的歷史已盡付東流。忠貞新村介壽堂碑文可一窺忠貞新村的由來,介壽堂落成碑文,最後書寫者姓名是「李彌」,沒有他就沒有現在這忠貞新村。若無泰國北部的美斯樂的「段希文」與唐窩的「李文煥」兩位不肯撤退來臺的將軍,就不會有異域孤軍的後裔在那生根成長;若沒有國共兩方的內戰,也不會有異域孤軍遷徙到臺灣,在這譜出超過一甲子的雲南風情與滇緬異域文化。

　　當代表眷村的低矮竹籬笆的建築物拆除,所代表是國家符號消失,現在當漫步於忠貞新村原範圍內的創意地點時,已被完全拆除的忠貞新村所能依憑的只剩文字與照片或影像的敘述。在歷史的敘事中,弱勢族群在保護舊有文化傳承,必須藉由國家或想像的族群凝聚共識,找到一個眾人認同的公約數,應該就是張老旺(國旗屋)一直念茲在茲的國旗認同了,在老一輩對遙遠家國的想念只能在青天白日滿地紅的國旗滿天飄揚下,看見心中的憧憬及感傷。

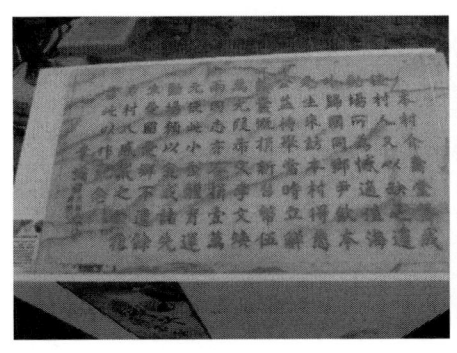

圖一　忠貞新村介壽堂的李彌題字

圖二　忠貞新村的由來

圖三　國旗屋所建構的國家印象意涵　　　圖四　忠貞新村舊照（雲鄉米干提供）

（二）文創產業的規畫及興起

　　忠貞市場興起是在原有忠貞新村舊地旁，以龍東路為主要交通要道，配合前龍街、後龍街、龍平路所建構出的忠貞市場範圍，現已延升至中山路唯一整個異於臺灣氛圍的東南亞文創聚集地。搭配異域美食，給來此的遊客不同的文創體驗。

　　忠貞新村於民國九十四年（2005）拆除完成後。曾經平淡一段時光，除原有的菜市場保留外，還懷念米干滋味的人們及原住戶割捨不斷的情誼，給予這地區基本的關懷。自民國一〇〇年（2011）推出米干節後，該社區除桃園人熟知外，亦增添外地遊客的關注。在獲取遊客來此的紅利後，各項文創商品亦如雨後春筍的出現。東南亞飲食的增添及商品的出現，給本地注入活水，也成就不同以往雲南美食米干的單一性，各項泰、緬、越、印尼食品（穆斯林為主），也如雨後春筍般地出現。[6]

6　泰式料理：打拋雞豬牛、炒河粉、摩摩喳喳、泰式奶茶、泰式酸辣湯、錫製餐具、各式糕點等及日用品與服飾品。緬甸飲食：魚湯麵、烤餅、各式糕點及日用品與服飾

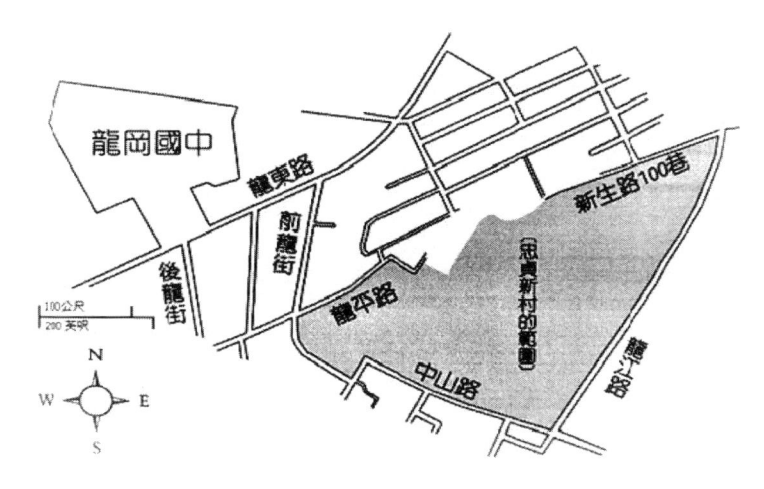

圖五　忠貞新村及市場範圍
（龍東路、前、後龍街、龍平路、中山路）。

圖六　最簡易米干吃法
（加蛋包）

圖七　東南亞各式米食加工製品

品。越南商店：河粉、各式糕點、食物乾貨、東南亞各式商品及服飾品、修腳服務。
印尼商行：天貝、沙嗲串、各式糕點、東南亞不含豬肉商品與日常用品及服飾品。

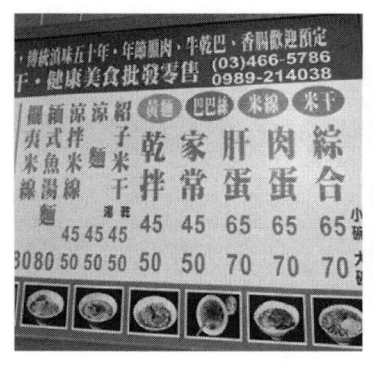

圖八　緬甸魚湯麵　　　　圖九　龍東路上東南亞特色美食

(三) 忠貞新村所運用的文化優勢

忠貞新村原住戶，也就是由滇緬邊區隨軍隊遷徙來臺的退伍軍人及眷屬，在來臺初期，語言與周遭格格不入，但卻是最完整的雲南方言的整批遷移，在《族群》書中所提及語言在「可以相互傳達事實的世界」所占的最具決定性的工具，藉由它，發現自己、家庭、文化與世界觀。[7]因此忠貞新村的原住戶在民國九十三年（2004）搬遷前，用雲南家鄉話替自身及周邊客家與閩南族裔做出文化區隔，並在拆遷後，藉由語言的傳達來分辨是否為原住戶及新住戶，也在語言的傳遞中將文化融入當地，或更精確地說，是藉由語言表達文創的意象，忠貞新村的雲南方言土話，建構出國人對異國風情的想像。藉由語言的傳承給予由他們對故國家園的各種念想，造就「日久他鄉是故鄉」的遷移故事，而藉由超過三代以上的傳承，由落葉歸根到落地生根。

但雲南方言是忠貞新村居民對族群自我認同的想像共同體，由 Harold R Isaacs 所說：

7　〔美〕Harold R Isaacs著，鄧伯宸譯：《族群》（新北市：立緒文化事業公司，2004年），頁144。

> 這個世界以族群的語言被命名、被描述,孩子從語言中了解這個世界的過去與現在,族群則以語彙和腔調呈現自己,編織出過去的故事,唱出或悲或喜的歌謠,歌頌鄉土之美、英雄之美與神話之力。孩子從語言中學習、吸收、重溫並傳遞整個族群的既有事實,包括信仰體系,開天闢地、生死奧秘的解答,以及倫理、審美與傳統的智慧。[8]

正因語言的特性,而使忠貞新村成為能保持族群單一未被同化,讓自身的飲食、習俗、服飾及文化傳承能在桃園地區甚至全國有獨特性存在,並藉此優勢將自身的文創產品得以行銷出去,也以忠貞新村為中心點,先將東南亞文化吸附於此,再藉由米干節的展演,將不同於臺灣閩、客、原族群的文化,呈現在國人大眾眼前,當人們前來忠貞新村品嘗雲南美食時,也會看見不同東南亞各國文化在此呈現,替桃園龍岡地區灌注另一種活水,替忠貞新村憑添不同文化面紗,並藉由米干節的文創商機,展現各族群的文化意涵,將原有的家國想念,**轉變為雲南或東南亞族群的飲食文化盛宴**。

三 米干節與文創的建構意象

(一) 公部門的宣傳及成果

米干節自民國一〇〇年(2011)起,本為由社區型所推動地方活動,在成功行銷及訴求下,米干節成為桃園市固定推動的年度行銷活動之一,現以桃園市政府觀光旅遊局各年度施政成果報告,對本區文

---

8 〔美〕Harold R Isaacs著,鄧伯宸譯:《族群》,頁145。

創產業分析如下：[9]

表一　龍岡米干節的推展及文創成效

一　2012龍岡米干節
（一）籌辦「2012龍岡米干節」 　　龍岡地區為臺灣少數具有雲南風土人情的聚落，更為電影「異域」中滇緬孤軍來臺後居住的地區，其所帶來的滇緬特色美食特殊且道地，計畫藉由米干節的舉辦，推出一系列雲南特色活動，能讓民眾更了解當地文化，並宣傳龍岡米干及雲南美食在全國的知名度。 （二）辦理「2012龍岡米干節」 　　本屆活動首度舉辦雲南少數民族特有「**火把節**」晚會，藉由各式雲南少數民族歌舞表演，凸顯龍岡在地雲南風情及文化。全臺獨具的「**雲南打歌舞**」，更吸引現場民眾熱烈參與體驗。活動會場設有拉老道、**轉輪盤**等雲南特色遊戲，以及**異域故事館、摩斯密碼、米干DIY**試作……等龍岡在地文史展示及**體驗**，此外現場還邀請近二十家龍岡在地店家設攤，參觀民眾能品嚐道地雲南料理，全方位體驗龍岡特有的雲南風情。
二　2013龍岡米干節內
（一）籌辦「2013龍岡米干節」 　　本縣龍岡地區為臺灣少數具有雲南風土人情的聚落，更為電影「異域」中滇緬孤軍來臺後居住的地區，塑造出當地特有的雲南風情及口味特殊且相當道地的滇緬特色料理，本府於二〇一一年首度辦理龍岡米干節，成功宣傳龍岡在地特色美食及文化，二〇一二年更擴大舉辦火把節晚會，讓民眾更能深入**體驗**龍岡特有的雲南風采及習俗，相關特色亦吸引在地建商及居民共同營造具有雲南特色之公園，本府今年亦以此據點為場地，擴大辦理活動。

---

[9] 表中的黑體字將在下文歸納分析「忠貞新村」是如何藉由文創活動吸引遊客前來此地享受異國風情體驗。

（二）辦理「2013龍岡米干節」

　　本屆活動於全臺首座「雲南文化公園」盛大舉行，延續上屆二〇一二龍岡米干節雲南特有的「火把節晚會」，藉由各式雲南少數民族歌舞表演，突顯龍岡在地滇緬風情及文化，而全臺獨具的「**雲南打歌舞**」，更吸引現場民眾一同加入體驗，同時於活動會場還有**拉老道、轉輪盤**等特色遊戲，更有異域故事館、米干DIY試作等龍岡在地文化體驗，今年更增加了**雲南少數民族稀有珍貴的銀飾及文物展示**，此外現場還邀請近四十家在地店家設攤，讓參觀民眾品嚐在地的雲南美食料理，全方位感受龍岡特有的雲南風情。

三　2014龍岡米干節

（一）辦理「2014龍岡米干節」

　　本屆活動由在地團隊結合地方力量共同辦理，以「水花火舞、異域歡騰」為主題，首次將雲南特有的「火把節晚會」及泰國新年的「潑水節」聯合辦理，將形塑出別具特色的節慶活動，並透過忠貞商圈整合，期為龍岡地區帶來觀光人潮及商機。同時於活動會場更進行全臺獨具的「雲南打歌舞」教學，吸引現場民眾一同加入體驗，並安排**拉老道、轉輪盤**等特色遊戲，更**規劃泰緬異域故事館、文物展示、雲泰美食DIY試作**等文化體驗，此外，現場並邀請近三十家在地店家設攤，讓參觀民眾品嚐在地的雲泰美食料理，全方位感受龍岡特有的異域風情。

四　2015龍岡米干節

（一）辦理「2015龍岡米干節」

　　去年首次將雲南特有的「火把節晚會」及「潑水節」聯合辦理，並在全國首座雲南文化公園辦理「世界最長米干長龍」成功締造金氏世界紀錄。

（二）辦理「2015龍岡米干節」（4月18-26日）

　　龍岡米干節已邁入第五年，今年特別結合在地各家米干業者推出私房料理，打造「**長街宴**」宣傳在地美食，規劃雲泰特色表演、異域美食區、文化**趣味體驗區**等系列活動，也延續去年「水花火舞」主題，以潑水節及火把節為主軸，帶給民眾充滿雲南風情的歡樂節慶。

五　2016龍岡米干節

（一）辦理「2016龍岡米干節」

　　在地力量凝聚，成功發揚龍岡米干特色龍岡米干節辦理至今已達第六屆，最初自民國一○○年（2011）起舉辦龍岡米干節，初步辦理時僅為在籃球場舉辦的小活動，隨著在地米干業者強大的凝聚力及向心力投入米干節活動，活動內容從最初僅推廣米干美食文化，擴展至推廣在地特色雲南少數民族文化及異域孤軍文化，民國一○三年（2014）起，龍岡米干節結合雲南特有「火把節」及傣語民族（含雲南、緬甸、泰國及寮國）的「潑水節」辦理「水花火舞」雙慶聯歡，成為全臺唯一結合二項少數民族慶典的特色活動。邀請國際貴賓體驗傳統雲南節慶，將米干節推向國際，今年除延續去年主題辦理各項經典活動，如千人歡舞長街宴、潑水節與火把節活動外，將邀請國際貴賓（包含駐華使節代表、歐洲在臺商務協會、美僑商會、日僑商會代表等）參與年度盛會，將此項活動提升為國際性活動。

（二）「2016龍岡米干節」（2016年4月16-17日、23-24日）

　　活動延續歷年「**水花火舞**」主題，並以「**千人歡舞長街宴**」為活動亮點，辦理記者會長街宴及雙周主題活動──潑水節及火把節，並於四月二十四日邀請五位駐華大使、八位外國駐華機構代表，共計二十六位國際貴賓參加火把晚會活動，體驗在地雲南料理、火把慶典，成功將龍岡米干節推向國際。活動期間**規劃雲泰特色表演、裝置藝術展示、DIY體驗**等系列活動，超過二十則電子及平面媒體報導，成功行銷龍岡地區雲南特色文化。

六　2017桃園龍岡米干節

（一）辦理「2017桃園龍岡米干節」

　　「2017桃園魅力金三角米干節」（4月15-23日）即將邁入七年，延續去年「**水花火舞**」主題，以潑水節及火把節為主軸，邀請在地及雲泰特色團體表演、並設計異域美食區、文化趣味體驗區等系列活動。今年增辦二場次開放民眾參與的長街宴，並規劃打歌踩街活動，深入在地社區，邀請民眾參與**體驗同歡**，帶給民眾充滿雲南風情的歡樂節慶。

「桃園跨族裔飲食文化計畫」，本案今年整合本府經濟發展局「桃園跨族裔飲食文化計畫」之合格亮點業者共同行銷宣傳，並串連周邊景點規劃異域小旅行，除了豐富活動內容，亦製作三十秒活動宣傳影片。

（二）「2017龍岡米干節」

活動延續歷年「水花火舞」主題，並首度開放民眾報名品嚐長街宴活動，席開一三二體驗桌次，民眾反應熱烈，隨後辦理雙周主題活動潑水節及火把節，並邀請緬甸大使一同參與。活動期間規劃雲泰特色表演、裝置藝術展示、DIY體驗等系列活動，成功行銷龍岡地區滇緬特色美食及文化。另舉辦龍岡米干節——潑水節點水祈福、龍岡米干節——火把節點火儀式。

七　2018桃園魅力金三角米干節

（一）2018桃園魅力金三角米干節

米干為本市龍岡地區特有的在地美食，獨特的金三角歷史背景也為本市特色觀光資源，今年預計持續推廣龍岡金三角特有滇緬文化，延續「水花火舞」的主題，持續辦理「潑水節」及「火把節」為主軸活動外，另今年增加一特色亮點活動為主題元素，規劃為米干節主軸活動之一，以及在地合作亮點活動，期能拓展米干節活動效益，提升國內外旅遊市場之知名度，並藉由活動深入了解金三角滇緬文化。

（二）2018龍岡米干節（107年4月21、22、28、29日）

以桃園龍岡獨有異域金三角文化及米干美食為主軸，規劃經典雙慶聯歡活動——「潑水節」及「火把節」，讓民眾共同參與雲南文化盛會，今年活動改址至中壢龍岡大操場舉辦，場地及規模皆擴大，今年更首度結合火把節與長街宴，另特別規劃雲南獨特跳菜舞表演於長街宴當中，增添龍岡米干節文化層次；除主題活動，更規劃九種在地文化體驗及數十場少族民族舞蹈表演，讓民眾深刻感受龍岡米干節豐富之文化內涵。本次活動期間共吸引超過十六萬人次參與，其中於火把節兩天舉行之雲南長街宴更席開百桌，龍岡在地店家亦熱情參與，現場共有四十六家龍岡在地店家推廣滇緬料理及服飾，每日於活動會場打跳踩街之在地協會成員均超過五十位，整體活動豐富多元且具有特色，更凝聚在地向心力，成功宣傳桃園獨有異域文化盛會。

八　2019龍岡米干節

2019龍岡米干節（108年4月13、14、20、21、27、28日）

　　今年龍岡米干節首度延長為三周，以桃園龍岡獨有異域金三角文化及米干美食為主軸，除延續往年經典「潑水節」及「火把節」活動外，更新增「目腦縱歌狂歡節」，再添滇緬節慶新體驗，讓民眾感受多元雲南文化盛會，活動另推出七彩米干、長街宴、普洱茶席等三大特色美食體驗，並匯集在地超過九十攤店家於會場設攤，將龍岡滇緬美食文化完整呈現，另會場還有米干DIY、拉老道等多項在地文化體驗及數十場各族民族舞蹈表演，都能讓民眾深刻感受龍岡米干節豐富之文化內涵。

　　本次活動特別設計「一秒變民族姑娘」APP，以及LINE@市集集點換贈品活動，透過新創科技擴大活動感染力，同時增加忠貞商圈與活動會場的連結性，交通部分，除規劃龍岡大操場為停車場及中壢火車站至龍岡大操場接駁車外，為方便民眾前往忠貞商圈遊逛、消費，亦規劃會場至龍岡國中接駁車，促進在地發展。現場共約有九十家龍岡在地店家推廣滇緬料理及服飾，每日於活動會場打歌踩街之在地協會成員均超過五十位，整體活動豐富多元且具有特色，更凝聚在地向心力。

九　2020國際龍岡米干節（疫情影響）

2020龍岡米干節（109年9月18-20日、9月25-27日）

　　本府自二〇一一年起於龍岡地區辦理米干節活動，今年邁入第十年。為歡慶十週年慶米干節活動，暫訂於五月第一、二週（暫定109年9月18、19、20、25、26、27日，計六天）（週末共六日）在龍岡大操場（活動主會場）及雲南文化公園（活動副會場）舉行。今年將加入更多國際元素，除延續傳統「水花火舞」、目腦縱歌及長街宴等主題活動，也預計邀請金三角地區藝術家共同參與會場佈置設計。活動主會場現場還有精彩舞臺表演、金三角地區特色餐食、DIY活動及民族服裝體驗換裝區等，於副會場區域舉辦特色廚藝小旅行、拍照打卡闖關活動等同步宣傳在地特色旅遊資源，帶給民眾特有的金三角體驗。另推出四十八條在地深度體驗小旅行，包括結合本府特色活動如龍岡米干節、石門水庫熱氣球、桃園蓮花季、地景藝術節及桃園花彩節等桃園節慶活動小旅行，以及地方特色遊程。

「2020龍岡米干節」以「初心、出新」主軸歡慶十週年，延續傳統潑水祈福、薪火相傳、長街饗宴等主題活動，主會場於龍岡大操場，副會場則位於龍岡商圈，主會場有少數民族精彩表演，金三角地區特色餐食、DIY活動及民族服裝體驗換裝區，而副會場結合忠貞市場、龍岡景點舉辦特色廚藝小旅行、拍照打卡闖關活動，強調活動帶領商圈發展。首週活動九月十八～二十日以潑水節揭開序幕，活動現場特別請來三寶寺高僧為民眾灑淨祈福，第二週的火把饗宴，在龍岡大操場擺起哈尼族祈福習俗的長街宴，品嚐滇緬美味料理，加上由身穿雲南少數民族傳統服飾的姑娘們跳起祭火神舞並點燃篝火，火熱場面盛大亮眼，祈禱新的一年平安。

十　2021龍岡米干節

2021龍岡米干節（110年9月至11月）
　　受嚴重特殊傳染性肺炎影響，歷年於龍岡米干節舉行之潑水節、火把節活動因民眾群聚因素而取消辦理，考量近期疫情漸趨緩，為推動龍岡地區觀光復興，讓更多民眾深度體驗龍岡之美，爰將米干節活動改以「龍岡深度小旅行」方式進行規劃，鼓勵民眾來訪並體驗在地特色文化，增加相關業者經濟及觀光收益。小旅行預計由龍岡在地社區協會與桃園在地或設有分公司之旅行社合作設計遊程，並包括龍岡在地導覽、特色文化體驗及當地美食品嚐等項目，冀以設計出有別以往市面上既有行程，以深度體驗方式帶領遊客停留、品味龍岡。

十一　2022龍岡米干節

2022龍岡米干節（111年4月11日至4月17日）
　　桃園龍岡米干節迄今已超過十年，以「水花火舞」為慶典主軸，從小型商圈型活動到交通部觀光局認可之全國特色節慶活動，一一〇年（2021）受疫情影響，將聚客型活動改以商圈小旅行執行，與旅行社合作推出特色遊程成效顯著，帶動忠貞商圈經濟。
　　今年度規劃融合在地滇緬泰文化傳統，延續「水花火舞」主軸舉辦實體活動，暫訂配合泰國新年於四月第二週（4月11日至4月17日）舉辦，週間推廣民眾走進龍岡忠貞商圈、雲南文化公園及周邊景點等，認識滇緬泰移民生

活日常，周末兩日則於龍岡大操場邀請民眾一起體驗文化共榮慶典。

2022桃園龍岡旅遊推廣（111年3月18日至9月30日）
　　延續二〇二一年以小旅行振興龍岡地區觀光之辦理模式，結合龍岡米干節水花火舞慶典，推出「2022龍岡旅遊補助案」，再次與龍岡在地協會（桃園市魅力金三角地方特色產業發展協會及桃園市雲南民俗打歌促進協會）合作規劃團體遊程，更推出單堂體驗課程，帶領遊客走訪龍岡地區，深度體驗獨特之異域故事、金三角美食與文化及特色商圈市集等，以達到觀光宣傳及活化在地觀光經濟綜效。

2022桃園龍岡米干節（111年4月11-17日）
　　「2022龍岡米干節」延續水花火舞的慶典主題，以龍岡在地特色美食、異域文化體驗為核心，首次嘗試推出規劃一週的活動，週間由在地業者與可樂旅遊共同推廣異域美食與特色體驗課程，包含製作青木瓜絲、涼拌茄子等手作課程，少數民族服飾、雲南打歌等文化體驗，週末兩天（4月16-17日）分別以泰緬傳統潑水慶典為開幕，雲南少數民族火把求吉為閉幕。活動兩日現場提供特色滇緬泰小吃，雲南少數民族遊戲體驗以及異域文化展示。

十二　2023龍岡米干節

2023龍岡米干節（112年4月22、23、29、30日和5月1日）
本次活動持續深化「水花火舞」主題，持續舉辦「潑水節」、「火把節」等二大慶典活動，因應疫情趨緩，亦規劃恢復「長街宴」體驗活動，此外也將整合龍岡在地店家，營造特色文化觀光節慶氛圍，另本年度將強化推廣金三角文化對於國內東南亞新住民、留學生、移工市場的推廣，深化活動品牌，活動品牌不僅是全國唯一，更是奠定邁向國際級活動升級。

2023龍岡米干節

1.活動內容概述
　　今年龍岡米干節於四月二十二日至五月一日辦理，睽違五年再度回歸魅力金三角商圈，以在地辦喜事的精神舉行，採雙週末主題活動，週間辦理在

地商圈文化體驗課程。
（1）第一週四月二十二、二十三日為水花週，以**傣族潑水節的浴佛及灑水祈福儀式開場，並推出「長街宴」以雲南哈尼族「簸箕手抓飯」傳統美食**，帶領民眾體驗文化美食饗宴。
（2）第二週四月二十九、三十日、五月一日為火舞週，以**雲南少數民族火把節的火把求吉**，熱情接續活動熱鬧氛圍。週間推出限量的「**與阿拉有約——清真巡禮**」、「**當廚神遇到香料**」和「**癮食香料party**」等深度文化體驗課程；並於五月一日晚間舉辦國際使節交流宴，邀請十二國駐臺使節（含瓜地馬拉、帛琉、貝理斯、史瓦帝尼王國、新加坡、秘魯、沙烏地阿拉伯、汶萊、緬甸、印度、印尼、巴西等國），姐妹市法國格勒諾布爾阿爾卑斯大都會區、關島臺灣辦事處、日本沖繩縣產業振興公社臺北事務所及泰緬寮在臺商會等代表們一同參與火把節體驗。

2.跨縣市宣傳與國際行銷
（1）米干節記者會首次跨縣市宣傳推廣，於臺北市華山文創園區辦理。
（2）另為**重視新住民、移工權益，活動網站導入英、泰、印尼等語系介紹**。
（3）桃園首獲國際級特色活動肯定：二〇二三年提報「桃園龍岡米干節」參加交通部觀光局「2024-2025年臺灣觀光雙年曆」遴選活動，由全國級特色活動晉升成為國際級特色活動，同時也是桃園首次獲得國際級特色活動佳績。
（4）後續精進作為：本年度米干節回歸商圈舉辦，考量在地居民生活與觀光共存和諧及永續發展，於活動結束後召開二次地方檢討會議與活動後問卷調查統計及分析，彙整在地意見以做為未來活動規劃參考。

　　龍岡地區擁有獨樹一格的雲南美食聚落，「米干」更是當地的特色小吃，聚集超過六十家米干店且擁有獨特的雲南文化。本局自一〇〇年（2021）起以水花火舞的活動主題辦理二大慶典活動，融入長街宴、少數民族文化體驗、裝置等主題，整合龍岡在地店家營造特色文化觀光節慶氛圍，推廣金三角、東南亞等多元美食，深化活動品牌，邁向國際性活動升級。

十三　2024龍岡米干節

> 「2024桃園龍岡米干節」規劃於今年四月二十日至二十八日舉行，本次活動延續過去活動亮點，持續舉辦「潑水節」、「火把節」等二大慶典活動，另也規劃**「長街宴」、「文化小旅行」、「特色服裝」等體驗活動**，此外也將整合特色美食店家，營造特色文化觀光節慶氛圍。
>
> 2024龍岡米干節
> 1.「2024桃園龍岡米干節」於一一三年四月二十至二十八日間辦理，「2023桃園龍岡米干節」獲交通部觀光署頒發「2024-2025年臺灣觀光雙年曆」之「國際級特色活動」殊榮，為延續過去亮點活動，以「水花火舞」為題，舉辦潑水節、火把節等兩大特色慶典，另也規劃「長街宴」、「文化小旅行」、「特色服裝」等體驗活動，讓來到現場的民眾能藉由活動參與深入體驗特色文化觀光節慶氛圍。
> 2.本府設使節宴邀請貝里斯、馬紹爾群島共和國、紐西蘭、瑞士、澳洲、新加坡、印尼、蒙古國、緬甸、馬來西亞、汶萊、美國新墨西哥州等多國駐臺使節與貴賓代表們體驗在地文化與特色美食，**從金三角文化美食DIY體驗到簸箕飯、精彩火舞表演、火把節點火儀式等並與現場民眾打歌同樂。**

　　在近十四年的米干節活動中，社區總體營造展現出求新求變，想出相關文創議題，已吸引遊客目光，促進商圈經濟發展。文化節慶上提出「米干節、潑水節、浴佛節、火把節、目腦縱歌狂歡節」。文化創意發想上有「打歌踏街、拉老道、轉輪盤、敲響鑼、轉經輪」。美食部分有「長街宴、米干DIY、簸箕飯、世界最長米干長龍、七彩米干」。遊戲及商品創意有「拉老道、轉輪盤、特色服裝、團體遊程、一秒變民族姑娘、雲泰特色表演、裝置藝術展示、DIY體驗、銀飾及文物展示、異域故事館、摩斯密碼」……等，各項大型文化創意的展演，藉由米干節活動，看見東南亞的文化融入的活力，也看見雲南文化所展現的包容性，兩者的碰撞是給國人煥然一新的美食及文化的饗

宴,開啟另一個文創想像的大門。

圖十　目腦縱歌柱及文創展示品　　圖十一　緬甸舞蹈及塗抹防曬粉於臉上

圖十二　拉老道遊戲　　圖十三　轉輪盤遊戲

圖十四　簸箕飯美食饗宴　　　圖十五　印尼百貨商店

圖十六　米干製作 DIY　　　圖十七　東南亞生鮮食材商店

（二）文創改革及應用

在《桃園社造資訊網》訪談根深企業文化總監李福英女士中，她提出對於魅力金三角商圈內有哪些不同的文化，彼此之間是如何互動：

> 以連鎖企業我們魅力金三角商圈發展了大約十年，在二〇一五年有跟經發局有合作，將商圈軟硬體做一些盤點跟建置，目前

商圈內的米干店就有大約四十多家，廣義的雲南料理（還包含一些回族及中南半島的料理），一共有六十多間餐廳，這樣的數量可以讓我們和別的商圈做出差異化。其實我現在也不常說我們是「雲南料理」商圈，我比較喜歡的名稱是「異域料理」商圈，因為我們的料理也融合了泰國及緬甸的文化，但又和正宗的泰國料理及緬甸料理不同。現在很多嫁來臺灣的印尼及馬來西亞新移民也會來我們商圈開店，穆斯林的飲食文化也正在茁壯（因為龍岡有龍岡清真寺，也是北臺灣重要的清真寺之一），這些都是我們魅力金三角商圈的新基因，也是我們的多元文化特色。我們目前每年都會在龍岡大操場辦米干節，結合「火把節」及「撥水節」，做出「水花火舞」雙節聯歡的文化和美食慶典。未來我們也會在商圈內舉辦其他的各項特色活動，也會積極推動商圈公共環境的優化，讓商圈文化更加凸顯和精緻。[10]

根深企業是龍岡忠貞商圈中，對各項文創著力最深的企業主，藉由與文創的相結合，成立社區協會，推動米干節營銷，並將其企業文創商品也一併展示於大眾眼前，特別是近年來自媒體興起，與業界的異業結盟，加深推展忠貞新村力度，並以異域文化館保存異域孤軍在緬甸奮鬥之歷史，再結合新住民群體文化力量，加入穆斯林元素，除原有米干美食外，另開拓東南亞美食，使國人能不用出國卻能到想像的東南亞國度一遊。

如何看待公部門對龍岡「米干節」之重視，由民國一○四年（2015）米干節是與「北橫旅遊節、石門觀光節、跨年晚會、走春套

---

10 引自「台灣社造資訊網」，網址：https://taidi.tycg.gov.tw/Project/ProjectContent/411，檢索日期：2025年1月15日。

裝行程等活動，吸引遊客來訪，體驗在地特色文化。」相包裝在一起，總經費約二千三百五十萬中，所占比例不高。自民國一〇五年（2016）米干節，已單獨核銷預算經費達三百萬元。爾後經費逐年上升，於民國一一〇年（2021）起的米干節，核銷預算經費達八百萬元，迄今維持不變。

　　米干節活動從文獻史料與公部門預算中，可見其逐漸受到重視。自民國一〇四年（2015）開始，米干節經費採行獨立運用，且因各項異國文化及創意活動的出現，大量遊客湧入及新聞傳媒的關注下，桃園市府觀旅局也開始注意米干節給市府所帶來的宣傳助益，因此給予補助經費亦直線上升；現今米干節已為桃園市府重點節慶項目之一，藉由旅客來此地參與少數民族文化體驗、瀏覽異國文創裝置等主題，整合龍岡在地店家營造特色文化觀光節慶氛圍，推廣金三角、東南亞等多元美食，深化米干節活動文創品牌，也結合本土化與國際化相結合，替米干節邁向國際性活動升級鋪路。

　　事物總為一體兩面，近年來對米干節的主旨已由飲食文化轉為異國風情文化展演，部分商家也因自身所建構的族群想像與現今米干節意旨不同，而走出自己另一片天空，如張老旺的「國旗屋」藉由其對父親在滇緬異域為國奮戰出生入死的報國精神，將對父親的思念投射在國旗之上，每年雙十國慶，全臺灣最多國旗飄揚的地方一定是在忠貞新村，也在此展現雲南族裔對家國的緬懷及對顛沛流離來臺的紀念。另一位即時「雲鄉米干」的張國偉，他是忠貞新村的由小照看到大的子弟，其店內是以忠貞新村原住戶居住場地為背景各種圖片，展開其對忠貞新村的想念，並以飲食作為其對忠貞新村想念的媒介，歡迎觀光客來忠貞新村。其所呈現的就是原汁原味他從小吃到大的飲食「米干」，堅持傳統是他能對忠貞新村最大的感恩及懷念。在忠貞新村拆遷後，不論原住戶或新住戶周邊非雲南籍居民及外來觀光客，美食

能讓他們共聚此地且溝通無礙。除了美食及文化外，最大能讓大眾擁有的，應是那面飄揚在青天白日下的國旗所代表的族群融合及團結。

四　結論

自民國一○○年（2011）起所舉辦的米干節開始，所融入的各項創意原素，由最早的飲食「米干」認同，延續為國旗屋的每逢元旦及雙十國慶的升旗的國家意象認同，最後是關注新住民文化傳承及商業包裝認同。藉由米干節包裝新住民各項慶典，將單一的雲南族群對故國家園的國族認同，以國旗、眷村、雲南美食及文化符號，轉變為熱鬧歡騰的民族慶典，變成東南亞各國或族群的美食、服飾、商品、職業（修指甲）的符號印象。

《族群》中對自身族群的想像及歷史與起源，有以下說法：

> 從先人那邊，集體經驗與個人歷史和起源緊密結合，這種把過去與未來串連起來的「時間」定位，滿足了個人某些最深沉、最迫切的需要。……自己同他們是血脈相連的，在時間之流中擁有共同的祖先、先賢、信仰，以及想像的或歷史的經驗。所以這都應當加以保存、延續，因此而有了祖先崇拜、族規家風、血緣情節，也因此有了宗教、藝術、文學、傳說或「歷史」，並藉此定位我們每一個人的身份。[11]

正因為雲南族裔對自身傳統文化的堅持，且在因緣際會下進入忠貞新村此一封閉的個體中，講著與周遭環境不同語言、飲食與文化，在長

11　〔美〕Harold R Isaacs著，鄧伯宸譯：《族群》，頁178。

期累積下，當面臨拆遷再度迫於另一種流亡體驗，當初所建構以國旗及米干飲食為對眷村的意想下，是自我封閉且內縮的。米干節的出現，除以保存自身雲南文化，且將自身文化及雲南各項飲食展演於臺灣大眾視野之中，並創生出許多以雲南族群為主的文創商品，更進而帶動因拆遷沉寂許多的忠貞商圈，讓雲南美食及文化能在展現於世人眼前。近年更因單一族群文化在傳銷力度上稍顯薄弱，而導入東南亞族群的文化，替米干節增添豐富色彩，如伊斯蘭文化、泰國緬甸佛教文化、越南飲食及民生文化，呈現百花齊放的局面，但與原有推動米干節的初衷是否有異即取決於是站於哪個面向觀察。

忠貞商圈應是以忠貞市場範圍為主，包含龍東路、前、後龍街、龍平路、中山路……等，以龍平路的米干一條街。中山路上的集團屬性不同的根深企業。龍東路上的東南亞各式飲食及商店。前龍街的越式修腳路邊店及雲南服飾為主打的米干店。後龍街為臺灣閩、客及大陸北方文化的交匯處與市場蔬果區。各有其安身立命的地盤，交叉結合卻無違和感，來忠貞新村所看見的不只是單一的雲南飲食文化，在米干節的包裝下，各項元素不斷的被加入，所看見是猶如沙拉拼盤的文化交織，每個食物（文創物品）都有其獨特性，但同時卻能相互交融且展現在遊客的口腹之中，也在此看見各族群的文化及飲食的融合與相互激盪，開拓出不同視野。文創產業及設計就存在你我之間，只是看誰能找到突破點，帶領大家一窺文創之奧祕。

參考文獻

一 專書

焦　桐：《滇味到龍岡》，臺北市：二魚文化出版社，2013年11月。

覃怡輝：《金三角國軍血淚史：1950-1981》，臺北市：聯經出版事業公司，2019年12月。

龔學貞等口述；張世瑛、葉健青主訪：《不再流浪的孤軍——忠貞新村訪談錄》，臺北市：國史館，2002年9月。

〔美〕Harold R Isaacs 著，鄧伯宸譯：《族群》，新北市：立緒文化事業公司，2004年11月。

二 學位論文

林欣美：《族群經濟與文化經濟的對話——中壢火車站和忠貞市場南洋背景商店的比較研究》，臺北市：國立政治大學民族學系碩士論文，2009年。

段承恩：《從口述歷史看滇緬邊區游擊隊1950-1961》，臺北市：中國文化大學史學研究所碩士論文，2003年。

陳振與：《異域之火：探討桃園忠貞新村火把節對地方依附、社區意識與社區發展之影響》，桃園市：銘傳大學觀光事業學系碩士班碩士論文，2015年。

黃琇美：《環境教育在歷史教學上的理論與實踐——以桃園縣龍岡地區忠貞新村的人文環境為例》，臺北市：國立臺灣師範大學歷史學系碩士論文，2012年。

黃淑俐：《再現・流亡的孤軍——桃園縣忠貞新村集體生活聚落瓦解過程》，桃園市：中原大學建築學系碩士論文，2007年。

三　網路資料

《文化創意產業發展法》，全國法規資料庫，網站：https://law.moj.gov.tw/LawClass/LawAll.aspx?pcode=H0170075。

臺灣社造資訊網，桃園市政府文化局，網站：https://taidi.tycg.gov.tw/Project/ProjectContent/411。

《桃園市政府觀光旅遊局施政成果報告》，桃園市政府觀光旅遊局行政資訊網，網站：https://tour.tycg.gov.tw/zh-tw/govinfo/policyoutcomeslist。

古典詩歌在語文教學的實踐與策略
——以春節詩歌為例

黃小蓉

香港中文大學中國語言及文學系講師

摘要

　　古典詩歌體現漢語獨有的語言特點和豐富的文化內涵，是語文教學的重要素材。然而，大專院校古典詩歌的教學多屬文學範疇，對於非文學專業的學生而言，要學習古典詩歌並不容易。如何調整古典詩歌的教學策略以配合語文教學的實際目標，是值得探討的課題。本文選取以傳統春節為題材的古典詩歌作為研究文本，作品聚焦於唐宋時期，並輔以其他朝代及現當代古典詩歌。文章結合語文和文化角度展開論述，析述古典詩歌的音調、詞彙和意象如何配合節日主題，帶出其中的語文特點和寫作方法，說明如何藉此提升對漢語語詞和表達方法的掌握，從而提高語文能力，同時加以析述詩歌的文化內涵，並對照古今作品以體現傳統節日文化的流傳和變化，帶出古典詩歌如何提升語文教學的趣味和文化意義。本文期望整理一套能配合語文教學的古典詩歌教學法，藉傳統春節詩歌為核心，展現如何在教學中兼顧語文和文化元素，帶出古典詩歌在現代語文教學的價值。

關鍵詞：古典詩歌、春節詩、語文教學、文化意涵

一 引言

　　古典詩歌表達手法較含蓄，加上陌生的語言和文學背景，容易使缺乏文學專業訓練的學生望而卻步。大學語文教學，學生遍及理科、商科、工科等，如何引起不同專業背景學生對古典詩歌的學習興趣，是語文教學值得關注的課題。

　　古典詩歌不僅展現漢語精煉特質，還包含豐富文化內涵，是語文教學理想素材。「詞彙」、「修辭」是語文教學基礎範疇，從這些方面學習古典詩歌，有助掌握遣詞造句方法，提升寫作技巧和語文能力。陳滿銘〈辭章意象論〉指「詞彙」或「修辭」涉及「意象」之表現，是經由「形象思維」而形成的，[1]故分析古典詩歌的「詞彙」、「修辭」，有助掌握作品「意象」的具體表現：以不同詞彙展現各類別的意象（「景」或「事」），並用形象化方式藉這些「景」、「事」表情達意。春節詩歌的詞彙和意象表現濃厚的時令節日色彩，也反映這類作品形成獨特的意象群，特色鮮明。至於音韻節奏，則能突顯詩歌這文類的特點，幫助學生掌握語音與詩意的關係。

　　本文以春節詩為討論對象，蓋春節是中國最重要的傳統節日，富代表性。春節歷史悠久，古人稱為歲首、元旦、元日等，即指正月初一，但民間習俗中，春節慶祝活動從十二月初八開始，一直延續至正月十五元宵夜，其中以除夕和元旦最受重視，歷代文人創作了大量除夕及元旦詩，這也為後世提供學習詩歌語文、認識文化的素材。本文集中析述唐宋及近代除夕元旦詩歌詞彙、意象、音韻、體製的語文特

---

[1] 陳滿銘著：〈辭章意象論〉，《師大學報》（人文與社會類）第50卷第1期（2005年5月），頁24。

色,並點出春節詩的文化元素,藉此體現結合語文和文化學習古典詩歌的果效。

二　春節詩的語文特點

語文教學過程中,可綜合主題相若的詩歌加以析述,以突顯作品在特定語境下,詞彙、意象與情理的關係,從中引導學生理解作品的表達方式,並藉此認識春節文化,以添趣味。同時,也可具體分析詩歌的格律特點,並比較不同詩歌作法,帶出作品的技巧和立意之高下。以下從除夜守歲、除夕思鄉、宮廷除夕、元日新正四類題材析述春節詩的語文特點。

(一)除夜守歲詩

除夕至元日為民間慶祝春節的高潮。除夕乃一年之盡,古人稱為除夜、除日、歲除等,除夕過了便是元日。除夜守歲,送舊迎新,這種習俗流傳已久,宋代《東京夢華錄》載:「是夜士庶之家,圍爐團坐,達旦不寐,謂之『守歲』。」[2]除夕詩多以守歲為題,點綴時令天氣環境,描寫闔家團聚、飲宴聯歡,通宵達旦,不眠不休,作者往往抒發時光流逝、年華催老的感慨。宋代梅堯臣〈除夕與家人飲〉體現春節典型習俗,加上措辭簡鍊,立意深刻,是理想的語文教材。詩云:

> 莫嫌寒漏盡,春色來應早。風開玉砌梅,薰歇金爐草。
> 稚齒喜成人,白頭嗟更老。年華箇裏催,清鏡寧長好。[3]

2　〔宋〕孟元老著撰,鄧之誠注:《東京夢華錄》(北京市:中華書局,1982年),卷10,頁253。

3　〔宋〕梅堯臣:〈除夕與家人飲〉,北京大學古文獻研究所編:《全宋詩》(北京市:北京大學出版社,1991年),卷236,頁2753。

詩歌以「寒漏」、「春色」突顯送舊迎春時節的天氣特點，又以庭院梅花繁開、香爐煙散的景象，帶出春意已早至。至於與家人共飲達旦的溫馨場面，則反映除夕這大年夜守歲團聚的傳統。其中「開」與「歇」運用動詞，既表現動感亦推展時間，筆法生動，使詩意更豐富。五、六句詩筆由描寫轉入敘述：「稚齒喜成人，白頭嗟更老。」孩子喜迎新年，又長一歲；老人慨歎年老，白髮添壽。這兩句對比鮮明，運用稚齒與白頭借代孩子與老人，描寫在除夕守歲情景下，兩類人一喜一悲的不同心境。此詩以景、事、人組成一個虛實相照的意象群，並於尾聯點出詩歌的情感與哲理，組織清晰，又多以簡單主謂句帶出意象，推展詩意，立意鮮明。近人郁增偉〈新正竹枝詞〉（其一）：「共換桃符萬戶懸，兒童紛聚話新年。自愧不惑兩鬢老，難學時人衣服鮮。」[4]寫除夕後的元旦，兒童愉悅快樂，而作自嗟年華老去的感歎，與梅堯臣除夕詩的情感一致，正是春節詩的情感主旋律。而〈除夕與家人飲〉是一首古詩，全詩五言八句，早、草、老、好押上聲韻，聲韻響亮，明顯比押平聲韻的律絕更為古拙。中間第三、四句「風開玉砌梅，薰歇金爐草」與第五、六句「稚齒喜成人，白頭嗟更老」，對偶整齊，語言凝煉，這四句詞性、結構相對，惟其中平仄與格律詩如〈新正竹枝詞〉上句仄收，下句平收的要求不同，表現古體仄韻詩和近體詩格律的差異。此例說明從詞彙、修辭、平仄音韻這些語文角度分析作品，有助了解詩歌作法和立意，也可從中掌握漢語不同詞性、修辭技巧以及詩歌體裁特點。

（二）除夕思鄉之作

梅堯臣作品是典型的除夕詩，突出守歲文化主題。然而有不少人

4　郁增偉：〈新正竹枝詞〉（其一），程中山編注：《香港竹枝詞選》（廣州市：廣東人民出版社，2013年12月），頁140。

身在他鄉未能與家人守歲共渡，他們所作除夕詩多寫思鄉愁緒，常用「旅館」、「寒燈」、「霜鬢」等意象，表現遠離家鄉的孤苦與對團聚的渴望，體現除夕守歲團圓的情結。如高適〈除夕夜〉云：

> 旅館寒燈獨不眠。客心何事轉淒然。
> 故鄉今夜思千里，愁鬢明朝又一年。[5]

此詩首句「旅館」即點出詩人獨在異鄉的寂寞，「寒燈」更渲染了淒冷氣氛，故詩人之「不眠」並不純粹因守歲傳統而達旦不睡，蓋因孤獨渡歲而未能入眠。第二句明知故問，異鄉人何事淒然感傷？三句承接而下：故鄉親人思念遠在千里之外的遊子，以曲筆深化思鄉之情。末句「愁鬢」意象鮮明，突顯詩人在除夜既思念親人又感慨時光流逝，深化愁思。又戴叔倫〈除夜宿石頭驛〉：

> 旅館誰相問，寒燈獨可親。一年將盡夜，萬里未歸人。
> 寥落悲前事，支離笑此身。愁顏與衰鬢，明日又逢春。[6]

詩歌運用的意象與高適〈除夕夜〉相若，首聯寫夜宿旅館，獨有寒燈相對；頷聯點明除夕夜，詩人離家甚遠；頸聯則緊接前聯，描寫獨處他鄉的漂泊之感；尾聯以「愁顏」、「衰鬢」突顯詩人滄桑年老的形象，而「明日又逢春」則在低落之中以「春」字透出點點餘味，是喜是悲，頗堪咀嚼。以上二詩，意象相近，但寫法和情感則有所不同，

---

[5] 〔唐〕高適：〈除夕夜〉，高適著，劉開揚箋注：《高適詩集編年箋注》（北京市：中華書局，1981年），頁222。

[6] 〔唐〕戴叔倫：〈除夜宿石頭驛〉，戴叔倫著，蔣寅校注：《戴叔倫詩文校注》（上海市：上海古籍出版社，1993），卷2，頁201。

高適詩既寫旅館遊子,也擅用曲筆含蓄借故鄉親人深化思念之感,情意淒然深切,而戴叔倫詩集中描寫旅館遊子,較細緻刻劃人物情感變化,遊子由孤寂到悲傷,由悲傷再到淒苦自嘲,最後以愁顏與衰鬢面對即將來臨的新春,似乎透出惘然之感,人物情感變化豐富,形象鮮明。二詩之別,相信與詩歌體裁不同有關,高適這首作品是絕句,第三句以曲筆作轉折,時空交錯,深化情感,推展詩意,戴叔倫〈除夜宿石頭驛〉是律詩,篇幅較長,故可較細緻表現人物前事此身的感慨,思緒情感描寫得較豐富。除了篇幅之外,律絕之明顯差別在於律詩第二、三聯必須對偶,「一年將盡夜,萬里未歸人。寥落悲前事,支離笑此身」,對仗不意味只有詞性相同而已,其表現手法也是值得留意,「一年」、「萬里」運用數字多少差異,呈現強烈對比的語文修辭手法,而「寥落」、「支離」,前者雙聲、後者疊韻,詞性並列,體現詩歌聲韻與語法俱重的對仗特點。

(三)宮廷除夕詩

另外,有一類除夕詩僅能表現時令季節的變化,並不多闔家團聚的文化情懷,於語文教學也可提出。唐太宗李世民曾作多首宮廷除夕詩,就是純粹以鮮明意象帶出除夕時令特點。如〈於太原召侍臣賜宴守歲〉:「四時運灰琯,一夕變冬春。送寒餘雪盡,迎歲早梅新。」[7]以「灰琯」、「新梅」突顯時令變化。灰琯即灰管,是古人驗氣候變化的器具,「運」字生動寫出四時運轉變化,灰琯之灰也隨之而飛揚,而寒雪未盡,新梅已發,則以對照之法表現臘梅在寒冬中的生機,標誌著新歲即臨。又〈守歲〉:「暮景斜芳殿,年華麗綺宮。寒辭去冬

---

7 〔唐〕李世民:〈於太原召侍臣賜宴守歲〉,〔清〕彭定求等編:《全唐詩》(北京市:中華書局1960年),卷1,頁18。

雪，暖帶入春風。階馥舒梅素，盤花卷燭紅。共歡新故歲，迎送一宵中。」[8]描寫梅花素香，縈繞宮庭階間，又以寒與暖、冬雪與春風、新歲與故歲互相映照，表現除夕送春迎歲之景象。又另一首〈除夜〉云：「冬盡今宵促，年開明日長。冰消出鏡水，梅散入風香。」[9]冬盡春來，夜短日長，時節變化，冰雪融化，淨水如鏡，梅花綻放，香氣四溢，寫景狀物，層次分明。[10]上述各詩可見，「梅花」在除夕詩之中多作為點明時令的景物，詩人狀寫其色調、花香和姿態，蓋因梅花乃臘月標誌性的花木，能點明除夕這時節。除夕詩所寫梅花多配合冷雪、春風，前者與梅作對照，後者與梅相呼應，共同組成一個以景物為中心的意象群，表現這一年將盡之日送舊迎春的景象和天氣特點。當然，這些意象有特定的時地色彩，主要表現唐代北方冬春之交景象，尤其李世民的春節詩，更體現了宮廷獨有的華美景象。語文教學過程中，宜拈出這些作品的時代和地方背景，才能準確了解詩意。

　　以上圍繞除夕主題的詩歌含有特定詞彙和意象，如「旅館」、「寒燈」、「霜鬢」、「梅花」等，在除夕守歲的語境中，這些詞彙和意象已表達了特定的「情」、「理」，甚至成了一種符號，指向固有主題。掌握這些春節詩的詞彙及其表現的意象，能更深入了解詩歌的作法和立意。而在這些框架模式之中，若能巧妙組織、統合意象，則可提升作品表現力。

8　〔唐〕李世民：〈守歲〉，〔清〕彭定求等編：《全唐詩》，卷1，頁15。
9　同上注。
10　除了李世民詩，李治〈守歲〉：「綬吐芽猶嫩，冰口已鏤津。薄紅梅色冷，淺綠柳輕春。」韋應物〈除日〉：「冰池始泮綠，梅援還飄素。」均描寫冰池漸融，梅枝掛雪，表現除夕寒暖交接的時令特點。〔唐〕李治：〈守歲〉，〔清〕彭定求等編：《全唐詩》，卷2，頁22。〔唐〕韋應物：〈除日〉，〔清〕彭定求等編：《全唐詩》，卷191，頁1964。

（四）元日新正之作

　　元旦與除夕時間相接，以元旦為題的詩歌同樣多寫守歲至新年的情景，雖也有「除舊迎新」、「冰雪化水」、「風暖梅開」的語詞和景象，也不乏遊子無法與家人團圓的抒懷之作，但不像除夕詩多及「寒燈」、「孤燈」等晚上的詞彙和景物。相對除夕，元旦已正式踏入新歲，故作品較多寫及開年迎春，格調較明朗。

　　宋代王安石〈元日〉是春節詩經典名作，文化元素豐富，語文表現力強，是上乘的語文教材。詩云：「爆竹聲中一歲除，春風送暖入屠蘇，千門萬戶曈曈日，總把新桃換舊符。」[11]詩意配合元旦迎新主題，立意美好吉祥，用詞精簡，意象鮮明，令人印象深刻。全詩四句，善用意象推展詩意，融合虛實，以具體的事物和情景展現春節的熱鬧與美好，意象組織統合巧妙自然，全詩流暢明朗。首句「爆竹聲中一歲除」，藉具體景物「爆竹」帶出舊歲結束，點明「元日」來臨。火紅的爆竹一響，伴隨的不僅是響聲，彷彿令人嗅到那濃烈的煙火味，看到點點紅火焰。相傳這些聲響和味道可驅邪避災，這既帶出新年習俗，還以豐富感官描寫，展現了一個聲色味俱全的動態畫面，生動描繪新年熱鬧場面。第二句「春風送暖入屠蘇」，巧妙藉「春風」和「屠蘇酒」兩個意象帶出暖意，春回大地，吹來暖風，不僅送暖入屠蘇酒，也送暖入人心，這簡單的敘述句融合了景物與情感，表達新年帶來無限暖意，溫熱人心，也藉此帶出新年飲屠蘇酒的習俗。又第三句「千門萬戶曈曈日」，千門萬戶迎著暖陽，詩人以「曈曈」打通感官，耀眼的陽光照亮大地，也照暖人們身心，這是新年帶來的美好。末句「總把新桃換舊符」，桃符即春聯，換上新的春聯，象徵

---

[11] 〔宋〕王安石：〈元日〉，王安石著，〔宋〕李壁箋注，〔宋〕劉辰翁評點：《王安石詩箋注》（北京市：中華書局，2021年），卷41，頁1503。

辭舊迎新，而「總」字則突顯新年習俗代代相傳。全詩以簡單四句描繪了新年的習俗和歡樂畫面，既寫出傳統節日特點，也表現中國人對生活總是抱持著一份堅持，一分希望，懷著樂觀精神生活。〈元日〉畫面感強，詩意明白，層次分明。從「爆竹聲響」到「春風送暖」，再到「瞳瞳紅日」和「新桃舊符」，愈描寫愈具體，結合聽覺、觸覺、視覺和人物活動，生動地表現了元日旭日漸升，照耀大地，迎來新年，展現一片活力和新氣象，通過鮮明的色彩與動態描寫，傳遞出迎新的欣喜。音韻方面，〈元日〉七言句式以二二三音節帶出春節景物，節奏明快，意象鮮明，又以簡煉文字表達美好詩意，表現迎接新年的喜慶氛圍。更難得的是，〈元日〉描寫了古代豐富的春節文化習俗：放爆竹、飲屠蘇酒、換桃符，多元的習俗文化在短短四句中盡現，不僅為宋代民間留下文化記錄，也使詩歌更具趣味。

三　春節詩的文化趣味

藉王安石〈元日〉一詩可以感受春節濃厚的節日氛圍，欣賞多彩的習俗文化，這比起純粹藉參閱歷史文獻資料認識文化來得更有趣，蓋詩歌多運用意象表現情理意趣，富藝術感。誠然，詩歌與文化相輔相成，結合學習，益顯詩歌賞析的深度與廣度，讓學生欣賞詩歌之美的同時，又能觀照文化習俗的內涵與價值。下文以不同春節文化習俗為例，論述語文教學中如何結文化元素賞析古典詩歌，提升學習趣味。

（一）爆竹的流變

描寫多種家傳戶曉習俗的詩歌，文化意涵不但深刻，而且便於與後世詩作比較，反映文化流變，如戴復古〈除夜〉是南宋作品，寫及多種為人熟知的習俗，讀來頗感親切：

掃除茅舍滌塵囂，一炷清香拜九霄。
　　萬物迎春送殘臘，一年結局在今宵。
　　生盆火烈轟鳴竹，守歲筵開聽頌椒。
　　野客預知農事好，三冬瑞雪未全消。[12]

掃除茅舍、焚香祀祖、燃放爆竹、守歲團圓等傳統習俗盡現眼前。尾聯將描寫視角從年節習俗延伸到自然與農事上，帶出瑞雪兆豐年的預示，流露鄉人對自然造物的感恩和，表現農耕社會的文化與情懷。此外，值得一探的是，「生盆火烈轟鳴竹」反映傳統的爆竹是用烈火燃竹以發出爆炸聲，人們相信轟鳴烈焰可驅邪逐魔，[13]而爆竹響聲帶來熱鬧氣氛，也象徵除舊迎新，此詩頷聯「萬物迎春送殘臘，一年結局在今宵」可知詩中寫爆竹正是迎春送舊之意。晚清鄭貫公〈香江新歲竹枝詞〉（其三）：「聽如雷聲視如煙，爆竹齊燒不吝錢。南北行街生意大，家家燃放萬千千。」[14]所寫爆竹已不是用烈火燒燃的傳統爆竹，而是鞭炮。詩題「香江新歲竹枝詞」點明以新年民間風俗為材，描寫晚清香港社會不管是南北行街的商人還是一般百姓，新年都「爆竹齊燒不吝錢」，突顯人們不惜花費也要以爆竹迎春接福。五〇年代郁增偉〈新正竹枝詞〉（其二）：「砰砰爆竹短長更，倦眼惺忪夢不成。底事怪聲樓不起，鄰居雀戰和三清。」[15]反映香港承傳新年放爆竹近春的習俗。詩歌更描寫都市人通宵耍玩麻將，樓間玩樂聲加上街

---

12 〔宋〕戴復古：〈除夜〉，戴復古著：《戴復古詩集》（杭州市：浙江古籍出版社，2012年），卷6，頁187。

13 《荊楚歲時記》：「正月一日是三元之日也，謂之端月。雞鳴而起，先於庭前爆竹，以避山臊惡鬼。」〔梁〕宗懍撰，〔隋〕杜公瞻注：《荊楚歲時記》（北京市：中華書局，2018年），頁1。

14 〔清〕鄭貫公：〈香江新歲竹枝詞〉（其三），程中山編注：《香港竹枝詞選》，頁36。

15 郁增偉：〈新正竹枝詞〉（其二），程中山編注：《香港竹枝詞選》，頁140。

上爆竹聲，簡直擾人清夢。可見五〇年代的香港與戴復古詩中的南宋農耕社會大為不同，「守歲筵開聽頌椒」的習俗已不流行，不少都市人以共敘狂歡或倒頭大睡迎接新年。

（二）桃符的變化

除了放「爆竹」，懸「桃符」也是典型的春節習俗，比較歷代寫及「桃符」的春節詩，可了解文化習俗的流變。春聯源自「桃符」，後世多以「桃符」代稱春聯。相傳古有神荼、鬱壘二神善捉鬼，民間遂於桃木板書其名或畫其像，著於門上以避凶驅邪。《荊楚歲時記》記：「〔正月〕帖畫雞戶上，懸葦索於其上，插桃符其傍，百鬼畏之。」[16] 有指後蜀後主孟昶在桃木板題「新年納餘慶，嘉節號長春」以慶春節，後世文人多仿效做法，在桃符題吉語嘉言賀年，桃符蓋由闢邪之用漸演變成春聯。對照唐宋詩歌，可見唐詩甚少寫及「桃符」，而宋以來的春節詩則多及「桃符」，如李流謙〈譙允蹈知縣和予所作二詩復用韻答之〉（其二）「覓君佳句寫桃符」、[17] 朱淑真〈除夜〉「桃符自寫新翻句」、[18] 于石〈丁丑歲旦〉「不寫桃符換舊詩」、[19] 陸文圭〈丁丑新正紀懷〉「懶將詩句上桃符」，[20] 均以「桃符」寫詩句佳語，反映在宋代「桃符」已有春聯的作用。可見，比較歷代春節詩歌，能縱向觀照傳統習俗的流變。語文教學過程中，宜列出不同時期的春節詩，引導學生比較作品，賞析內容，點出其中的文化意涵加以析述，以增添學習趣味。

---

16 〔梁〕宗懍撰，〔隋〕杜公瞻注：《荊楚歲時記》，頁7。
17 〔宋〕李流謙：〈譙允蹈知縣和予所作二詩復用韻答之〉（其二），《全宋詩》，卷2119，頁23960。
18 〔宋〕朱淑真：〈除夜〉，《全宋詩》，卷1589，頁17970。
19 〔宋〕于石：〈丁丑歲旦〉，《全宋詩》，卷3677，頁44152。
20 〔宋〕陸文圭：〈丁丑新正紀懷四首〉（其一），《全宋詩》，卷3712，頁44605。

（三）驅儺儀式的描繪

　　通過描寫古代獨特習俗的春節詩，可了解昔日社會風俗，析論過程中更可引入相關文獻史料作比較，以加深對文化的認識和趣味。驅儺是古時除疫驅鬼的傳統儀式，多在臘月舉行，《後漢書・禮儀志》記載：驅儺儀式由一百二十位宮中少年扮成逐疫童子，頭戴紅帽，身穿黑衣，手持大鼓。驅疾官方相氏戴黃金四目面具，穿熊皮，著黑衣紅裳，執長戈，怒目揚眉，另有十二人披毛戴角扮成怪獸。儀式由黃門帶領，冗從僕射指揮，以驅趕惡鬼出宮殿禁地。[21]唐代王建〈宮詞〉云：「金吾除夜進儺名，畫袴朱衣四隊行。院院燒燈如白日，沉香火底坐吹笙。」[22]一、二句寫儀式在除夕進行，逐疫隊伍「畫褲朱衣」排成四隊，描寫與《後漢書》所載逐疫童子「頭戴紅帽，身穿黑衣」的裝束相合。詩歌末兩句渲染燈火輝煌的景象，結合嗅覺與聽覺生動描繪唐代宮廷驅儺燒燈焚香的情景。孟郊〈弦歌行〉也寫驅儺場面：

　　　　驅儺擊鼓吹長笛，瘦鬼染面惟齒白。
　　　　暗中崒崒拽茅鞭，裸足朱襌行戚戚。
　　　　相顧笑聲衝庭燎，桃弧射矢時獨叫。[23]

---

21 《後漢書》：「季冬之月，星回歲終，陰陽以交，勞農大享臘。先臘一日，大儺，謂之逐疫。其儀：選中黃門子弟十歲以上，十二歲以下，百二十人為侲子。皆赤幘皂制，執大鞀。方相氏黃金四目，蒙熊皮，玄衣朱裳，執戈揚眉。十二獸有衣毛角。中黃門行之，冗從僕射將之，以逐惡鬼於禁中。」〔南朝宋〕范曄撰：《後漢書》（北京市：中華書局，1965年），志第5，頁3127-3128。

22 〔唐〕王建：〈宮詞〉，王建著，尹占華校注：《王建詩集校注》（成都市：巴蜀書社，2006年），頁525。

23 〔唐〕孟郊：〈弦歌行〉，孟郊著，韓泉欣校注：《孟郊集校注》（杭州市：浙江古籍出版社，2021年），卷1，頁24。

「擊」、「吹」兩個動詞,繪影繪聲地刻畫儀式擊鼓鳴笛的節奏感與動態場景。瘦鬼染面齒白,形象可怕,鮮明的意象帶出強烈視覺衝擊。第三四句生動傳神描寫裝成驅鬼之神的法師:高拽茅鞭,穿著紅褲,赤足促行追趕惡鬼,擬聲詞、形容詞、動詞運用精煉,使人物活靈活現。末兩句描寫桃弓射中鬼,鬼淒厲呼喊,人群則圍繞篝火而笑,悲喜對照強烈,而笑聲更突顯人們高漲的情緒,也帶出民間對驅逐鬼疾的喜樂及對新年的期盼。〈弦歌行〉是古體詩,「笛」、「白」、「戚」押入聲韻,短促直急,「燎」、「叫」轉押去聲韻,十分響亮,全詩用韻緊湊,配合驅儺儀式緊張場面和強烈聲樂節奏,加強神秘感和震撼效果。與歷史記載相比,古典詩歌通過詞彙、意象與藝術手法,從聲音、動作到氛圍,生動地展開描寫,呈現驅儺儀式生動面貌。

(四)春酒文化探析

結合春節詩與文獻史料加以析論,還可更深入準確了解相關文化習俗及詩歌的詞義和立意。蘇軾〈除夜野宿常州城外〉(其二)融合民間習俗與個人感慨:

> 南來三見歲云徂,直恐終身走道途。
> 老去怕看新曆日,退歸擬學舊桃符。
> 煙花已作青春意,霜雪偏尋病客鬚。
> 但把窮愁博長健,不辭最後飲屠蘇。[24]

此詩似乎流露著感傷與悲觀情緒:頷聯借春節事物「新曆日」感慨歲月流逝,並自喻為「舊桃符」以帶出退隱之心及對仕途的厭倦,又以

---

24 〔宋〕蘇軾:〈除夜野宿常州城外〉(其二),蘇軾著,〔清〕王文誥輯注:《蘇軾詩集》(北京市:中華書局,1982年),卷11,頁533。

青蔥風光映襯雪白鬍鬚，抒發老病愁緒。然而，至尾聯詩筆一轉，由悲觀到達觀，帶出詩人對「長健」的期盼，更重要是末句「不辭最後飲屠蘇」借新年飲用屠蘇酒的習俗進一步表現豁達之情。此處結合宗懍《荊楚歲時記》資料可進一步了解飲屠蘇酒的禮儀及詩人表達的情意：「『正月一日』長幼悉正衣冠，以次拜賀，進椒柏酒，飲桃湯，進屠蘇酒……次第從小起。」[25]可知蘇軾借飲屠蘇酒「先幼後長」的習俗，強調自己「不辭最後」，甘於接受年老受敬之禮，流露坦然接受歲月流逝的豁達之情。由是可知，結合文化習俗析論詩歌，有助深入了解作品內容和思想主題。

除了屠蘇酒，春節詩也多及椒柏酒，此例同樣可說明結合詩歌與文獻史料展開學習的果效。杜甫〈杜位宅守歲〉「椒盤已頌花」的「椒盤」寫用盤進花椒，飲酒時取之泡入酒中，[26]說的就是椒酒，或叫花椒酒，孟浩然〈歲除夜會樂城張少府宅〉「舊曲梅花唱，新正柏酒傳」則寫及柏酒。[27]至於春節詩所寫「頌花」、「椒花頌」多被曲解為花椒酒，其實這是指晉代劉臻妻陳氏致君王的新年頌辭〈椒花頌〉，[28]後以此為典，泛指新年祝詞。「椒花」之美意蓋取自《詩經‧唐風‧椒聊》：「椒聊之實，蕃衍盈升。彼其之子，碩大無朋。椒聊

---

25 〔梁〕宗懍撰，〔隋〕杜公瞻注：《荊楚歲時記》，頁2。
26 〔唐〕杜甫：〈杜位宅守歲〉：「守歲阿戎家，椒盤已頌花。盍簪喧櫪馬，列炬散林鴉。四十明朝過，飛騰暮景斜。誰能更拘束，爛醉是生涯。」杜甫著，〔清〕仇兆鰲注：《杜詩詳注》（北京市：中華書局，1979年），卷2，頁109。
27 〔唐〕孟浩然：〈歲除夜會樂城張少府宅〉：「疇昔通家好，相知無間然。續明催畫燭，守歲接長筵。舊曲梅花唱，新正柏酒傳。客行隨處樂，不見度年年。」孟浩然著，李景白校注：《孟浩然詩集校注》（北京市：中華書局，2018年），卷3，頁321。
28 《晉書》：「劉臻妻陳氏者，亦聰辯能屬文。嘗正旦獻《椒花頌》，其詞曰：『旋穹周回，三朝肇建。青陽散輝，澄景載煥。標美靈葩，爰采爰獻。聖容映之，永壽于萬。』又撰元日及冬至進見之儀，行於世。」〔唐〕房玄齡等撰：《晉書》（北京市：中華書局，1974年），卷96，列傳第66，頁2517。

且,遠條且。」[29]〈椒花頌〉蓋取椒子繁多茂盛,碩大無比之美好寓意,祝君王福澤長久。至於屠蘇酒和椒柏酒是在除夕還是元日飲用,從春節詩可具體了解:盧仝〈除夜〉云:「殷勤惜此夜,此夜在逡巡。燭盡年還別,雞鳴老更新。儺聲方去病,酒色已迎春。明日持杯處,誰為最後人。」[30]可見除夕備酒迎春,但飲用時間則在「明日」元日。《明宮史》亦記「正月初一五更起〔……〕飲椒柏酒」,[31]可知明代習俗也是在元日飲用屠蘇酒。而李時珍《本草綱目》更記有泡製與飲用屠蘇酒的方法:除夜將泡酒藥材懸於井底,元日取出置酒中煎數沸以飲用,而藥滓投井,歲飲井水,可「一世無病。」[32]大概傳統守歲習俗由除夕子時之前至元日五更之後,時間連貫不斷,加上後世漸少飲用這類藥酒,遂不清楚椒柏酒及屠蘇酒具體飲用時間。由是可見,結合詩歌與史料筆記,可證椒柏酒、屠蘇酒是在元日飲用,以驅病祈願,祝願新年吉祥安康。教師可引導學生具體探析詩歌中的相關文化習俗語詞,有助提升學習趣味,並讓學生可更準確了解詩意。

---

29 程俊英、蔣見元著:《詩經注析》(北京市:中華書局,1991年),頁314。

30 〔唐〕盧仝:〈除夜〉云:「衰殘歸未遂,寂寞此宵情。舊國餘千里,新年隔數更。寒猶近北峭,風漸向東生。惟見長安陌,晨鐘度火城。殷勤惜此夜,此夜在逡巡。燭盡年還別,雞鳴老更新。儺聲方去病,酒色已迎春。明日持杯處,誰為最後人。」〔清〕彭定求等編:《全唐詩》,卷389,頁4931。

31 〔明〕劉若愚:《明宮史》(北京市:北京古籍出版社,1980年),頁83。

32 《本草綱目》「穀部」記屠蘇酒製法:「用赤木桂心七錢五分,防風一兩,菝葜五錢,蜀椒、桔梗、大黃五錢七分,烏頭二錢五分,赤小豆十四枚,以角絳囊盛之,除夜懸井底,元旦取出置酒中,煎數沸,舉家東向,從少至長,次第飲之。藥滓還投井中,歲飲此水,一世無病。」〔明〕李時珍著,〔清〕張紹棠重訂:《本草綱目》(上海市:商務印書館,1930年),卷25,頁29。

四　結語

　　綜上所論，析述古典詩歌語文特點和文化意涵，有助提升寫作技巧和學習趣味，實現語文教學提高語文能力和學習興趣的目標。本文以春節詩為例，探討詩歌的詞彙、意象、修辭，從簡明角度帶出遣詞造句方法和寫作技巧，而析論詩歌音韻和體製則有助掌握音韻與詩意的關係及古典詩歌文類特點，從而提升語文能力。文化方面，本文聚焦詩歌的文化趣味，分析文化元素如何深化學習廣度與深度，提出以下要點：選取文化意涵深刻的詩歌與後世作品比較，可反映文化流變與同題詩作的取材變化；結合文獻史料與詩歌比較，能突顯詩歌語言表現力並加深對古代文化的理解；探究詩中習俗文化詞彙，可準確掌握詩意與文化習俗。

　　語文與文化相輔相成，故論詩歌語文特點時，可依文化主題歸納詩歌類別，譬如以守歲、團圓、元日為重點，探討詩歌詞彙、意象和音韻與主題的關係；論詩歌文化意涵時，可探討文化元素對掌握詩歌詞彙、取材、立意的作用，譬如藉探討春節飲用屠蘇酒和花椒酒的習俗，有助深入理解詩意和立意。誠然，古典詩歌不僅有助鍛煉語文能力，更傳遞著豐富的文化，在語文教學中結合詩歌語文特點和文化意涵析論作品，可提升語文能力和文化素養，體現古典詩歌在語文教學的方法和價值。

參考文獻

一　古籍

〔宋〕王安石著，〔宋〕李壁箋注，〔宋〕劉辰翁評點：《王安石詩箋注》，北京市：中華書局，2021年。

〔唐〕王　建著，尹占華校注：《王建詩集校注》，成都市：巴蜀書社，2006年。

北京大學古文獻研究所編：《全宋詩》，北京市：北京大學出版社，1991年。

〔明〕李時珍著，〔清〕張紹棠重訂：《本草綱目》，上海市：商務印書館，1930年。

〔唐〕杜　甫著，〔清〕仇兆鰲注：《杜詩詳注》，北京市：中華書局，1979年。

〔宋〕孟元老撰，鄧之誠注：《東京夢華錄》，北京市：中華書局，1982年。

〔唐〕孟　郊著，韓泉欣校注：《孟郊集校注》，杭州市：浙江古籍出版社，2021。

〔唐〕孟浩然著，李景白校注：《孟浩然詩集校注》，北京市：中華書局，2018年。

〔梁〕宗　懍撰，〔隋〕杜公瞻注：《荊楚歲時記》，北京市：中華書局，2018年。

〔唐〕房玄齡等撰：《晉書》，北京市：中華書局，1974年。

〔南朝宋〕范　曄撰：《後漢書》，北京市：中華書局，1965年。

〔唐〕高　適著，劉開揚箋注：《高適詩集編年箋注》，北京市：中華書局，1981年。

〔梁〕庾　信著：《庾信詩全集》，武漢市：崇文書局，2017年。
〔宋〕陳元靚撰：《歲時廣記》，北京市：中華書局，2020年。
〔宋〕陸　游著，錢仲聯校注：《陸游全集校注》，杭州市：浙江古籍出版社，2015年。
〔清〕彭定求等編：《全唐詩》，北京市：中華書局，1960年。
〔明〕劉若愚：《明宮史》，北京市：北京古籍出版社，1980年。
〔唐〕歐陽詢輯，汪紹楹校：《藝文類聚》，北京市：中華書局，1965年。
〔唐〕戴叔倫著，蔣寅校注：《戴叔倫詩文校注》，上海：市上海古籍出版社，1993年。
〔宋〕戴復古著：《戴復古詩集》，杭州市：浙江古籍出版社，2012年。
〔宋〕蘇　軾著，〔清〕王文誥輯注：《蘇軾詩集》，北京市：中華書局，1982年。
〔宋〕蘇　轍著，陳宏天、高秀芳點校：《蘇軾集》，北京市：中華書局，1990年。

二　專書

高步瀛選注：《唐宋詩舉要》，上海市：上海古籍出版社，1999年。
孫廣才、吳林飛選注：《中國古代詩歌選讀》，南京市：東南大學出版社，2014年。
張君著：《神秘的節俗：傳統節日禮俗、禁忌研究》，南寧市：廣西人民出版社，2004年。
陳植鍔著：《詩歌意象論》北京市：中國社會科學出版社，1990年。
程中山編注：《香港竹枝詞選》，廣州市：廣東人民出版社，2013年。
程俊英、蔣見元著：《詩經注析》，北京市：中華書局，1991年。

鄧仕樑著：《沒有經典的時代——中文在香港的教與學》，香港市：文德文化事業公司，1991年。

三　論文

何萬貫著：〈提高中學生自學和鑒賞古典詩詞的能力〉，《華人文化研究》第9卷第2期，2021年12月，頁43-50。

蕭麗華著：〈論唐詩在大學通識教育中的價值〉，《通識教育季刊》第4卷第3期，1997年，頁127-148。

蔡玲婉著：〈古典詩歌的創意轉化教學探析〉，《人文與社會研究學報》第45卷第1期，2011年，頁59-82。

陳滿銘著：〈辭章意象論〉，《師大學報》（人文與社會類）第50卷第1期，2005年5月，頁17-38。

AI 轉譯與文本對讀的咒語轉生術：
以《攣生》、《木淚》為考查

曾昭榕

東海大學中國文學系博士生

摘要

  傳統國文教學多半著重於文本的詮釋與理解，透過學習單的設計，使學生理解文字背後的藝術技巧、情感、與象徵連結，而本次課程則是結合新興的 AI 繪圖軟體，先對學生進行文字與故事、人物關係的講解與梳理，以語言下達 AI 繪圖軟體正確指令，透過語言文字轉譯為圖畫的過程，使學生能夠練習精準的閱讀理解和寫作表達，藉由「數位轉譯」的教學策略，提升學生閱讀能力。而教學過程中，教師可以透過學生所下指令的精確與否，去理解學生對文本的解讀是否精準，而最終成果則是以一到三分鐘的類影音的方式呈現，成果發表不限於教師的評選，也可以透過學生彼此之間的互評，使學生與教師達到彼此回饋的效果。

  本次研究所選的文本，是配合國家文化藝術基金會（以下簡稱國藝會）「文學青年培養皿」的課程活動設計，以國藝會長篇小說補助的兩篇作品：吳鈞堯老師的《攣生》、鍾文音老師的《木淚》為主題，兩篇作品分別都有深刻的地域性，前者以離島金門與其神話為主軸、後者則是嘉義與阿里山的山林開採史，在文本閱讀教學的過程中，也必須進行地方文史的引導，因此本文也會討論小說的數位轉譯與文學地景之間的關聯性，如何在閱讀

的過程當中引導學生對在地文化與歷史吸收與考察，進而對文學地景產生沉浸式的感動，可視為國文教學中情意教學中的典範與生成。

關鍵詞：數位轉譯、文學地景、AI 協作、類影音

一　前言

　　傳統國文教學著重於文本詮釋與理解，但如何在文本既定的教學中找出火花與新意則是挑戰所在，本課程是申請國藝會「文學青年培養皿」計畫，利用週三早上三、四節課自主學習時間，共計五次共十堂課，扣除一次的作家入班分享創作，最後一次為成果展，實際文本閱讀與影片製作共計三次共六堂課。而本課程使用的文本為兩篇國藝會補助的長篇小說：上學期是吳鈞堯的《孿生》：以金門的離島文化與神話為主題；下學期則是鍾文音的《木淚》：聚焦嘉義與阿里山的山林開採史。

　　「自主學習」是一○八課綱（十二年國教課程綱要）的重要內涵，也是新課綱在高中階段一項重要的變革，學生必須在高中課程的彈性時間中進行「自主學習」。教師擔任輔助者，讓學生決定主題，依照自己想要的進度和方式學習。為了吸引學生，一開始是透過表單確認學生的加入，上學期招收十六名學生，分為六組，順利完成類影音製作者有四組；下學期則有三十三人，分為十組，完成類影音者有五組，由於兩部長篇小說都有深厚的地域性，閱讀過程中，需要引導學生認識相關地方文化與歷史。除了必須透過導讀與學習單的設計，以提升學生的閱讀理解與文字表達能力，還必須加深學生對地方文化、歷史和文學地景的認識與感受。

　　在閱讀成果的呈現上，筆者引入 AI 繪圖軟體作為創新工具，引導學生透過語言指令與 AI 溝通，將文本故事與角色轉化為具象圖像，達到「數位轉譯」的目標。而透過腳本的撰寫，也可以觀察指令的精準度，評估學生的閱讀理解能力。

　　最終成果為影音呈現，透過教師與學生間的互評與情意教學的實

踐，而本篇論文也會討論小說的轉譯與文學地景之間的關聯性，期許作業成果能形成一種跨越時空的行動藝術展覽。

二　人身書寫與 AI 指令的共構共生

自從生成式 AI 問世以來，高效率的文字生成與即時回饋，也同時抵免了人身寫作過程中的認知活動學習、情意感受抒發，使得個體在寫作過程中所產生的人身對文字及其互動的動機、情感、認知、記憶等複雜性，都被 AI 的自動文字生產的工具所取代，只剩下學習者所下的指令。[1]長此以往下來，AI 的自動化文字生產都有可能弱化學習者的學習認知，取而代之的是不需人身寫作，也能產生的大量公式化的文字生產。因此，為了使學生更有效的使用 AI 而非被前者使役，能夠理解並將其作為寫作的工具加以應用而非投機式的照單學收，則是現階段教師應扮演的角色。

AIPW（Ai for person and writing），即 AI 為教學者與學習者所提供的人與寫作框架，也是以人身寫作與 AI 協作共構教學程序設計的教學策略。[2]AIPW 框架的置入，除了可以學生在第一階段更加理解人身寫作的文類知識與書寫技能外，在第二階段也可以使用精確的指令，並以學習者掌握學習的主體性，透過 AI 生成的文字回去重新進行文本的閱讀，以進行二次的修訂。以下筆者便針對操作的過程加以敘述。

1　陳康芬：《AI融入中文實用文書寫作之教學程序設計與學習回饋》，發表於「2004年華語研討會：華語教學在AI時代的挑戰與機遇」，舉辦日期：2004年10月，頁7。
2　同上註，頁8。

（一）《孿生》故事的脈絡以及介紹

　　《孿生》的故事背景以作家吳鈞堯老師出生的金門為主，故事敘述主要角色為吳建軍三兄弟，透過三段故事的敘述並雜揉山海經神話與金門在地傳說，交織出具有魔幻寫實意味的離島小說。其中主角之一的吳建軍為實寫，敘述場景多在臺灣，可視為作者的化身；而前往南洋的可端與可莊兩兄弟則是虛寫。書中提到山海經神獸如蜀鹿、金雞、刑天；也有提到金門在地的昔果山與風獅爺。

　　課程的教學上以〈分界樹〉作為文本進行教學分析，由於在這個篇章中提及吳建軍與外婆、吳建軍女友的阿嬤，且都以植物進行象徵書寫，因此讓 ChatGPT 梳理書中人物與相匹配的植物，經過一定程度的精簡後呈現如下：

角色	特質	匹配植物	象徵意義
外婆	家族的核心，強大且穩固，最終因年邁倒下	巨木（榕樹）	如參天大樹，支撐整個家族，倒下後影響深遠
吳建軍	尋找童年與回憶的小徑，卻發現道路早已消失	木麻黃	迷失在時間與記憶中的尋路者
顏亦雯的阿嬤	生命如枯木，與外婆形成對比	枯木	乾涸無生機，生命逐漸凋零

接著再請 ChatGPT 梳理篇名〈分界樹〉的意涵，經過整理與書中文句比對後內容如下：

象徵層面	意義
記憶與遺忘	書中提到的榕樹、相思樹與木麻黃串聯童年到成年，當主角回到金門故地時，發現昔日的小徑與樹已不復存在，暗示時光流逝與不可逆轉的變遷。

象徵層面	意義
生與死的分界	吳建軍曾經經歷過高燒與死亡，在死亡的幻影中，唯一給予安慰的即是屋後的木麻黃。
家族與血脈的連結	長在防空洞上頭的榕樹，象徵外婆這一代人的影響力與庇護，當這棵樹消失，家族的連結也開始瓦解。
界線與歸屬	「分界」代表一種區隔，可能是離島的原鄉與城市、舊時代與新時代的分界，也象徵主角在認同上的徬徨，既熟悉又陌生，既想找回過去又無法真正回去。

這次的表格中進行更多細微的修改，除了象徵標題外，另外在表格內容上也必須進行文句的修訂，改訂程度約莫三至四成。

（二）《木淚》故事的脈絡以及介紹

《木淚》是一部具有短篇性質的小說，小說中有虛構角色也有真實存在的歷史人物，作為敘事者的虛構人物為：阿努、阿娜與阿米哈，其身分分別為：日本人、原客混血與原住民；而真實存在的歷史人物則有：日本籍植物學家早田文藏、籍貫嘉義的旅日畫家張義雄與妻子江寶珠（烏仔嫂）與阿米哈的父親長老望迦。

課程的第一堂課透過 PTT 介紹書中各個人物，並提出十幾個跟書中閱讀的小問題，進行快問快答，由於暑假期間已經提前將書發下並給學生進行閱讀，此處的問答便是檢核，目的在確認學生在暑假收到書的過程當中有進行一定程度的閱讀，而在快問快答後則進行角色的介紹與文本引導，目的是協助學生建立理解，接著便為學生進行分組。

第二堂課的時候透過〈樹群尋找故鄉〉[3]這個篇章進行文本導讀，並輔助 ChatGPT 示範，幫助學生找出人物關係與線索並進行梳理，在〈樹群尋找故鄉〉中梳理其中的幾位角色：佛里神父與早田文藏，兩

---

[3] 鍾文音著：《木淚》（臺北市：麥田出版社，2023年10月），頁512。

人皆是十九世紀人物,因對臺灣植物的發現與定名,為表彰其貢獻,因而將其容貌塑成雕像存於臺北植物園,由於本段文字的科普性頗為充足(根據筆者的經驗,ChatGPT 往往不易偵測出文學中的反諷與詩意),因此以這段文字進行分析,並請 ChatGPT 協助表格式整理,呈現如下:

比較項目	佛里神父	早田文藏	相同點
身分	基督教傳教士	植物學家	對植物有深厚的興趣,熱愛探索自然
專業領域	宗教與傳教	植物學	都在島嶼上留下重要足跡
興趣與熱情	對植物採集與研究有濃厚興趣,但為業餘性質	全職植物學研究,專注於分類與命名植物	對植物世界的探索與記錄充滿熱情
信仰	基督教[4]	佛教(淨土真宗)	信仰成為他們行動的精神力量
對臺灣的貢獻	改變部分地區的信仰,傳播基督教	發現並命名了大量臺灣特有植物,奠定植物學基礎	促進臺灣文化或自然的國際化
足跡	走遍臺灣山區,記錄植群與人群的分布	深入臺灣各地採集標本,包括高山、低地和原始森林	曾踏遍臺灣山林,對聖山等地有深刻研究
性格特質	樂於與當地人接觸,傳遞信仰與關愛	謙遜而專注,喜愛自然與研究	都具備奉獻精神與探索精神

---

4 此處ChatGPT原本有一句:天主教或基督新教,未明確,但人工判斷神父為天主教(舊教)才有的神職人員,因此和學生說明並手工訂正。

比較項目	佛里神父	早田文藏	相同點
歷史影響	宗教層面，改變了聖山及部分原住民的信仰模式	植物學層面，建立了臺灣植物分類學的重要基礎	為臺灣的宗教文化或植物學留下深遠影響

之後再請 ChatGPT 分析這段文句：「我們去了北海岸，在雞籠看樹看海看山，這島嶼真美，配得上福爾摩沙之譽。植物如此多樣性的島嶼，我和阿米哈感嘆人卻如此單一且邊界清晰。」[5]，其回答如下：

在文章中，「植物如此多樣性的島嶼」這一表述，植物的多樣性可以被視為對人種或文化多樣性的象徵。

一、**象徵人種與文化的多樣性**：植物的多樣性象徵著人群的多樣性，正如臺灣的植物種類繁多，臺灣的歷史和人口組成也十分多樣，融合了不同的民族、文化與歷史背景。臺灣的自然環境孕育了豐富的植物生態系統，而這種豐富性與其多元的人文背景相呼應。文章提到敘述者與阿米哈對邊界的反思，讓人聯想到人類社會中固有的分界與分類，而植物的多樣性打破了這種分隔，象徵著文化交融的可能性。

二、**跨文化與跨族群的融合**：文中提到佛里神父、早田文藏和敘述者與阿米哈等人物，來自不同的文化背景，卻因著植物的連結而彼此交織。他們代表了不同的信仰、民族與歷史，但都因為對植物、自然或生命的共同熱愛而聯繫在一起。這種多樣性暗示了跨文化、跨族群交流的可能性，正如植物世界中的不同物種能夠在同一片土地上共同生長。

三、**象徵生命力與包容性**：植物的多樣性本身也象徵著強大的

5　鍾文音著：《木淚》，頁516。

生命力和自然界的包容性。無論是苔蘚、草木，還是高大的杉樹，都在同一片土地上各自生長，互相影響，形成一個豐富多樣的生態系統。這種多樣性反映出人類社會中不同文化、信仰、背景的人能在同一片土地上共存，並且為這個共同體注入活力和創造力。

　　因此，透過 ChatGPT 的分析，可見植物的多樣性在文中象徵著人種與文化的多樣性，強調了文化的包容、融合以及對生命的熱愛與尊重。這種象徵性也呼應了文章中對於自然、生命和歷史的深刻探討。

　　這兩次的操作，目的是引導學生使用 ChatGPT 進行文本閱讀與分析，但過程中至少會有三至五成左右的錯誤，且指令必須精準，因此學生還是必須具備有對文學中的意象有一定程度的思考與理解。

　　何謂意象，人在日常生活中會自然產生出情緒波動，這股「情緒波動」即主體之「意」；而「事物形態」之「更本質、更形象的內容」，則為客體之「象」。對這種意與象之互動關係，格式塔心理學家用「同形同構」或「異質同構」來解釋。他們認為：審美體驗就是對象的表現性及其力的結構（外在世界：象），與人的神經系統中相同的力的結構（內在世界：意）的同型契合。[6]這種文學模式對於熟稔文學掌故，甚至是語感強的學生可以輕鬆捕捉，但對於語言較鈍感力的學生則顯得隔靴搔癢，因此筆者認為 ChatGPT 則可做為一種工作上的輔助，只需教師給予合適的提問或是關鍵字，可視為一種 AI 時代中教學現場的鷹架教學，[7]只是在傳統的教學角色裡，鷹架的搭設者

6　陳滿銘著：《篇章意象學》，臺北市：萬卷樓圖書公司，2011年。

7　謝怡倫著：《鷹架學習對學習成效之影響——以生活中的平面圖形為例》：「鷹架這個概念源起自Vygotsky的社會建構學習理論之中，他認為人類高層次的心理活動皆是在社會化的環境裡，透過與人的互動、調整，逐漸內化為自我的過程，而在這樣的教學活動之中，在教學上教師經常會採取一個暫時性的支持架構來幫助學童學習

為教師，透過教學與評量使學生在「可能發展區」中實踐學習與知識性的提升，而自從微軟電腦問世後，便開始有學者研究是否能透過多媒體與電腦軟體來替代教師的鷹架角色，協助學生在可能發展區中進行更高層次理解，如今 ChatGPT 問世，其對話視窗便具有問答的模式，不受時空限制，只要學生有疑惑，便可進行文本的梳理與疑難雜症的回答，尤其是在面對這些文字密度高的作品，學生未必準確掌握核心與表達意旨，必須依賴教師，但在 ChatGPT 的運用下只要善加利用，便可跳脫時空限制，學習中獲得高效率，在 AI 時代，未來的溝通能力將不限於人與人之間的溝通，人機之間的溝通，將成為重要的學習方法和學習目標，[8]而教師在這其中扮演的角色，可著重在引導學生找出精準的指令，並反覆進行修正。

三　文學轉譯：劇本創作與 AI 圖片生成

　　電影與文學，就媒體的特性來看，似乎存在「二元對立」，即文本 vs. 視覺、文字 vs. 影像、創作 vs. 寫作；這是由於兩者間所呈現的符號有關，電影是以影像、聲音符號為主，而文學創作則只提供文字符號。電影和文學看似不相干的兩種產物，但事實上兩者又有著密切的關聯，文學可以透過電影再現，拍攝出讓人們用影音的形式閱讀文

其能力，這樣的引導稱之為搭鷹架。而這鷹架理論，雖然是從Vygotsky的理論裡延伸出觀點，但卻是由學者Wood、Bruner 及Ross（1976）所提出，他們將教學過程中所提供的協助稱之為「鷹架教學」。也就是當教師在教導學童解決超過其能力負荷的問題時，適時提供給予的協助，這協助會隨著學童逐漸了解進入狀況之後而減少，到最終會完全抽離讓學童獨立完成任務。」（新竹市：國立交通大學碩士論文，李秀珠教授指導，2009年7月），頁17。

8　李開復、王詠剛著：《人工智慧來了》（臺北市：遠見天下文化出版公司，2017年10月），頁352。

學作品……因此文學與電影仍有「會通」之處，這會通之處就是經過文字以及語言「符號」（sings）的轉化。[9]

而此次的作業雖然並非要學生生成完整的電影，僅需要數分鐘的類影音，但若要將兩種看似對立的媒體找到相似的符號性，則需要協助學生提取適當的符號，也就是第一章節提到的意象進行轉化，使文本與影音達成會通。

劇本是類影音創作的骨相，而圖片則是皮相，骨相與皮相的相得益彰，可說是文學轉譯過程中不可缺的兩大心法，而筆者也會在第三堂時要求學生進行劇本撰寫，進行批改與反饋，目的就是協助提高學生的影片完成度，學生劇本繳交的狀況如下：

	篇名	故事大要	影片時間	生圖張數	影片風格
孿生	不死草	吳可端為了找尋寶藏進入深山，在林中與同伴走散，與森林外女孩的重逢是支撐他找到出口的動力，森林中結識了朦雙氏，他們本是兄妹，結婚觸怒顓頊被流放到這片森林，被不死草復活後身體便相連了，他們一同走了許久，終於到了出口，女孩經過多年等待，已成老婦，朦雙氏將一片不死草放在老婦手中，老婦變回了女孩。	3分9秒	10	偏向寫實的人物畫，有些風格較不統一

---

[9] 〔美〕Robert Stam著，陳儒修、郭幼龍譯：《電影理論解讀》，臺北市：遠流出版事業公司，2013年二版。

	篇名	故事大要	影片時間	生圖張數	影片風格
學生	神許願：風縛	風獅爺是金門人的膜拜對象，但身為神的祂也卻也有想要實踐的願望，因此風獅爺爬上了建木製作的天梯，據說爬上天梯就可以許願，因此遇見了無可端兄弟與朦雙氏，調皮的風獅爺形體變大想要與他們遊戲，本部影片特地取名為風縛，透過風縛這個題目，表達身為神的風獅爺也有不自由之處，並扣合了金門機場未建成的缺憾。	5分45秒	10	浮世繪
	觀音痣	身為童養媳的謝立芳，自小在金門長大，但同年時大哥意外過世，一次看電視時被父親誤會自己在笑鬧（其實只是電視的聲音），一個碗公飛來砸傷了立芳的額頭，割下一小塊肉像是血紅色的痣，故事扣合了謝立芳和孫運璿，表達祂們都是像觀音一樣捨己為人。	4分19秒	41	黑白色彩基調的動漫風（具有回憶感）
木淚	阿努的故事	年少的阿努收到了遠方父親過世的消息，之後祖父臥病過世後，遺言是將骨灰埋在聖山的杉樹下，懷著祖父的遺願前往迴城的聖山，但在山上遇見風雨被獵男所救，清醒時遇見了美麗的部落少女。	6分23秒	45	日漫風格

	篇名	故事大要	影片時間	生圖張數	影片風格
木淚	阿努的故事	去美國讀研究所時遇見了阿米哈，之後返回迴城時，遇見能與動物溝通的少女阿娜，令她想起了年輕時救過他的部落少女。	6分23秒	45	日漫風格
	木也流淚	木淚舞臺劇公演，舞臺劇是由阿米哈所撰寫的劇本，阿米哈演出一棵樹，而阿娜則飾演聖山的少女（名字也為阿娜）。	3分12秒	15	油畫色系的寫實風格
	負傷者	舞臺劇演完後阿娜、阿努與阿米哈三人互動的故事線，阿娜在戶外架起了畫架作畫，三人聊到人與自然的關係。	3分56秒	14	前面是繪本，中間轉為日漫，最後一張是寫實真人畫風
	緣起	北城工作的輕熟女阿娜收到了來自故鄉的信件，一封父親的遺書與一封嘉義畫家張義雄書寫計畫補助案的通過，回到故鄉，與阿努在迴城相遇，阿娜偶然看見《木淚》舞臺劇的徵選海報，決心前往徵選，與阿米哈三人再度相遇的開展。	6分	51	色彩飽和的漫畫畫風
	木淚展	以高中生的角度訴說前往嘉義觀賞戶外展覽的心得與感召，是文本與行動藝術展的對讀。	3分31秒	25	素描感的黑白日漫風，中間夾有少量動畫

　　教師可以藉由劇本的撰寫檢核學生在文本的閱讀狀態，是否能夠精準的理解文本，且提醒學生注意文本中的意象與故事的伏筆。文字

的結構是以文字語言的語法結構呈現敘事情節，而電影則是使用無數個單一「鏡頭」（shot）語言組合建構出有意義的敘事情節，文學的敘事結構，透過「鏡頭」語言的組合運用表現，這就是文學與電影「互為文本」的一種呈現形式。[10]以《彎生》中生圖張數較高的〈觀音痣〉與《木淚》中的〈負傷者阿努〉為例，劇本與影音兩者本身具有一定結構的轉換，生圖不僅僅是一個單一的畫面，如何運用圖片的移動，也能夠傳達故事的節奏與氛圍渲染。〈觀音痣〉的製作上使用高達四十一幀圖片，中間由謝立芳與主角的成年相遇，帶回謝立芳金門的童年往事，闡述回憶時運用的各種分鏡移動變化，如 Dissolve（溶接）：一個畫面慢慢淡出，另一個畫面同時淡入，尤其是最後的結尾以所有的圖片迅速快轉形成一種回憶式的敘事模式，這種 Montage（蒙太奇）快速剪接一系列畫面，使得影音的結尾收束留與一種無盡的低迴哀傷感，這種結尾的塑造不僅僅是一種閱讀深刻的理解，是一種結合了鏡頭美學與情緒的敘事重構。

而在〈負傷者阿努〉中，由於阿努的故事線是散落在不同的篇章之中，這一組採取的是整理，配上對應的圖片並加上頁數，如下頁圖示所呈現。

〈負傷者阿努〉採用的是日漫輕小說式的風格，通篇色彩度飽和，雖是中年人的阿努，但畫面中卻充滿了少年感。畫面中的角色特質會特過視覺傳達，以造型外貌主導了視覺構成的象徵性意涵，[11]生圖中會出現艷紅色鳥居，也會有翠綠的森林；有白日的相遇，卻也有

---

10 〔美〕Robert Stam著，陳儒修、郭幼龍譯：《電影理論解讀》。
11 施登騰著：〈數位轉譯系列：是否為本文：https://medium.com/artech-interpreter/%E6%95%B8%E4%BD%8D%E7%A7%91%E6%8A%80%E7%B3%BB%E5%88%97-%E5%9F%8E%E5%B8%82-%E5%B1%B1%E6%B5%B7%E7%B6%93%E5%9C%96%E8%AA%AA-%E5%85%BC%E6%B8%AC%E8%A9%A6%E6%96%87%E8%BD%89%E5%9C%96%E6%BC%94%E7%AE%97%E5%85%B1%E5%89%B5-233402cbf313城市山海經圖說〉，2019年6月。

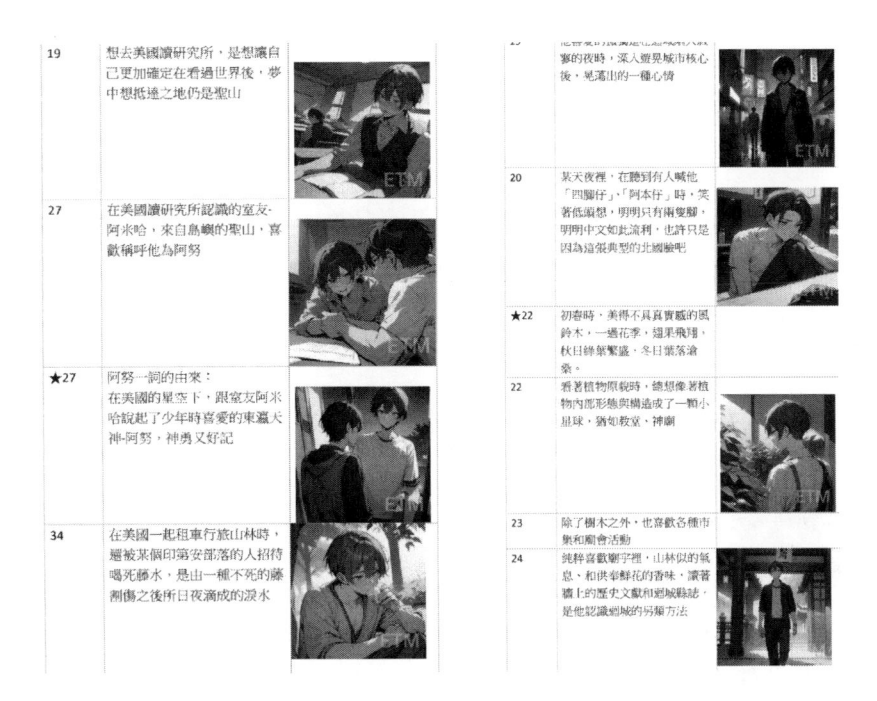

19	想去美國讀研究所，是想讓自己更加確定在看過世界後，夢中想抵達之地仍是聖山	
27	在美國讀研究所認識的室友-阿米哈，來自鳧嶼的聖山，喜歡稱呼他為阿努	
★27	阿努一詞的由來：在美國的星空下，跟室友阿米哈說起了少年時喜愛的東瀛天神-阿努，神勇又好記	
34	在美國一起租車行旅山林時，還被某個印第安部落的人招待喝死藤水，是由一種不死的藤劑傷之後日夜滴成的淚水	

	他首次獨自體驗安問的夜晚，深入遊覽城市核心後，見湧出的一種心情	
20	某天夜裡，在聽到有人喊他「四腳仔」、「阿本仔」時，笑著低頭想，明明只有兩隻腳，明明中文如此流利，也許只是因為這張典型的北國臉吧	
★22	初春時，美得不具真實感的風鈴木，一遇花季，結果飛開，秋日綠葉繁盛，冬日葉落滄桑。	
22	看著植物們限栽時，總想像著植物內形態與構造成了一顆小星球，猶如教室，神廟	
23	除了樹木之外，也喜歡各種市集和廟會活動	
24	純粹喜歡廟宇裡，山林似的氣息、和供奉鮮花的香味，讓著牆上的歷史文獻和碑城誌誌，是他認識城域的另類方法	

夜晚的獨行，尤其最後一幕病床上衰老的病體，對應年輕的追尋，在畫面的安排上產生了一種結構上的對應。

將文本透過不同方式為視覺服務，並提供感官刺激，以呈現「能見（Visiblity）」與「物質性（Materiality）」。這種在觀念、物質、視覺的轉換，就是種「轉譯」。[12] 在 AI 工具尚未發展之前，這樣的轉譯需要長期的技術訓練，但在 AI 時代，就可借助軟體輕鬆完成。《孿生》中學生使用的 AI 軟體為 Bing 和 Canva，而之後的《木淚》，AI 生圖則多了 LineAI、ETMAI 和 ChatGPT。

第一堂課筆者以 Canva 為學生進行示範教學，由於 Canva 是一款多功能軟體，本身便可以製作簡報海報或是 DM，加上其生成式 AI 功

---

[12] 施登騰著：〈從「虛實存在」存在趣談展品神聖性之數位轉譯技術芻議〉，「2018年博物館、博物館學與神聖」——國際博物館協會博物館學專業委員會（ICOMICOFOM-ASPAC）2018年國際研討會。

能不需另外付費，又可以以中文指令操作，因此一開始便以學生熟悉的軟體進行示範教學，之後便讓學生開始嘗試。

在人工智慧盛行的時代，核心且有效的學習方法非做中學（learning by doing）莫屬：面對實際問題和綜合性、複雜性的問題，將基礎學習和應用實踐充分結合，而非先學習在實踐。[13]

在處理 AI 生圖時，明顯的問題主要有三：一、圖片與文字的搭配不連貫，或整體圖片風格的不連貫；二、又或者是主角在影片上的不連貫；三、以及兩個以上的人物無法有效出現在同樣的畫面裡。

值得注意的是，在《學生》時第一個問題比較明顯，但當到了下個學習生成《木淚》類影音時，第一個問題明顯少了許多，依據筆者的觀察，主要也是因為生成是 AI 本身的數據能力，在這段時間隨著使用者的增加，與學生對指令操作的嫻熟。而 ChatGPT 除了能進行文字生成外，學生也能透過手繪草圖後拍攝並輸入要求的指令，讓 ChatGPT 進行圖片生成，比如學生在進行《木淚》的海報製作時，透過簡單草圖的指令，讓 AI 進行生成（見下圖）。

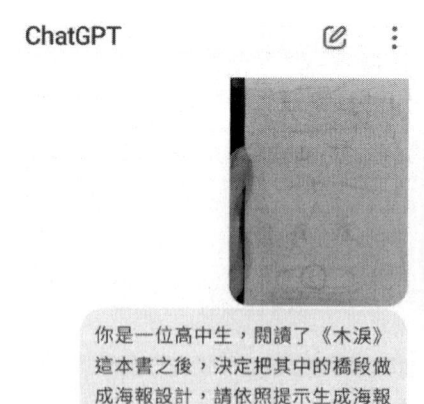

13　謝怡倫著：《鷹架學習對學習成效之影響——以生活中的平面圖形為例》，頁352。

不過 ChatGPT 對文字生成的能力還是有限，對應最初的稿子裡，ChatGPT 可以呈現圖片卻無法呈現正確的文字，中央海報的文字必須透過後製才能補上。儘管如此，AI 的技術已經縮短了以往的工作時間，使即使未受過繪圖訓練的學生，也能透過指令的試誤與修訂，做出完成度極高的作品。

四　空間與時間：文本中地景的呈現與融入

段義孚在〈地方的親切經驗〉中，指出「地方是移動中的停頓，包括人類的動物停在一個地點，因為這一地點滿足生物性的需求，停頓可使該地點變成感覺價值的中心。」[14]而本次所挑選轉譯的文本，《孿生》與《木淚》都具有在地風土性，前者以離島金門為核心，後者則是回歸線橫亙的嘉義。

段氏更進一步提及：「城市或土地被視作母親，它有撫育機能。地方是愛的記憶的所在，也是鼓舞現在的光輝所在。地方是永久性的，所以使人安心。地方既然是一種觀看、認識和理解世界的方式，透過地方書寫，我們可以看見人與地方之間的情感依附和關連，看見作家意義和經驗的世界。」[15]而學生由於經驗的限制，往往對於自小生活的環境欠缺深刻感受，因此透過文學作品的導讀，便是開啟學生的感官，帶領其反思並感受自小生活的空間與記憶、情感。

正巧在閱讀《木淚》的同時，嘉義市政府舉辦了「森林夢土——凝視稜鏡中的明日」文學裝置，在文化局中庭放置《木淚》的行動藝

---

14 段義孚著，潘桂成譯：《經驗透視中的空間和地方》（臺北市：國立編譯館，1998年），頁130。

15 劉文放著：《高雄市旗鼓地區之文學地景書寫》（高雄市：國立中正大學碩士論文，郝譽翔指導，2010年6月），頁75。

術。為了加深學生對閱讀的感受以及轉譯的理解，筆者帶領學生前往參觀。在說明庭院中的圓球代表日本籍的阿努，中央隨著陽光產生的菱鏡折射則是阿娜，有一組學生便以此作為題材，創作類影音，影片記錄了阿里山伐木的歷史，將木淚的展覽與鄰近林業文化園區的歷史雜揉在一起。

跟隨地面上的圓球──阿努的步伐繼續前進或入坐，撥開森林塵土的層層薄霧，太陽能圓球燈像微破碎的心與記憶散落在展場，願你能在〈森林夢土〉展覽或《木淚》一書中，隨意入坐，找到屬於自己片刻安穩。

在當代，「敘事」的概念被廣泛的應用在各種學科與媒介上，敘事可被視為一種言說行為（speech act），James Phelan 指出：「敘事可以被視為一種修辭行為；某人在某個場合為了某個目的對他人說發生的某件事。」如此展覽敘事也意味著言說者與對象之間的交流與溝通。[16] 但由於 AI 工具的便利與應用，展覽是加上轉譯訴求之目的性陳列。遂在確立之展覽規劃下，透過展示敘設計去傳達所轉譯的內容。[17] 在這次文學轉譯為數位的過程中，可視為一種展覽的呈現，因此也會讓各組學生設計海報與類影音作品；因為在當代博物館學的理念中，展覽不現於實體，虛擬的類影音設計亦是一種無遠弗屆的線上展覽，不

---

16 張婉真著：《當代博物館展覽的敘事轉向》（臺北市：臺北藝術大學出版中心，2014年），頁19。

17 李開復、王詠剛著：《人工智慧來了》，頁352。

可諱言地在 AI 時代來臨前，學生要製作多媒體進行虛擬展覽，所需的技術門檻難以跨越，但在 AI 時代來臨後，原先困難點便獲得了有效途徑，未來學生只需接受文史掌故的訓練，透過 AI 工具的輔助，便可以設計出符合當代博物館、且具有在地文史意義的影片；結合場域特色，進行數位轉譯，創造出充盈當代特色的多媒體成果，這也是學生除了傳統紙筆作業的繳交外，也可透過多元的作業成果在驗證學生的能力。

五　合作學習：成果發表

　　AI 時代需要各種不同能力的學生截長補短，此次分組以三人為主，工作分配為：劇本撰寫、圖片生成與後製剪輯（若是兩人一組者，後製剪輯便由二人進行分配），成果發表當天，評審教師共四人，分別是國藝會專員王慈憶小姐、南臺科技大學副教授楊智傑，與本校兩名教師，成果發表時開啟雲端硬碟文字並開放共編，方便評審直接將學生作品的優缺點打在文件上，進行即時反饋，符合史金納（B. F. Skinner）在學習理論中的強化理論：亦即通過某種形式和途徑，及時將工作結果告訴行動者。要取得最好的激勵效果，就應該在行為發生以後儘快採取適當的強化方法。[18]在網際網路時代，這是最為高效的學習反饋手法，而在評審意見中，除了有針對各組的敘述外，也有針對每一組共通問題的說明，以楊教授所言：「主要還是在於文本的詮釋以及理解上，畢竟 AI 的能力日新月異，但要開啟進階的工具使用需要『鈔能力』，但文本與閱讀的理解則不須花費金錢，

---

18 關於史金納的行為主義詞條參考於教育百科，網址：https://pedia.cloud.edu.tw/Entry/WikiContent?title=%E5%A2%9E%E5%BC%B7%E7%90%86%E8%AB%96#.E5.A2.9E.E5.BC.B7.E7.90.86.E8.AB.96.28reinforcement_theory.29

也是終生適用可帶的走的能力。」藉由上述評語，學生除了可以理解自己的優缺點之外，也可以藉由同學的分享，學習到不同的 AI 使用方法與技巧。

　　正如李開復所言：在人工智慧時代，程式化的、重複性的、僅靠記憶與練習就可以掌握的技能，將是最沒有價值的技能，幾乎一定可以由機器完成。反之，那些最能體現人的綜合素質的技能，例如，人對複雜系統的綜合分析與決策能力；人對藝術和文化審美能力和創造性思維；人由生活經驗及文化薰陶所產生的直覺和常識，還有基於人自身的情感（如愛、恨、熱情、冷漠等）與他人互動的能力……，這些是人工智慧時代最有價值、最值得培養與學習的技能。而且，在這些技能中，大多數都是因人而異，需要「訂製化」教育或培養，不可能從傳統的「批量」教育中獲取。[19]AI時代學生對於人工智慧的學習快速且能快速產出，但在面對這樣大數據庫宛若工廠流水線的模板作品中，還是得回歸到學生對於文本的理解以及對於人文歷史的敏銳與感受度，而在這次的類影音作品中，有幾部作品已經初步達到這樣的規模，而學生也能透過資訊的共享理解、互動與學習。

六　結論

　　本研究透過自主學習課程的設計與實踐，探討了文學文本閱讀、AI輔助分析與影音創作對於學生閱讀理解與創作能力的影響。研究結果顯示，透過精選的文學作品導讀，學生能夠在深度閱讀中培養文本分析能力，而 AI 技術的輔助不僅提升了學生的閱讀效率，亦促進其對文本的多層次理解。此外，以影音創作作為學習成果的展現，不

19　謝怡倫：《鷹架學習對學習成效之影響──以生活中的平面圖形為例》，頁355。

僅提高了學生的學習動機，也促使其在創作過程中綜合運用語言表達、影像敘事及批判思考能力，進而形塑個人的敘事觀點與地方感。

在研究過程中，我們發現學生在自主學習的過程中，若能透過多元媒介來輔助文本解讀，如運用 AI 生成摘要、語義分析及情感分析等技術，能有效幫助學生更全面地理解文本內容，在多模態的學習環境中建構學習的「鷹架」，幫助學生在「可能發展區」內逐步提升其理解與創作能力。此外，透過影音創作，學生須將閱讀理解轉譯為視覺與語言表達，教師可透過成果展現理解學生對文本的掌握，培養學生創意思維與團隊合作能力。

成果透過「數位轉譯」與「文學轉譯」發揮並實踐，如課，學生能夠透過觀摩與即時回饋進一步反思自身的創作表現，並調整未來的學習策略。

綜合而言，本研究驗證了文學文本閱讀、AI 輔助分析與影音創作相互結合的學習模式，對於提升學生的閱讀理解與創作能力具有顯著的助益。未來的教學實踐中，可進一步探索如何優化 AI 技術的應用，並結合更多跨領域的學習方法，以提升學生的自主學習能力與綜合素養，並在展覽與作品呈現的過程中，深化其對文本、影像及文化意涵的理解。

參考文獻

李開復、王詠剛著:《人工智慧來了》臺北市:遠見天下文化事業公司。2017年10月。

吳鈞堯著:《孿生》臺北市:遠景出版,2016年3月。

段義孚著,潘桂成譯:《經驗透視中的空間和地方》,臺北市:國立編譯館,1998,頁130。

陳康芬:《AI融入中文實用文書寫作之教學程序設計與學習回饋》,發表於「2004年華語研討會:華語教學在AI時代的挑戰與機遇」,舉辦日期:2004年10月,頁7。

施登騰著:〈從「虛實存在」存在趣談展品神聖性之數位轉譯技術芻議〉,「2018年博物館、博物館學與神聖」——國際博物館協會博物館學專業委員會(ICOMICOFOM-ASPAC)。

施登騰著:〈數位轉譯系列:城市山海經圖說〉,2019年6月。

張婉真著:《當代博物館展覽的敘事轉向》,臺北市:臺北藝術大學出版中心,2014年。

劉文放著:《高雄市旗鼓地區之文學地景書寫》,高雄市:國立中正大學碩士論文,郝譽翔指導,2010年6月,頁75。

鍾文音著:《木淚》,臺北市:麥田出版社,2023年10月。

謝怡倫著:《鷹架學習對學習成效之影響——以生活中的平面圖形為例》,新竹市:國立交通大學碩士論文,2009年7月。

現代「樂府」
——論古風歌詞之修辭

吳善佳

國立成功大學中國文學所碩士生

摘要

  由周杰倫、方文山合作的中國風歌曲，帶給華語流行歌曲新的風格，成為大眾認知的古典文學運用在現代歌曲中的典範。隨著網路時代的興起，使得許多創作者開始自發在網路平臺，放上自己創作的歌曲，這些網路歌曲中，有一系列的古風歌曲，多數為愛好傳統文化的人創作，在歌詞中大量運用古典文學創作，兩者有許多相似之處，但在根源卻不相同，影響力更是有著巨大落差。因此本文以網路歌曲中的古風歌詞為研究題材，透過探討溯源和分析修辭手法，以及古風歌曲中的特點，釐清與中國風歌曲差異，進一步讓讀者了解何謂古風歌曲，它是如何活用或者是轉譯古典文學，又如何將古典文學作為核心融入在歌詞當中，塑造出一種古典意象，使詩詞等古典文學多一個新載體，成為新的風格。

關鍵詞：中國風、古風、歌詞、修辭、網路歌曲

一　前言

　　文學史的脈絡裡，古典文學的詩歌最早的詩經楚辭都還可以入樂歌唱，至漢代分出樂府古詩，前者「採民間歌謠入樂，或文人詩頌入樂」[1]，後者則是文人創作，發展出五言古詩和七言古詩，不能入樂，到唐代產生近體詩，但樂府已不能入樂。宋代詞再次搭配音律可唱，後期又出現不合音律的文人之詞，諸宮調也在此時興起，「諸宮調為講唱體，以散文講以韻文唱，源出變文，因此採用流暢易曉之散文為說白，又大量採用唐、宋大曲與詞調為唱詞，進而發展出元明戲曲」[2]。元代雜劇有獨唱環節，承襲諸宮調，至明代傳奇則可以合唱、對唱，可見可入樂的樂府轉為詞再轉為曲的形式。

　　而民初白話文運動推廣後，詩詞轉變為新詩，似乎沒有找到可直接入樂的作品，直到周杰倫與方文山合作的〈青花瓷〉、〈煙花易冷〉、〈蘭亭序〉等作品出現，重新讓人感受到古典文學展現在音樂之中，而這些作品也被定義為中國風歌曲。至電腦網路開始流行後，又產生新興產物──網路歌曲，顧名思義就是放在網路平臺傳播，很少正式發售成CD專輯，又再與古典文學結合，形成古風歌曲，成為小眾文化產物。

　　前人研究中，已有不少以中國風歌曲的論文研究，尤其是二〇〇〇年以後，以周杰倫搭配方文山的組合創造的歌曲，成為多數人對中國風歌曲的印象。而古風歌曲的研究，臺灣方面有三篇碩士論文，主要討論古風音樂發展和文本分析，以及音樂創作，[3]其他還是以大陸

1　葉慶炳：《中國文學史》（臺北市：臺灣學生書局，1997年6月），上冊，頁86。
2　葉慶炳：《中國文學史》，上冊，頁191。
3　何孟翰：《數位音樂創作中編曲配器之探討：以〈塵煙〉一曲為例談古風歌曲創

學者為主，以音樂、文化等角度切入探討此類作品，討論古風歌曲這個新時代產物，和中國風歌曲的異同處，以及這個文化的產生等等，但對於歌詞文本修辭分析較少。因此本文想就網路歌曲中的古風歌曲為題材，首先釐清與中國風歌曲的不同，再討論運用何種修辭手法塑造出古典意象，使其歌詞帶給聽眾的感受，是非現代感，而是古風。

二　中國風和古風歌曲之異同

（一）中國風歌曲

1　定義

　　中國風歌曲是華語流行音樂的其中一種，為大眾熟知的曲風，通常會是知名歌手演唱，所以流傳度更廣。音樂製作人黃曉亮對「中國風」下的定義是：三古三新（古辭賦、古文化、古旋律、新唱法、新編曲、新概念），結合的中國獨特樂種，歌詞具有中國文化內涵，使用新式唱法和編曲技巧烘托歌曲氛圍，歌曲以懷舊的中國背景和現代節奏結合，產生含蓄、憂愁、優雅、輕快等歌曲風格。[4]而著名作詞人方文山在《青花瓷——隱藏在釉色裡的文字秘密》提到：

> 何謂「中國風歌曲」？如單純縮小範圍僅討論歌詞的話，一言以蔽之，就是詞意內容訪古典詩詞的創作。……若將「中國風

作》，新北市：天主教輔仁大學音樂研究所碩士論文，2019年1月。侯昀姍：《虛擬歌手之數位音樂創作：以古風音樂為例》，臺北市：銘傳大學數位媒體設計系碩士班碩士論文，2023年12月。曾海峰：《古風音樂之發展及文本分析（以2004年至今中國網路音樂人作品為例）》，臺中市：逢甲大學中國文學系碩士論文，2024年7月。

[4] 李克儉：〈對流行歌曲中「中國風」和「古風」風格的辨析〉，《安徽文學》第11期（2014年），頁91。

> 歌曲」做較為「廣義解釋」的話，則是曲風為中國小調或傳統五聲音階的創作，或編曲上加入中國傳統樂器……以及歌詞間夾雜著古典背景元素的用語……只要在詞曲中加了這些元素，不論加入元素的多寡或比重為何，均可是同為所謂的「中國風歌曲」。[5]
>
> 我所謂中國風的歌詞，其實也算是仿舊詩體（古典詩詞）的重新創作，因我習慣以物描景，以景入情，用了很多譬喻法以及修辭學裡的轉化（也就是擬人化或化抽象為具象）與轉品（改變一個詞的詞性，如名詞轉動詞），這些都是舊體詩常用的文法。[6]

兩位同為音樂產業中的工作者，因此黃方二人都側重在音樂性，定義較為寬泛，只要在詞或曲中，加入古典元素，是雜揉古典文化和西方音樂的新形式，便是中國風歌曲。〈中國風歌詞研究〉認為：「中國風歌詞，至少一半以上的歌詞帶有中國文化元素，如：主歌、副歌兩段至少一段是由中國文化元素組成。」[7]可見中國風的定義還是寬泛為主，並沒有嚴格規範。

2　來源

中國風歌曲源流，從方文山《青花瓷——隱藏在釉色裡的文字秘密》提出自己的看法：

---

[5] 方文山：《青花瓷——隱藏在釉色裡的文字秘密》（臺北市：第一人稱傳播事業股份有限公司，2008年6月），頁7。

[6] 方文山：《青花瓷——隱藏在釉色裡的文字秘密》，頁22-23。

[7] 林哲平：《中國風歌詞研究》（臺南市：臺南大學國語文所碩士論文，2016年8月），頁18。

  我個人以為在臺灣地區所謂的「中國風歌曲」，早期令人印象深的作品，首推一九七三年楊弦在胡德夫的演唱會上發表了由余光中的詩譜成曲的《鄉愁四韻》，該歌曲中大量出現如「長江水、海棠紅、雪花白、臘梅香」等緬懷內地風光與古詩詞較常出現之場景語彙。[8]

  在〈中國風歌詞研究〉中，提到一九七〇年為民歌時期，這類民歌中的「中國風歌曲」都帶有思鄉涵義，至二〇〇〇年前王力宏翻唱〈龍的傳人〉、張雨生〈後窗〉、陳昇〈One Night In Beijing〉（北京一夜）當時未盛行，但可視為中國風的先驅。[9]二〇〇〇年後，周杰倫首張專輯裡的〈娘子〉受到肯定，大眾才注意到這種風格，方文山提到「是因為後來市場上給予我們正面的肯定，相當程度鼓舞了我們創作，才開始刻意維持著每張專輯必有的『中國風歌曲』」，[10]因此這種風格才得以確立，之後更是搭配著古裝劇的主題曲，發展至今。

3 特點

  中國風歌曲裡有些會加入流行樂曲的饒舌元素（RAP）和外來語（英文為主），這些源自於西方流行樂，這也是現代華語流行歌曲裡常使用的音樂技巧，而古風歌曲裡很少使用，前者使用聽眾不會覺得突兀，因為它是流行歌曲，後者會避免使用，這樣會破壞古風歌曲想塑造的古典意象。

---

8 方文山：《青花瓷——隱藏在釉色裡的文字秘密》，頁9。
9 林哲平：《中國風歌詞研究》，頁23、28。
10 方文山：《青花瓷——隱藏在釉色裡的文字秘密》，頁11。

（二）古風歌曲

1　定義

　　關於何謂「古風」，古風音樂團體墨明棋妙創立者，同時也是作詞人卜磊（網名：EDIQ）的概述：

> 古風其實是一個概念、一個範疇，是一種有著務實性和畫面感的能夠表達懷古韻味的音樂風格。古風歌詞中不一定要有硝煙、戰火、離別等具象的元素，重要的是人的情緒，用歌詞表達出人們內心世界。[11]

　　他提出的說法只是籠統的解釋，只說不一定要有硝煙、戰火、離別等元素，重點在於懷古韻味以及描寫人的情緒。因為古風歌曲是新興產物，學界也是各有說法：

> 以中國古代元素為主要創作元素，歌詞較為古典雅致，曲調唯美，注重旋律與音樂所表達的意境，多使用民族樂器配樂。[12]（靳莎莎）
> 一是以古典詩詞原文為歌詞；二是改編古典詩詞為歌詞；三是古詩詞風格擬作。[13]（姚婷婷）
> 網絡古風音樂同樣注重傳統民樂與流行音樂的結合，多以歷史典故、古典詩詞為創作素材，努力以流行曲風來彰顯中華古典

11　高晴：〈那些年，我們聽過的古風音樂〉，《中國藝術報》，第6版，2014年6月27日。
12　靳莎莎：〈淺析古風音樂的創作〉，《藝術教育》第1期（2014年1月），頁116。
13　姚婷婷：〈中國當代古風歌曲的歌詞特徵〉，《濮陽職業技術學院學報》第30卷第1期（2017年1月），頁124-125。

詩文與經典意象之美。[14]（孫偉博）

化用古詩詞意象、擴寫古詩詞、文學作品，多為 ACG 同人作品，也有原創作品。[15]（曾海峰）

以上說法共通點在於認同古風歌曲對於古典文學的運用，且注意到它將古典意象作為主體，因此可以認為古風歌曲的定義在於古典文學為主要元素。

2 來源

　　古風歌曲則算是網路歌曲裡的一種，歸類在次文化的範疇。網路歌曲只是總稱，內容可簡略分為原創、同人（二次創作），而同人裡又包含遊戲、小說、漫畫、動畫等作品的二次創作，古風歌曲正是藉此誕生。原本是小眾音樂人為古代背景為主作品創作，以作品設定填詞作曲，也就是同人曲，而喜歡作品的粉絲或喜歡古典文學的人自然被吸引。

　　約自二〇〇〇年始，網路和電腦開始流行，以古代背景為主的《仙劍奇俠傳》、《軒轅劍》、《幻想三國誌》等單機遊戲出現，而這些遊戲的配樂和主題曲成為古風音樂的雛型。後來線上遊戲開始流行，不少以武俠為主題，並推出搭配遊戲劇情的歌曲，玩家逐漸接受這種風格的音樂，開始不少喜歡這類型的人開始翻唱、填詞歌曲，至中國原創音樂基地「5sing 平臺」出現後，將創作者和愛好者聚集在此。由此可知古風歌曲的內容基本就是以古代背景為主，創作者是有意塑

---

14 孫煒博：〈文化批判視野下的網絡古風音樂探析〉，《文藝爭鳴》第8期（2017年8月），頁205。

15 曾海峰：《古風音樂之發展及文本分析（以2004年至今中國網路音樂人作品為例）》（臺中市：逢甲大學中國文學系碩士論文，2024年7月），頁15。

造古典意象創作的，之後也發展出許多古風音樂團體，如：墨明棋妙、千歌未央、鸞鳳鳴、滿漢全席等，開始原創古風歌曲，也促成商業化的發展。

3　特點

　　古風歌曲裡則有三種較特殊的表演方式，一是歌曲文案，也就是創作由來，可能是短篇或長篇故事，又或是以某古代人物為基礎創作，與同人以某部作品設定為基礎二次創作相同，也類似於現代一些歌曲是小說內容歌曲化，而這也是最近發展的新思維「轉譯」的一種。[16]二是有些歌曲會加入念白，源自傳統戲曲的表現手法，有些是獨白，有些是對話。三是戲腔，這並非正式名詞，而是指模仿傳統戲曲的唱歌方式，演唱者不一定學過正式的戲曲表演，受眾和創作者因此稱呼為「戲腔」。前兩者在中國風歌曲裡幾乎不可見，第三種在華語流行歌曲裡有出現過，如〈One night in Beijing（北京一夜）〉。

（三）異同處

　　中國風歌曲和古風歌曲乍聽之下並沒有區別，但細究之後就可知，還是有所差異：一是素材，雖然都採用古典文學，但比重大不相同，中國風歌曲只是作為裝飾，古風歌曲常作為主題；二是來源，前者是流行樂和戲劇，後者則是遊戲和同人文化，因此〈古風流行歌曲歌詞的藝術特點〉：「中國風是在西洋大小調的基礎上添加中國風味；而古風多采用中國傳統的五聲或七聲民族調式」[17]提到了曲風差異，筆者並非音樂專業人士，因此引前人研究《虛擬歌手之數位音樂創

16　本文第四節有詳細說明。
17　歐陽國婷、李雅欣：〈古風流行歌曲歌詞的藝術特點〉，《文學教育》第10期（2015年5月），頁52。

作：以古風音樂為例》說明，古風音樂是一種融合西方編曲和中國文化以及樂器的風格，依照中西樂器比例、唱腔等元素差異可細分為：標準古風音樂、流行古風音樂、京劇古風音樂，旋律以五聲音階（Do、Re、Mi、Sol、La）為主，配樂樂器常使用古箏、琵琶、長笛和二胡。中國風音樂則傾向純音樂，也有以流行音樂為基礎並加入中國元素的歌曲。[18]最後是特點上，中國風歌曲畢竟是華語流行樂的一個分支，不免俗用到饒舌、外來語等常見於流行歌曲中的做法，但在古風歌曲裡難以使用，古風用故事、念白和戲腔，加強塑造古典意象，若是加入流行歌曲的方式，反而破壞最初的本意。既然知道古風歌詞是創作者有意塑造的，並且閱聽觀眾也是偏向喜好古典文學或傳統文化居多，因此筆者想從這有明確目標性作品作為材料，並透過還未有人分析修辭手法的方式，來探討古風歌詞是如何透過修辭展現古典意象。

三　古風歌詞修辭分析──純歌曲

　　古風歌詞的特點在於古典文學運用，並且以文案、念白等方式輔助，使歌詞具有故事感和古典意象，以下以「5sing音樂人」網站發布時間為二○一一～二○一九年的歌曲為範疇，共計討論〈聞戰〉、〈琴師〉、〈江山雪〉、〈牽絲戲〉及〈不老夢〉等五首作品，依其歌曲的表現形式分為「純歌曲」、「非純歌曲」等兩類，討論其修辭手法。首先是純歌曲：

18　侯昀姍：《虛擬歌手之數位音樂創作：以古風音樂為例》，頁7-11。

〈聞戰〉，作詞：恨醉[19]

歌詞	修辭格
君欲守土復開疆　血猶熱　志四方 我為君擦拭纓槍　為君披戎裝 君道莫笑醉沙場　看九州　烽煙揚 我唱戰歌送君往　高唱	引用 摹寫
聽　昨夜有戎狄　叩我雁門關　攀我十丈城牆 看　九州有烽火　江山千萬裡　烽火次第燃 我　高歌送君行　掌中弓雖冷　鮮血猶是滾燙 且　為君傾此杯　願君此行歸來踏凱旋	摹寫
我夢君征戰　一月　君行一月夢君征戰 我夢君歸來　一年　君行一年夢君歸來 我夢君不還　五年　君行五年夢君不還 我夢已不在　十年　十年夢不在	層遞 示現
聞說塞外雪花開　吹一夜　行路難 我織一片明月光　願為君司南 聞君躍馬提纓槍　逐戎狄　酒一觴 我將祝捷酒淺埋　待君　共醉萬場	轉化 示現 誇飾
我　高歌送君行　掌中弓雖冷　鮮血猶是滾燙 且　為君傾此杯　願君此行歸來踏凱旋	摹寫
我夢君征戰　一月　君行一月夢君征戰 我夢君歸來　一年　君行一年夢君歸來 我夢君不還　五年　君行五年夢君不還 我夢已不在　十年　十年夢不在	層遞 示現
當年君欲行邊疆　血猶熱　志四方 我為君擦拭纓槍　為君披戎裝	示現 摹寫

---

19 恨醉：〈聞戰〉，《5sing音樂人》網站，網址：https://5sing.kugou.com/yc/639357.html，發布日期：2011年3月13日，檢索日期：2024年6月27日。

歌詞	修辭格
當年君道醉沙場　看九州　烽煙揚 我唱戰歌送君往　高唱	
如今我歌聲已瘂　難高歌　迎君還 我站在城樓細數　將士三十萬 忽見君跨馬提槍　舊衣冠　鬢卻白 我將祝捷酒斟滿　且問　君可安康	摹寫 設問

1. 引用：「君道莫笑醉沙場」，此句為暗用，出自王翰〈涼州詞〉：「醉臥沙場君莫笑」。[20]
2. 摹寫：用「叩、冷、滾燙」來描寫觸覺摹寫；「歌聲已瘂」表現聽覺摹寫；「舊衣冠，鬢卻白」為視覺摹寫。
3. 層遞：用「一月、一年、五年、十年」為單式層遞，表現時間的流逝。
4. 轉化：將「雪」擬物化成花，下雪像開花一樣。用「織」將月光擬物化，接續後面「司南」本為古代的指南針，再次擬物化，月光成為指引方向的器物。
5. 示現：此處為懸想示現，用「聞說、聞君」想像對方在遠方身處的環境和樣子，其中「行路難」，可有兩層涵義，第一純粹描寫路途艱難，第二為樂府雜曲歌辭篇名，內容多描寫世途艱難和離別悲傷的情懷；最後一段則是追述示現，用「當年」回憶二人離別前的場景。
6. 誇飾：「共醉萬場」表達對於歸人的期待。
7. 設問：「且問，君可安康？」此句為懸問。

這首歌歌詞，以女性視角書寫，接近傳統閨怨詩風格，整首歌的

---

20 《全唐詩》（臺北：盤庚出版社，1979年2月），卷156，頁1605。

用字遣詞完全模仿古典文學，如：君、纓槍、戎裝、烽火等等，再用「一月、一年、五年、十年」明確時間詞彙和時間副詞「當年、如今」，展現過去和現在的時間感，像是看完一篇短篇故事，完整塑造出女子思念在外從軍丈夫的古典意象。

〈琴師〉，作詞：EDIQ[21]

歌詞	修辭格
若為此弦聲寄入一段情 北星遙遠與之呼應 再為你取出這把桐木琴 我又彈到如此用心	轉化
為我解開腳腕枷鎖的那個你 哼著陌生鄉音走在宮闈裡 我為君王撫琴時轉頭看到你 弦聲中深藏初遇的情緒	摹寫 轉化
月光常常常常到故里 送回多少離人唏噓 咽著你餵給我那勺熱粥 這年月能悄悄的過去	類疊 轉化
燈輝搖曳滿都城聽著雨 夜風散開幾圈漣漪 你在門外聽我練這支曲 我為你備一件蓑衣	摹寫 轉化
琴聲傳到尋常百姓的家裡 有人歡笑有人在哭泣 情至深處我也落下了淚一滴 隨弦斷復了思鄉的心緒	引用 摹寫 映襯

---

21 EDIQ：〈琴師〉，《5sing音樂人》網站，網址：https://5sing.kugou.com/yc/887964.html，發布日期：2011年11月14日，檢索日期：2024年6月27日。

歌詞	修辭格
你挽指做蝴蝶從窗框上飛起 飛過我指尖和眉宇 呼吸聲只因你漸漸寧靜 吹了燈讓我擁抱著你	摹寫 轉化
冬至君王釋放我孤身歸故地 我背著琴步步望回宮闈裡 你哼起我們熟知的那半闕曲 它夾雜著你低沉的抽泣	摹寫
路途長長長長至故里 是人走不完的詩句 把悲歡譜作曲為你彈起 才感傷何為身不由己	類疊 轉化
月光常常常常照故里 我是放回池中的魚 想著你餵給我那勺熱粥 這回憶就完結在那裡 這年月依然悄悄過去	類疊 譬喻 轉化 引用

1 轉化

(1) 擬人

A. 若為此弦聲寄入一段情：動詞「寄入」將絃聲擬人化。

B. 北星遙遠與之呼應：動詞「呼應」將北星擬人化，北星指北極星或北斗七星。

C. 月光常常常常到故里，送回多少離人唏噓：動詞「到、送回」將月光擬人化。

D. 這年月能悄悄的過去：形容詞「悄悄的」將年月擬人化，時間安靜無聲的流逝。

（2）擬物
　　A.弦聲中深藏初遇的情緒：動詞「深藏」將絃聲擬物化，因此無實體的絃聲才能深藏同樣無實體的情緒。
　　B.你挽指做蝴蝶從窗框上飛去，飛過我指尖和眉宇：動詞「飛去、飛過」擬物化手指模仿的蝴蝶，將模仿想像成真實的蝴蝶。
　　C.把悲歡譜作曲為你彈起：動詞「譜作」擬物化原本是情緒的悲歡，成為曲子可以彈奏。
（3）摹寫：「哼著陌生鄉音走在宮闈裡、呼吸聲只因你漸漸寧靜、它夾雜著你低沉的抽泣」皆為聽覺摹寫。
（4）類疊：月光用四個字的常代表它一直存在；路途用四個字的長代表路途遙遠。
（5）引用
　　A.琴聲傳到尋常百姓的家裡：出自劉禹錫〈烏衣巷〉：「舊時王謝堂前燕，飛入尋常百姓家。」[22]
　　B.月光常常常常照故里，我是放回池中的魚：出自陶淵明〈歸園田居‧其一〉：「羈鳥戀舊林，池魚思故淵。」[23]
（6）映襯：「有人歡笑有人在哭泣」此句為對襯，對比聽到琴聲的感受。
（7）譬喻：此處為隱喻，本體為「我」，喻詞為「是」，喻體為「魚」。

　　這首歌以某位人物為原型的歌曲，作詞者明確提到角色原型為鍾儀，[24]同時也提到「此歌詞根據真實歷史人物改編，稍有演義成分」[25]，

22　《全唐詩》，卷365，頁4117。
23　龔斌校箋：《陶淵明集校箋》（臺北市：里仁書局，2007年8月），頁82。
24　EDIQ：〈琴師〉，《百度百科》網站，網址：https://baike.baidu.hk/item/%E7%90%B4%E5%B8%AB/12711391，發布日期：2023年2月21日，檢索日期：2024年6月27日。
25　EDIQ：〈琴師〉，《5sing音樂人》網站，檢索日期：2024年6月27日。

基本借用人物設定再加以改編,這在同人文中是十分常見的作法,因此雖然有原型,但其實已經是另一個架空人物了。

四　古風歌詞修辭分析——非純歌曲

網路歌曲中的同人曲需要依附某個故事設定,再進行二次創作,受同人文化影響,產生特有的古風歌曲元素:念白、戲腔或故事,而故事又可細分為模仿志怪和志人小說,以下分別舉例代表這三種類型的非純歌曲:

第一首含念白歌曲:

〈江山雪〉,作詞:荀夜羽[26]

歌詞	修辭格
念白:純則粹,陽則剛。天行健,兩儀遵道恆長。故有長久者不自生方長生之講。百丈峯,松如浪。地勢坤,厚德載物之像。故君子不爭炎涼。	引用
混沌開　分陰陽 輪轉更迭萬物始蒼蒼 觀其微妙於九天之下六合八荒 自春生　入秋藏 天之道四時更迭有常	
若有常為何晨曦比這夜還涼 若無常　為何我總會想 與你　守月滿空山雪照窗	設問

26　荀夜羽:〈江山雪〉,《5sing音樂人》網站,網址:https://5sing.kugou.com/yc/2628358.html,發布日期:2014年9月16日,檢索日期:2024年6月27日。

歌詞	修辭格
念白：大道無形，生育天地；大道無情，運行日月；大道無名，長養萬物。	引用
一念坐忘　趁月光 聽　清風追逐流雲纏綿飛舞的痴狂 交錯的剎那　生怕泄露心頭沉淪的慌 微漾	轉化
念白：吾不知其名，強名曰道。夫道者：有清有濁，有動有靜；天清地濁，天動地靜；降本流末，而生萬物。清者，濁之源，動者，靜之基；人能常清靜，天地悉皆歸。	引用
未曾忘　矇昧時授我出世方（君卻重入塵浪） 如何渡暖意　才能化盡你眼底　千山月下霜（將眷戀深藏） 揮劍　斬痴念萬丈（已決意相忘） 卻　輸給回眸一望	轉化 誇飾 映襯
曲中全　直藏枉 盛世於斯須間興亡 有誰能與天數相抗 逆轉世態炎涼 都說　心欲靜　更難放 何時起光陰　與心意 放縱如　白駒　不肯收繮	引用
念白：情不敢至深，恐大夢一場。卦不敢算盡，畏天道無常。	引用
時有序　世滄桑 天地將傾時誰保　誰無恙 指上訣　念念入心藏 君為刃　吾便以此身　為盾防 仗劍鎮山河護　你無恙	設問 譬喻
念白：別忘	

1. 引用：念白多引用道家經典，以下皆為暗用。
   （1）純則粹，陽則剛：出自「剛健中正，純粹精也」[27]
   （2）天行健：出自「天行健，君子以自強不息」[28]
   （3）兩儀遵道恆長：出自「是故《易》有太極，是生兩儀。兩儀生四象。四象生八卦。八卦定吉凶，吉凶生大業。」[29]
   （4）故有長久者不自生方長生之講：出自「天長地久。天地所以能長且久者，以其不自生，故能長生。」[30]
   （5）地勢坤，厚德載物之像：出自「地勢坤，君子以厚德載物。」[31]
   （6）君子不爭炎涼、逆轉世態炎涼：出自唐・呂從慶〈偶興〉：「世態雲多幻，人情雪易消。」[32]白居易〈和答詩十首・和松樹〉：「彼如君子心，秉操貫冰霜；此如小人面，變態隨炎涼。」[33]
   （7）大道無形，生育天地；大道無情，運行日月；大道無名，長養萬物：皆引原文，出自《太上老君說常清靜經》。[34]
   （8）吾不知其名，強名曰道。夫道者：有清有濁，有動有靜；天清地濁，天動地靜；　降本流末，而生萬物。清者，濁之源，動者，靜之基；人能常清靜，天地悉皆歸：皆引原文，出自《太上老君說常清靜經》。[35]

---

27 南懷瑾、徐芹庭註譯，王雲五主編：《周易今註今譯》（臺北市：臺灣商務印書館，2009年11月），頁26。
28 南懷瑾、徐芹庭註譯，王雲五主編：《周易今註今譯》，頁15。
29 南懷瑾、徐芹庭註譯，王雲五主編：《周易今註今譯》，頁413。
30 陳鼓應註譯，王雲五主編：《老子今註今譯》（新北市：臺灣商務印書館，2023年9月），頁81。
31 南懷瑾、徐芹庭註譯，王雲五主編：《周易今註今譯》，頁35。
32 顧俊：《全唐詩外編》（臺北市：木鐸出版社，1983年6月），頁238。
33 《全唐詩》，卷425，頁4684。
34 《太上老君說常清靜經》，《洞神部玉訣類》（臺北市：藝文印書館，1962年5月），頁1。
35 《太上老君說常清靜經》，頁1-2。

（9）曲中全，直藏枉：出自「曲則全，枉則直」[36]

（10）放縱如白駒：出自「人生天地之間，若白駒之過隙，忽然而已。」[37]

（11）情不敢至深，恐大夢一場；卦不敢算盡，畏天道無常：出自作詞者寫的另一首歌〈晴雪夜〉。[38]

2. 設問：「天地將傾時誰保誰無恙」，此句歌詞為懸問。
3. 轉化：用動詞「追逐」將清風、流雲擬人化；用形容詞「飛舞的」將痴狂擬物化。
4. 誇飾：千山、萬丈。
5. 映襯：此處為對襯，出世對重入塵浪。
6. 譬喻：此句皆為隱喻，本體為「君、吾」，喻詞為「為」，喻體為「刃、盾」。

　　這首歌為網路遊戲《劍俠情緣三》的官方門派歌曲，以純陽為主題描寫，遊戲中這個職業就是道家代表，因此加入大量念白塑造道家形象；而念白多引用道家典籍，透過引用以及增減字句，重新讓經典透過歌曲進入大眾視野，且一些未使用典故的詞彙，也都與道家觀念相關，如「君子不爭」、「盛世於斯須間興亡」、「天數」、「心欲靜」，來塑造出遊戲中修道之人的形象。

　　第二首為仿志怪小說的故事為基礎創作的歌曲：

---

36 陳鼓應註譯，王雲五主編：《老子今註今譯》，頁136。
37 陳鼓應註譯，王雲五主編：《莊子今註今譯》（新北市：臺灣商務印書館股份有限公司，2020年8月），頁546。
38 荀夜羽：〈晴雪夜〉，《5sing音樂人》網站，網址：https://5sing.kugou.com/fc/5949485.html，發布日期：2012年4月19日，檢索日期：2025年4月14日。

〈牽絲戲〉，作詞：Vagary[39]

故事：余少能視鬼，嘗於雪夜野寺逢一提傀儡翁，鶴髮襤褸，唯持一木偶製作極精，宛如嬌女，繪珠淚盈睫，惹人見憐。時雲彤雪狂，二人比肩向火，翁自述曰：少時好觀牽絲戲，耽於盤鈴傀儡之技，既年長，其志愈堅，遂以此為業，以物象人自得其樂。奈何漂泊終生，居無所行無侶，所伴唯一傀儡木偶。翁且言且泣，余溫言釋之，懇其奏盤鈴樂，作牽絲傀儡戲，演劇於三尺紅綿之上，度曲咿嚶，木偶顧盼神飛，雖妝繪悲容而婉媚絕倫。曲終，翁抱持木偶，稍作歡容，俄頃恨怒，曰：平生落魄，皆傀儡誤之，天寒，冬衣難置，一貧至此，不如焚。遂忿然投偶入火。吾止而未及，跌足嘆惋。忽見火中木偶婉轉而起，肅拜揖別，姿若生人，繪面淚痕宛然，一笑迸散，沒於篝焰。火至天明方熄。翁頓悟，掩面嚎啕，曰：暖矣，孤矣。

歌詞	修辭格
嘲笑誰恃美揚威　沒了心如何相配 盤鈴聲清脆　帷幕間燈火幽微 我和你　最天生一對	設問
沒了你才算原罪　沒了心才好相配 你襤褸我彩繪　並肩行過山與水 你憔悴　我替你明媚	映襯
是你吻開筆墨　染我眼角珠淚 演離合相遇悲喜為誰 他們迂迴誤會　我卻只由你支配 問世間哪有更完美	設問

---

39 Vagary：〈牽絲戲〉，《5sing音樂人》網站，網址：https://5sing.kugou.com/yc/2732572.html，發布日期：2015年1月27日，檢索日期：2024年6月27日。

歌詞	修辭格
戲腔：蘭花指捻紅塵似水 　　　三尺紅臺　萬事入歌吹 　　　唱別久悲不成悲　十分紅處竟成灰 　　　願誰記得誰　最好的年歲	譬喻 引用
你一牽我舞如飛　你一引我懂進退 苦樂都跟隨　舉手投足不違背 將謙卑　溫柔成絕對	轉化
你錯我不肯對　你懵懂我朦昧 心火怎甘心揚湯止沸 你枯我不曾萎　你倦我也不敢累 用什麼暖你一千歲	引用 設問
戲腔：風雪依稀秋白髮尾 　　　燈火葳蕤　揉皺你眼眉 　　　假如你舍一滴淚　假如老去我能陪 　　　煙波裏成灰　也去得完美	轉化

1. 設問：

　（1）提問：「嘲笑誰恃美揚威　沒了心如何相配？沒了你才算原罪　沒了心才好相配。」

　（2）懸問：「演離合相遇悲喜為誰？」、「用什麼暖你一千歲？」

　（3）激問：「問世間哪有更完美？」

2. 映襯：此處為對襯，襤褸對彩繪、憔悴對明媚。

3. 譬喻：應是「光陰似水」一詞改編為「紅塵似水」，本體為「紅塵」，喻詞為「似」，喻體為「水」。

4. 引用：

（1）別久悲不成悲：出自姜夔〈鷓鴣天・元夕有所夢〉：「春未綠，鬢先絲。人間別久不成悲。」[40]意即離別久了，悲傷會隨時間淡化。

（2）十分紅處竟成灰：出自〈詠炭〉：「一味黑時猶有骨，十分紅處便成灰」[41]

（3）揚湯止沸：出自《呂氏春秋・季春紀・盡數》：「夫以湯止沸，沸愈不止，去其火則止矣。」[42]

5. 轉化：「燈火葳蕤，揉皺你眼眉」此段歌詞，以形容詞「葳蕤」將燈火擬人或擬物化，動詞「揉皺」又再次將燈火擬人化。

　　故事以第三人稱視角，聽老翁說自己的故事，而歌詞則是魁儡的視角，講述自己和老翁的故事，因此這首歌本身就是轉化視角，是魁儡擬人化後對老翁的告白，因此這首歌在演唱方式上，刻意多加了戲腔，也表現出魁儡演戲的特點。

　　第三首為仿志人小說的故事為基礎創作的歌曲：

〈不老夢〉，作詞：慕清明[43]

故事：終南有墳，名不老。客奇之，問何故，言乃淮南翁主媗冢。元光二年上巳，媗於渭水之濱遇振翊將軍韓袀，悅之。明年，河水決濮陽，上發卒十萬救決河，使袀督。媗送別，訴心意。袀以其年尚幼，婉拒之。後三年，袀戍定襄，媗託尺素，

---

40 〔宋〕姜夔：《白石詩詞集》（臺北市：華正書局，1981年9月），頁98。
41 王松：《臺陽詩話》（臺北市：臺灣銀行，1959年1月），頁54。
42 莊適選註：《呂氏春秋》（上海市：商務印書館，1930年4月），頁15。
43 〈不老夢〉，《5sing音樂人》網站，網址：https://5sing.kugou.com/yc/3144562.html，發布日期：2016年7月17日，檢索日期：2024年6月27日。

書：妾已及笄。復三年，嬗隨姊陵探長安，約結上左右。每逢袊，且喜且怯。又三年，嬗疾，久不愈。袊隨大將軍青擊匈奴，嬗恐不復見，追大軍十餘里，終力竭。嗆血白衣，形銷骨立。元狩元年，淮南衡山事發，陵嬗皆下獄。袊欲面之，叩未央宮，額血流地，上弗允。嬗殞，袊親葬於終南。後長安有歌曰：瑩瑩蔓草，歲歲不老；風雨如晦，死生為誰。終南有墳，名不老。

歌詞	修辭格
等不到鬢雪相擁 重飲渭水畔那一盞虔誠 終究是綢繆青冢 替我將灞橋柳供奉	轉化 引用
來世再漱月鳴箏 也許還能道聲久別珍重 天意總將人捉弄 怎奈何身不由己情衷	轉化
於萬人中萬幸得以相逢 剎那間澄淨明通 成為我所向披靡的勇氣和惶恐 裂山海　墮蒼穹	誇飾
愛若執炬迎風 熾烈而哀慟 諸般滋味皆在其中 韶華宛轉吟誦 蒼涼的光榮 急景凋年深情難共	引用 譬喻

現代「樂府」──論古風歌詞之修辭 ❖ 223

歌詞	修辭格
倏忽天地琉璃燈 光陰過處徒留皎月幾盅 溫柔了十方春冬 眷你眉目在我眼瞳	轉化 轉品
彼時擊節謳新聲 唱徹白首之約抱柱之盟 摩肩人步履匆匆 多少相遇能有始有終	引用
若要忘卻年少輕狂的痛 從此後分赴西東 不如作蜉蝣麻衣霜染淋漓死生 恣朝暮　殼長空	引用
卸去人間妝紅 我終於讀懂 痴心熬盡才可傾城 唯有亙古寒峯 能安葬浮生 至死不渝的一場夢	誇飾 引用
天光落筆波折 歲月都乾涸 只剩別離來不及說 寧願折心沐火 捨不得勘破 是你唇邊夜雨清荷	轉化

1. **轉化：**

　　（1）擬人

　　　　A.天意總將人捉弄：動詞「捉弄」將天意擬人化，如同凡人一樣會對他人開玩笑。

B.光陰過處徒留皎月幾盅：以動詞「徒留」將光陰擬人化，指光陰只留下皎月。
（2）擬物
　　A.重飲渭水畔那一盞虔誠：以名詞「盞」將人的感情「虔誠」擬物化，如同茶水或酒可以裝在杯子裡飲用
　　B.光陰過處徒留皎月幾盅：以名詞「盅」將皎月擬物化，同樣擬物為液體型態。
　　C.天光落筆波折：以動詞「落筆」和形容詞「波折」將天光擬人化，天光則是日光，表示日光的出現困難重重，在歌詞中應是反映二人仍難以相見。
　　D.歲月都乾涸：以形容詞「乾涸」將歲月擬物化，像河川也會乾涸一樣。
　　E.寧願折心沐火：以動詞「折、沐」將心和火擬物化，改變兩物的型態。

2. 引用：
（1）青冢：相傳為王昭君墓。因塚上的草色常青，故稱為「青冢」。杜甫〈詠懷古蹟其三〉：「一去紫臺連朔漠，獨留青塚向黃昏。」[44]
（2）灞橋柳：漢唐時，長安送客東行，多至此折柳送別。後以霸陵折柳指送客作別。宋・程大昌《演繁露・卷七・霸陵折柳》：「黃圖曰：『霸橋跨霸水為橋也。漢人送客至此橋，折柳為別。』故李白樂府曰：『年年柳色，霸陵傷別。』王維亦曰：『渭城朝雨浥清塵，客舍青青柳色新。勸君更進一杯酒，西出

---

[44] 〔唐〕杜甫著，〔清〕仇兆鰲注：《杜詩詳注》（臺北市：里仁書局，1980年7月），頁1502。

陽關無故人。』」[45]而柳也有諧音留，古人因此常在送別作品中提到。

（3）抱柱之盟：改寫自「尾生抱柱」，相傳「尾生與女子期於梁下，女子不來，水至不去，抱梁柱而死。」[46]表達出堅守信約，至死不渝或固執而不知變通的守信。

（4）摩肩：有「摩肩接踵、摩肩擦踵」等用法，指腳跟碰腳跟，肩碰肩，人多擁擠的樣子。出自晏子出使楚國，與楚王的對答，見楚王，王曰：「齊無人耶？使子為使。」晏子對曰：「齊之臨淄三百閭，張袂成陰，揮汗成雨，比肩繼踵而在，何為無人？」[47]

（5）蜉蝣麻衣：引自《詩經》：「蜉蝣掘閱，麻衣如雪。」[48]

（6）愛若執炬迎風：引自「愛欲之人，猶如執炬，逆風而行，必有燒手之患。」[49]本指沉迷愛欲會有禍患，但在此引用一半意思，並轉向火把燃燒旺盛的樣子，並且迎著風前進，火把可能熄滅或是快速燒盡，延伸出哀傷悲痛之感。

（7）急景凋年：光陰急逝，歲殘年盡。後多指歲暮。[50]《文選・鮑照・舞鶴賦》：「於是窮陰殺節，急景凋年，涼沙振野，箕風動天。」[51]

---

45 〔宋〕程大昌：《演繁露》（北京市：中華書局，1991年），頁80。
46 《莊子》，頁745。
47 〔春秋〕晏嬰撰，王更生校注：《晏子春秋》（臺北市：臺灣古籍出版，2001年6月），頁517。
48 王靜芝著：《詩經通釋》，新北市：輔仁大學中國文學系，2012年8月，頁302。
49 〔漢〕迦葉摩騰・竺法蘭同譯，〔宋〕沙門守遂注：《佛說四十二章經（及其他三種）》（北京市：中華書局，1991年），頁16。
50 急景凋年，《教育部重編國語辭典修訂本》網站，臺灣學術網路第六版，網址：https://dict.revised.moe.edu.tw/dictView.jsp?ID=88160&word=%E6%80%A5%E6%99%AF%E5%87%8B%E5%B9%B4#searchL，檢索日期：2025年4月14日。
51 〔梁〕蕭統編，〔唐〕李善注：《文選》（臺北市：五南圖書出版有限公司，2009年10月），頁350。

3. **誇飾：**用「萬人、萬幸」來表達難得之意，之後用「裂山海　墮蒼穹」皆有誇飾，表達對方給自己的勇氣足以做到這些事情；再用「熬盡、亙古、至死不渝」來表達深刻之意。
4. **轉品：**「溫柔了十方春冬」，溫柔在此形容詞轉為動詞。

　　此首歌是以漢武帝時期為背景，虛構出韓衿和劉媗這兩位人物，故事講述二人相遇，劉媗對韓衿一見鍾情，但因種種事件發生，導致二人天人永隔的愛情悲劇，歌詞基本為女主角劉媗的心情寫照。

五　古風歌詞的修辭運用藝術

（一）塑造古典意象的修辭手法運用

　　由以上五首古風歌詞的修辭手法分析結果可知，作詞者主要藉由「引用」和「轉化」的修辭手法，營造了古風歌曲中特有的古典意象。以下先就這兩種修辭手法進行理解：

1　引用

　　黃慶萱《修辭學》定義為：

> 語文中引用別人的話或詩詞、成語、俗語等等，來印證、補充、對照作者的本意，藉以增強文章或說話的說服力和感染力的，叫作「引用」。引用是一種訴之於權威或訴之於大眾的修辭法，利用一般人對權威的崇拜及對大眾意見的尊重，以加強自己言論的說服力。[52]

---

[52] 黃慶萱：《修辭學》（臺北市：三民書局，2004年1月），頁125。

至於文學作品上的引用，除了訴之於權威與訴之於大眾之外，有時是因為「文境」與古相合。當此之時，自己向所熟讀的句子就自然地流出。詳細點說，文境等於心境與物境的乘積。以算式表之於後：文境＝心境×物境。[53]

引用又分明引、暗用、化用：

（1）**明引**：明白指出所引的話出自何處，[54]例：〈山鬼〉、〈九歌雲中君〉和平行世界工作室出品「高考背書系列歌曲」，[55]如：〈琵琶行〉、〈出師表〉、〈赤壁賦〉等等，皆為引全文，重新編曲歌唱，因為皆引原文，即使使用現代編曲，聽眾也不太會將它們當成一般華語流行曲。

（2）**暗用**：引用時不曾指明出處，[56]如〈琴師〉、〈江山雪〉、〈不老夢〉。其中〈琴師〉此句歌詞「月光常常常常照故里，我是放回池中的魚」引自「羈鳥戀舊林，池魚思故淵。」前面歌詞用「鄉音、故里、思鄉」的字詞表達出主角思想之情，而這句歌詞是主角已被遣返回鄉時的心境，更加明確點出其眷戀自身家鄉之意。而〈江山雪〉則是引用最明顯的例子，因為引用大量道家典籍，如《老子》、《莊子》等等，即使閱聽者不完全理解這些文句的意義，依然能感受到其古典韻味。〈不老夢〉則引用「抱柱之盟、摩肩接踵」的典故，塑

---

53 黃慶萱：《修辭學》，頁127。
54 黃慶萱：《修辭學》，頁136。
55 平行世界studio，「嗶哩嗶哩（bilibili）」網站，網址：https://space.bilibili.com/2042527，發布日期：2023年5月31日，檢索日期：2024年6月4日。
56 黃慶萱：《修辭學》，頁140。

造出男女主角在千萬人中相遇，並且彼此心意相合，內心暗暗許下盟約的心路歷程。

（3）**化用**：引用時，語文意義有所變化，化用以不點明出處為常態，[57]如：〈不老夢〉、〈牽絲戲〉。〈牽絲戲〉中的「十分紅處竟成灰」出自〈詠炭〉：「一味黑時猶有骨，十分紅處便成灰」[58]指木炭還未使用時是黑色且有骨架子的，但放到火爐中，雖紅極一時，但很快變成灰燼，暗諷人想得到功名時，會有點骨氣，但一旦進入官場後，雖然平步青雲，卻丟掉自己的風骨。但在此首歌裡，轉回原本木炭本義，因為傀儡也是木頭做的，也能當作柴火，於是燒了之後，就變成灰燼。「揚湯止沸」原是將鍋中的沸水舀起，再倒回去，以止住沸騰。比喻暫時紓解危急的困境。[59]但此處用原意套用在魁儡對老翁的心意，不甘心自己的心意被停止，後半歌詞都可知魁儡的執著。而〈不老夢〉引用佛家用語，一般來說佛家講求六根清淨、放下執著等等，此處引用佛經「愛欲之人，猶如執炬，逆風而行，必有燒手之患。」原意應是愛欲過度膨脹，就像是逆著風舉著火把行走，有燙傷手的風險，主要是規勸信眾切勿執著，反而害到自己，但在歌曲中，卻將後半改為「熾烈而哀慟」來形容這段感情像火炬般，因為風的吹動，火更加熾烈，但隨時可能熄滅，因此透過引用這段話，表達出二種涵義，一是佛家原意，二是情感的發展，更加突出了女主角對這段感情的執著。

---

57 黃慶萱：《修辭學》，頁147。
58 王松：《臺陽詩話》，頁54。
59 揚湯止沸，《教育部重編國語辭典修訂本》網站，臺灣學術網路第六版，網址：https://dict.revised.moe.edu.tw/dictView.jsp?ID=157441&q=1&word=%E6%8F%9A%E6%B9%AF%E6%AD%A2%E6%B2%B8，檢索日期：2025年4月14日。

以上可知，引用詩、詞、典籍和典故使歌詞容易自帶古典韻味，因此在古風歌詞中，引用成為帶出古典意象的主要手法，當創作者意圖給閱聽者感受到古典意象，最快的捷徑便是引用前人作品，如同古人在創作時，也會刻意引經據典，增加說服力，或者可以說引用是中國文人為了說服他人，最常使用的方式，如《左傳》中外交使節為引用《詩經》文句來表達自己的意見。而在創作中，提出「奪胎法、換骨法」的江西詩派，則是使用引用修辭的行家，黃庭堅：「然不易其意而造其語，謂之換骨；規模其意形容之，謂之奪胎。」[60]這樣的創作方式，奪胎法接近於現代的化用，奪胎法則接近於暗用，使「引用」在詩句間大量使用，塑造出新意，同時又帶有古意。

2　轉化

黃慶萱《修辭學》描述一件事物時，轉變其原來性質，化成另一種本質截然不同的事物，而加以形容敘述的，叫作「轉化」，又作「比擬」。可分為人性化、物性化、形象化，人性化是擬物為人；物性化是擬人為物；形象化是擬虛為實，使抽象的觀念具體化，擬人為人，擬物為物。而人性化的基礎是「移情作用」；物性化的基礎是「聯想作用」；形象化的基礎是「形相直覺」。[61]

而沈謙《修辭學》則將轉化分為擬人和擬物：擬人：描寫一件東西，把東西比作人，投射了人的感情與特性，又可分為有生物的擬人、無生物的擬人、抽象物的擬人，如〈琴師〉中的弦聲、北星。擬物：描寫一個人，把人比作東西，投射了東西的特質，除了物態投注於人情之外，還有以物擬物，和以抽象概念擬物，如〈琴師〉中的弦

60　葉慶炳：《中國文學史》，上冊，頁132。
61　黃慶萱：《修辭學》，頁377、401-405。

聲。同樣也認為轉化是建立在「移情作用」之上，並且要有真情實感，為情造文。[62]

其中移情作用和聯想作用正是古典文學中，最常見的抒情手法，如〈琴師〉中「北星遙遠與之呼應」正是典型的「移情作用」北星當然不可能有所回應，是主角的情感投射在北星上，因此才會隔著遙遠的距離回應主角。又或是〈牽絲戲〉中「燈火葳蕤，揉皺你眼眉」葳蕤有草木茂盛的樣子和人委靡不振、慵懶怠惰的樣子二義，前者是擬物化，後者是擬人化，不管是火光旺盛的樣子，又或者是火光小快熄滅的樣子，都能表現出火光閃爍的樣子，會讓人忍不住揉眼皺眉，接著下句使用動詞「揉皺」將燈火擬人化，由此來看，整句更偏向後者意思，像是火光微弱閃爍，主動揉皺了人的眼眉。

而「聯想作用」則可以從〈琴師〉：「你挽指做蝴蝶從窗框上飛去，飛過我指尖和眉宇」想像手勢變成蝴蝶般飛舞，來形容二人親暱的互動，而蝴蝶也有夢幻之意，如「莊周夢蝶」似乎也可解釋為二人現在的幸福過往如同做夢一般。又或者是〈不老夢〉：「歲月都乾涸」用流水來形容時間是常見比喻，在此除了表示歲月如流水，更強調「乾涸」的型態，如同海枯石爛之感；「寧願折心沐火」用「折、沐」二字，改變「心、火」的性質，表示即使將心折成對半又或是沐浴在火焰中，也不願意放棄和勘破，呼應了前面歌詞「愛如執炬」，表現出女主角為了這份情感，願意承受任何風險。以上不管有沒有舉例的歌詞，都飽含了情感，也符合沈謙「為情造文」的基本原則，因此轉化能成為古風歌詞中常用修辭，是有其來源的。

---

62 沈謙：《修辭學》（臺北：五南圖書出版公司，2014年），頁196、215、218、219。

(二) 傳承古典文學的轉譯手法運用

而古風歌曲運用古典文學塑造出古典感的過程，現今有個詞彙可以稱呼「轉譯」。轉譯，原本是生物學和醫學的用語，指蛋白質生物合成過程的第一步。之後被不同領域借來使用，文學轉譯因此產生，但究竟是什麼意思？或許可以參考作家盛浩偉的說法：

> 在此之前我並未聽說過「轉譯」這種概念或方式，也感覺似乎可以用前三者所側重的面向來代入：對象／題材是國立臺灣文學館之館藏，而方式則是替這個對象寫出「故事」，來賦予它一個意義；或者是以它為基礎進行想像「改編」，以發揮其趣味性，引人深入認識；或者是對它「非虛構寫作」，有機地組織、串連起這件藏品曾有過的歷史。然而實際寫作之後，我卻有新一層的體悟：「轉譯」的重心，或在「譯」字之上。……應該是將這些因為漫長歷史隔閡而今人所不懂的部分，轉換為能懂的內容，使歷史與當下產生連結。[63]

以這個想法來看，古風歌詞正是古典文學轉譯而產生的，學界也有提出類似說法：

> 古風歌曲的填詞，多用古語，用詞考究，逐字推敲類似於古詩詞的寫作，煉字的修飾方法在歌詞中也比比皆是，可以說是詩的延續……這種借助特定的意象符號抒情表意的方式含蓄婉約、不落俗套，更為符合中國傳統審美，也使我們產生出更強

---

[63] 盛浩偉：〈召喚臺灣文學：關於故事、改編、非虛構寫作與轉譯的經驗與思考〉，《臺灣文學館通訊》第60期（2018年9月），頁95。

烈的文化認同感。……中國風的歌詞則就更為直白，偏向于現代語言的表達方式，歌詞的敘事結構和內容變得無關緊要，只要在其中加入足夠多的中國化意境和情景就夠了，與西式的流行音樂更為接近。[64]（王愛苹）

借助古典詩詞韻味和內涵托物言志、借景抒情、借物擬人進行再創作其表達情感的方式相對於搖滾的激烈、流行的直白而言顯得更加內斂含蓄。[65]（姚婷婷）

以上凸顯出古典文學轉譯成古風歌詞時，仍舊保有它原本「詩雅正、詞清麗」的韻味，沒有遺失古典文學中含蓄的美感，藉此讓聽眾感受到古典意象。

從第一首歌〈聞戰〉，看完歌詞後像是看完一本短篇小說，從女主角送丈夫出征，並開始思念對方，從一開始的一月、一年到五年都還會做夢夢到對方歸來，直到十年未見連夢都不復存在，而後丈夫終於歸來外表也產生變化，衣服都老舊了，頭髮也斑白了，可見時光流逝的殘酷，最後也只問一句「君可安康？」將故事轉換成詞曲，又可以說是「小說音樂化」，這種方式在日本樂團 YOASOBI 所推出的第一首歌曲〈向夜晚奔去〉（夜に駆ける）就是這樣呈現。而這種故事敘事歌曲，也讓人聯想到〈孔雀東南飛〉，文學史上第一部長篇敘事詩，同時是樂府民歌，描述了焦仲卿與劉蘭芝之間的愛情悲劇，而〈聞戰〉這種以歌曲敘事方式，加上可以歌頌的特性，與「樂府」有異曲同工之處。

---

64 王愛苹：〈找尋歌聲中的「完整自我」──由古風音樂談自覺民族文化意識的甦醒〉，《安陽師範學院學報》第3期（2014年），頁143。
65 姚婷婷：〈中國當代古風歌曲的歌詞特徵〉，《濮陽職業技術學院學報》第30卷第1期（2017年1日），頁126。

第二首〈琴師〉則是以鍾儀為原型,《左傳》記載:

> 晉侯觀于軍府,見鍾儀,問之曰,南冠而繫者,誰也,有司對曰,鄭人所獻楚囚也,使稅之,召而吊之,再拜稽首,問其族,對曰,泠人也,公曰,能樂乎,對曰,先父之職官也,敢有二事,使與之琴,操南音,公曰,君王何如,對曰,非小人之所得知也,固問之,對曰,其為大子也,師保奉之,以朝于嬰齊,而夕于側也,不知其他,公語范文子,文子曰,楚囚,君子也,言稱先職,不背本也。樂操土風,不忘舊也。稱大子,抑無私也,名其二卿,尊君也,不背本,仁也,不忘舊,信也,無私,忠也,尊君,敏也,仁以接事,信以守之,忠以成之,敏以行之,事雖大必濟,君盍歸之,使合晉楚之成,公從之,重為之禮,使歸求成。[66]

此段講述了鍾儀即使被俘虜,仍舊不忘本,對於自己的職業和君王依舊尊崇,因此得到晉國范文子和晉景公的禮遇,派遣鍾儀回楚,促使晉楚二國交好,《左傳》特意記錄此事應該是想表明鍾儀雖然只是個樂官,身處困境仍保持氣節,因此有了意料之外的機遇。而〈琴師〉借用了樂官被俘虜的身世背景,並加強「思鄉」這個主題,同時歌詞也完整的講述了琴師被俘後,遇到疑似來自同一個地方的侍衛或是宮人,產生情感,最後卻分離的故事,故事主軸俘虜、思鄉皆被巧妙地寫進歌詞裡,因此也可以說是成功的「轉譯」。

而〈牽絲戲〉、〈不老夢〉為歌曲原創一個文案故事,〈牽絲戲〉描寫主角遇到一位老翁,聽老翁講述自己與傀儡相伴的時光,最後

---

66 楊伯峻編著:《春秋左傳注》(臺北市:洪葉文化事業公司,2007年9月),頁844-845。

一怒之下將傀儡丟進火爐，最後火光中傀儡向老翁行禮，然後消失的故事。整首歌就是傀儡的視角講述自己與老翁的故事，文案是第三者的視角，但說的都是老翁與傀儡相伴的歷程，使用不同視角講述同件事情，使故事、人物和歌詞互相補足自身載體講述不到的細節，而這也是「小說音樂化」的趣味所在。而〈不老夢〉描寫劉媗對於韓衿求而不得的愛情，歌詞正是描寫這種求不得的心情，而演唱者也明確和作詞者說過想寫一首求而不得的歌，[67]才促成這首歌誕生。以文案故事為基礎，與歌詞創作相得益彰，使歌詞內容更加豐富，這種手法除了現代同人作品之外，或許自古有之，如白居易的《長恨歌》不正是以唐玄宗和楊貴妃的愛情故事為基礎創作，並且它也是敘事型樂府詩，《長恨歌》可說是白居易創作的同人歌，也符合「小說音樂化」的特點，也可以說是古代版的「轉譯」，因此現代古風歌亦能稱為現代「樂府」。

六　結語

　　前文第二節先釐清了古風和中國風的差異，雖然在多數聽眾眼中，兩者並無差別，但在古風是小眾文化時期就開始關注的聽眾認知裡，卻還是有很大差異，除了來源不同之外，古典文學和傳統文化在歌曲中的角色定位也差距很大，中國風中古典文學和傳統文化都是點綴裝飾居多，本體還是現代華語歌曲又或者說是白話文為主；古風則是以古典文學和傳統文化為主體，因此時常有文白交雜的歌詞呈現，自然就容易篩選出喜愛此類風格或不感興趣的聽眾，因此一開始只是一小批愛好者的興趣，如同過去動漫被視作小孩才會喜歡的作品，但

67　〈不老夢〉，《5sing音樂人》網站，網址：https://5sing.kugou.com/yc/3144562.htm，發布日期：2016年7月17日1，檢索日期：2024年6月27日。

現今動漫已經是大人小孩都能接受，古風歌曲也被視作傳播傳統文化的載體，逐漸被圈外人認識，使古典文學和傳統文化能透過古風歌曲呈現在現代人面前。

而後第三、四節將歌曲分為純歌曲和非純歌曲，各自代表古風歌曲中的特點：〈聞戰〉代表故事性；〈琴師〉以某位人物為基礎；〈江山雪〉引用大量典籍；〈牽絲戲〉和〈不老夢〉各自加了文案故事，通過修辭和轉譯兩種方式來解讀以上歌詞，因此得出透過修辭和轉譯加強了古典意象的表達，古風歌曲時常基於某個人物或者是流傳已久的故事加以創作的，並且以敘事性、故事音樂化為主，中國風歌曲或者是華語歌曲很少有這種方式呈現，反而古風歌曲因為同人和網路重新將此特色發展傳播。

隨著網路發達YOUTUBE、嗶哩嗶哩網站等影音平臺出現，讓更多人知道這種類型歌曲，進而擴大聽眾，二○二○年四川衛視新年演唱會，就邀請網路歌手演唱，讓原本都只是小眾文化，推廣至大眾，因此中國風歌曲和古風歌曲界線愈來愈模糊，現在已有將〈蘭亭序〉等作品歸類到古風古曲的現象

本文分析古風歌詞的修辭手法，能釐清古風歌詞並不只是透過引經據典來推砌詞藻，還有許多修辭法來輔助，如：譬喻、轉化、映襯等，引用只是最快讓人感受到這有古典元素的方式，並且塑造出古典意象，同時也讓古典文學能有不同方式展現在大眾面前。

參考文獻

一　近人論著

方文山：《青花瓷——隱藏在釉色裡的文字秘密》，臺北市：第一人稱傳播事業公司，2008年6月。

沈　謙：《修辭學》，臺北市：五南圖書出版公司，2010年8月。

黃慶萱：《修辭學》，臺北市：三民書局，2004年1月。

二　期刊論文

王愛苹：〈找尋歌聲中的「完整自我」——由古風音樂談自覺民族文化意識的甦醒〉，《安陽師範學院學報》第3期，2014年，頁142-145。

李克儉：〈對流行歌曲中「中國風」和「古風」風格的辨析〉，《安徽文學》第11期，2014年，頁91-92。

姚婷婷：〈中國當代古風歌曲的歌詞特徵〉，《濮陽職業技術學院學報》第30卷第1期，2017年1日，頁124-126。

孫煒博：〈文化批判視野下的網絡古風音樂探析〉，《文藝爭鳴》第8期，2017年8月，頁204-208。

盛浩偉：〈召喚臺灣文學：關於故事、改編、非虛構寫作與轉譯的經驗與思考〉，《臺灣文學館通訊》第60期，2018年9月，頁93-96。

靳莎莎：〈淺析古風音樂的創作〉，《藝術教育》第1期，2014年1月，頁116-117。

三　碩博士論文

何孟翰：《數位音樂創作中編曲配器之探討：以〈塵煙〉一曲為例談古風歌曲創作》，新北市：天主教輔仁大學音樂研究所碩士論文，2019年1月。

林哲平：《中國風歌詞研究》臺南市：臺南大學國語文所碩士論文，2016年8月。

侯昀姍：《虛擬歌手之數位音樂創作：以古風音樂為例》，臺北市：銘傳大學數位媒體設計系碩士班碩士論文，2023年12月。

曾海峰：《古風音樂之發展及文本分析（以2004年至今中國網路音樂人作品為例）》，臺中市：逢甲大學中國文學系碩士論文，2024年7月。

四　報紙

高　晴：〈那些年，我們聽過的古風音樂〉，《中國藝術報》，第6版，2014年6月27日。

基隆和平島奇岩地景之文創商品設計

陳揚銘

國立臺灣海洋大學海洋文化研究所碩士生

摘要

　　基隆和平島為臺灣海岸線上一處地質與文化交會的獨特地景。這座立足於基隆港外的小島，不僅見證了基隆城市的歷史發展，更保存了豐富的地質、生態與文化景致。由於長期受海水侵蝕，島上岩石呈現出令人驚嘆的奇特風貌，巨大的岩塊被海水雕琢成各種姿態各異的形態，彷彿大自然的雕塑藝術。在地理學的討論中，地景作為重要核心概念之一，已有相當多深入或延伸的研究，但專注於某一地方的理論應用與資源盤點，仍需回歸「文學地景」與「地方」等觀察視角。地景不僅是物理空間的呈現，也是記憶、歷史與文化積澱的載體。和平島正是這樣一個多元而豐富的地方，其岩石紋理、海洋生態、歷史遺痕，都訴說著一個複雜而迷人的故事。本研究希望透過梳理地景理論的脈絡、和平島地景研究的回顧與探討，釐清地景資源狀況後，嘗試透過設計發想的方式，將地景轉化為另一種延續記憶的敘事形式，以供來到基隆和平島的人們，都能感受到這片土地蘊含的豐富意蘊。

關鍵詞：基隆和平島、奇岩地景文化、文創商品設計

一　前言

　　和平島位於基隆港的東北端，原名社寮島，是一個自然與人文交織的特殊地理場域，擁有豐富的地質景觀與悠久的歷史文化脈絡，其先後經歷過原住民族、漢人、西班牙、荷蘭、日本等多元文化，為這塊區域留下不同的記憶與開發，[1]也因為地理位置所處氣候促使和平島擁有異常發達的海蝕地形，[2]目前有團隊於此地進行經營發展。[3]

　　本研究旨在透過地景的視角，深入探索和平島的自然與文化地景特徵。「地景的研究可分成兩個課題，一是自然地景（natural landscape），另一是文化地景。前者著重於對自然物質與作用的認識與探討，後者則研究形塑眼前地景背後的驅動力」[4]，並且「地景（landscape，或翻譯為景觀）和風景相較，地景的涵意更為廣泛。它不只是一群自然現象的組合，而是人與自然之間錯綜複雜相互作用的呈現。」[5]和平島作為一個特殊的地理空間，「此特殊的地理位置，使該島具有特殊的自然地貌與豐贍的人文內涵，自清代以來，即有不少古典詩人書寫其靈視下和平島特殊的自然或人文，極具研究價值。」[6]，其地景不僅展現了海蝕地形的鬼斧神工，也透過文學書寫、地方命名

1　中正區區公所、中山區公所撰：《基隆市中正區、中山區誌》（基隆市：基隆市政府，1997年），頁4。
2　王鑫：《臺灣自然大系2：臺灣的地形景觀》（臺北市：渡假出版社，1980年），頁50-51。
3　和平島公園，取自網址：https://www.hpigeopark.org/about-us，檢索日期：2025年1月22日。
4　何立德：〈地景多樣性與地景保育〉，《科學發展》第439期（2009年7月），頁23。
5　李光中：〈文化地景與社區發展〉，《科學發展》第439期，頁38。
6　顏智英：〈古典詩中的海島書寫——以具奇美地景、多樣資源且豐贍人文的基隆和平島為例〉，《海洋文化學刊》第28期（2020年6月），頁35。

與歷史遺跡,展現了深厚的文化意涵,文學為文化之重要一環,具備感動人心之力量,文學地景亦屬文化地景。

隨著時代的變遷,設計從滿足生理需求、機能性的產品轉向關注文化與美學體驗的文創商品,[7]透過人與文創商品的互動,可作為誘發消費者情緒的媒介,延續消費者的快樂記憶或是滿足情感需求。[8]本研究結合自然地景的地質與生態特徵,以及文化地景中的歷史事件、文學書寫等多重面向進行探討,並透過文創商品作為載體以具體呈現其內涵。希望能將和平島奇岩地景文化以更具象而活潑的方式推廣,引起各方對和平島奇岩地景資源的重視。

二 和平島奇岩地景與文化

和平島,舊稱「社寮」[9],位於基隆港的東北端(圖一),隸屬於中正行政區,範圍涵蓋平寮里、社寮里與和憲里。和平島位處獨特的地理位置,西接基隆港,東臨八斗子漁港,與基隆嶼隔海相望。島上由「社寮島」、「桶盤嶼」及「中山仔嶼」三座小島構成,與臺灣本島隔著八尺門水道,因潮汐變化影響,部分海蝕平臺會隨著潮水漲退而忽隱忽現。[10]

---

7 林榮泰:〈文化創意產品設計:從感性科技、人性設計與文化創意談起〉,《人文與社會科學簡訊》第11卷1期(2009年12月),頁34-36。

8 蘇文仲、林伯賢、韓豐年:〈文創產品情感設計與消費者購買意願之研究〉,《中華印刷科技年報》(2018年4月),頁221-222。

9 社寮島,意指「有番社小屋的島嶼」(安倍明義:《臺灣地名研究》〔臺北市:武陵出版社,1987年〕,頁112);「社」指島上最先的開拓者——凱達格蘭族原住民的聚落,「寮」指原住民住的茅草屋。(洪英聖:《基隆市地名探索——情歸故鄉4》〔臺北市:時報文化出版公司,2004年〕,頁65-67)西班牙人稱之為聖薩爾瓦多,荷蘭人稱之為雞籠島,清領後又有雞籠嶼、大雞籠嶼等稱呼,日本人則沿用社寮島舊稱,國民政府來臺後才改名和平島。

10 柯淑純、林玉玲:《社寮文史調查手冊》(基隆市:基市文化,1995年),頁9。

和平島地形特色鮮明，北高南低，東北側以「龍仔頂」山丘為主要地勢，高約五十至七十公尺，頂端一帶為軍事管制區。[11]島南端地勢平坦形成聚落，因山丘阻擋東北季風，形成風平浪靜的自然環境，日治時期修港築港完成並引入新船後，與一旁的正濱漁港一同以漁業興盛成為北臺灣最大的漁港，更是鏢旗魚的重鎮。[12]北端則是今日的和平島地質公園所在地，以獨特的地質景觀著稱，如奇岩怪石、海蝕地形和白浪拍岸的自然美景，與南端的地貌迥然不同。[13]

圖一　基隆港與和平島[14]

11　黃致誠編：《基隆市志》（基隆市：基隆市政府，2001年），卷一：土地志地理篇，頁9。

12　陳世一撰：《基隆漁業史》（基隆市：基隆市政府，2001年），頁75-77。

13　中正區區公所、中山區公所撰：《基隆市中正區、中山區誌》，頁93。

14　Google Map，取自網址：https://www.google.com.tw/maps/search/%E5%92%8C%E5%B9%B3%E5%B3%B6/@25.1484523,121.7481653,5209m/data=!3m1!1e3!5m1!1e4?hl=zh-TW &entry=ttu&g_ep=EgoyMDI0MTIxMS4wIKXMDSoASAFQAw%3D%3D，發布日期：2024年12月16日，。

和平島自古以來憑藉其得天獨厚的地理位置，不僅在通商貿易中扮演樞紐角色，還是海路運輸的關鍵節點，同時亦具備顯著的軍事防禦價值。[15]和平島始終以其地理優勢連結海洋與陸地，承載著歷史與戰略的重要意涵。其地形、地貌的多樣性，加之其歷史和地理的重要性，使和平島成為結合自然景觀與人文價值的獨特場域，展現出多元而豐富的地景特徵。

（一）奇岩地景

　　和平島擁有獨特而多樣的自然地景，主要集中在今和平島地質公園內，該區域露出地層與野柳地區相同，為由淡青色緻密細砂岩與黑色頁岩組成的「大寮層」。[16]經長期的海水侵蝕和氣候影響，和平島呈現出豐富的海蝕地形，包括海蝕崖、海蝕平臺、海蝕洞、海蝕溝、海階、海階岩柱或顯礁、結核。[17]

　　這些海蝕地形以視覺命名，海蝕溝如「大窟底」，在漲退潮時展示社寮島與中山仔嶼之間的長型海溝。特殊地貌還包括因差異侵蝕作用形成的「蘑菇岩」、「豆腐岩」；以及蘑菇岩群矗立於海蝕平臺上，彷彿人頭簇擁成堆的「萬人堆」；岩石形似一塊塊整齊排列的豆腐岩聞名的「千疊敷」；宛如天子登殿、群臣朝拜之景的「皇帝殿」。[18]和平島內的壺穴景觀以及遍布的生痕化石，更是展示地質與生態的融合，可觀察生物活動的遺跡。居民也有對地形地貌的形象化命名習俗，如「紗帽石」、「青菜埋仔」、「葫蘆坑仔」等等。[19]

---

15 李宜玲：《基隆和平島海洋文化之研究》（臺北市：國立臺灣師範大學臺灣文化及語言文學研究所碩士論文，2011年1月），頁3。
16 王鑫：《台灣自然大系2　台灣的地形景觀》，頁47-50。
17 國立臺灣大學地理環境資源學系臺灣地形研究室：〈地景保育照片專輯（44）：和平島照片專輯〉，《地景保育通訊》第50期（2020年6月），頁20。
18 中正區區公所、中山區公所撰：《基隆市中正區、中山區誌》，頁9、10、95。
19 柯淑純、林玉玲：《社寮文史調查手冊》，頁20-21。

結核　　　　　　　　　　　　薑狀岩

海蝕溝　　　　　　　　　　　生痕化石

豆腐岩　　　　　　　　　　　海蝕平臺

圖二　和平島豐富海蝕地形[20]

---

20 國立臺灣大學地理環境資源學系臺灣地形研究室:〈地景保育照片專輯(44):和平島照片專輯〉,頁22-25。

和平島地質公園為經營考量，從豐富的地形資源當中挑選十座具有形象特色的岩石以故事包裝的方式供遊客觀賞，包括黑鳶岩、豬頭岩、鱷魚淚岩、金剛岩、花豹岩、人面獅身岩、海兔岩、彈塗魚岩、法老岩以及海豹岩。（圖三）

　　和平島擁有如此豐富且多樣的自然地景，包括不同侵蝕的特色地形、形象化命名的岩石群、體現地質與生態的結合的地景等，都是研究、教育與應用的重要資源。目前經營和平島地質公園的公司更透過地景故事包裝其中岩石景觀，突顯此自然地景對於區域內的獨特性與價值。

圖三　和平島公園十大守護岩

（二）奇岩文化

1 歷史地景──蕃字洞

荷蘭人在一六六八年撤離社寮島時，於一處海蝕洞留下題字，後被稱為「蕃字洞」（圖四）。此洞長約二十公尺，內部石壁上原刻有荷蘭文字，包括西元年份一六六四年、一六六六年、一六六七年，以及三名荷蘭人的姓名。[21]「明鄭時代，部分荷蘭人滯留雞籠，在此洞遺留下人名和年代的刻字，故稱番字洞。洞內字跡遭受破壞，已模糊不清。」[22]（圖五）

圖四　蕃字洞[23]　　　圖五　蕃字洞內文字[24]

---

21 財團法人臺灣大學建築與城鄉研究發展基金會：《和平島文化地景整體規劃成果報告書》（基隆市：基隆市文化局，2009年10月），頁37。
22 黃致誠編：《基隆市志》，卷一：土地志地理篇，頁10。
23 柯淑純、林玉玲：《社寮文史調查手冊》，頁20。
24 柯淑純、林玉玲：《社寮文史調查手冊》，頁48。

2 文學地景

從和平島地區的古典詩書寫紀錄，可以了解到文人們遇見和平島地區的豐富奇美的海蝕地形時，心中究竟激起何種情緒或是聯想。而其中有新竹詩人魏清德描寫和平島場域內奇岩異石景致的想像：

> 社寮島一角，驚見岩礁奇。或平如展席，或拱若張帷。或仰如鴻鵠，或蹲若熊羆。或昂藏竦峙，或逼仄傾欹。或穹窿萬狀，或醜怪多姿。龍伯所劃削，鮫人所雕施。（魏清德[25]〈社寮二首〉其二）[26]

魏清德透過描繪和平島一角的獨特地景，展現詩人眼中「奇誕幽絕的異境」[27]氛圍。詩中運用豐富的比喻與描寫，展現岩礁形態的多樣性與奇特性，或平坦如草席，或拱起如帳幕，或像鴻鵠熊羆一般的動物姿態，或表面凹凸傾斜不具規則，每一處形態都充滿生命力與想像空間，彷彿是龍伯、鮫人這樣神話中的角色才能雕琢出如此藝術品，強調地景的神秘壯麗和自然鬼斧神工的魅力。

除了驚嘆自然外力塑造富饒奇石的內容之外，其他詩人們主要藉特殊海蝕地形「千疊敷」作為歌頌題材抒發所感：

---

[25] 魏清德（1886-1964），新竹人。號潤庵，一九一〇年入「臺灣日日新報社」任職，一九二三～一九四〇年任臺北市協議會員、臺北州協議會員、臺北州會議員。一九〇五年起先後與文友創設「詠霓吟社」、「瀛社」。一九三〇年參與久保天隨所創之「南雅吟社」，與國分青崖、館森袖海、豬口安喜等日本漢詩人往來，為該社唯一的臺籍成員。曾獲選為國際桂冠詩人，擅長詩、散文、小說等各類文體。

[26] 《臺灣日日新報》，第8版，1932年10月21日。

[27] 顏智英：〈古典詩中的海島書寫——以具奇美地景、多樣資源且豐贍人文的基隆和平島為例〉，頁43。

苔石千數翠疊饒，汪洋一水最堪描。鼻頭艦笛傳仙洞，野柳漁歌接社寮。航路雲開檣影密，津門日麗浪花嬌。觀光客向江鄉過，趣得閒鷗弄晚潮。（邱天來[28]〈千疊敷遠眺〉）[29]

千疊名揚古至今，平洋遠望放豪吟。海門艦艇穿梭急，隔岸神州嘆陸沉。（魏仁德[30]〈千疊敷觀海〉）[31]

景觀人愛水雲區，遙指社寮千疊敷。蘚石綠波相映翠，弄潮賞勝笑相呼。（陳其寅[32]〈基隆新八景·千敷疊翠〉）[33]

三首詩皆以具有「千疊敷」美稱的豆腐岩為主題，展現對當地地景與人文情懷的讚嘆與詠頌。邱天來透過描寫青苔覆蓋的岩石層層堆疊、翠綠豐茂等景象，刻劃出千疊敷自然景觀的壯麗與層次感。魏仁德則著眼於歷史與時代的變遷，描繪千疊敷自古以來的聲名遠播，並看到穿梭於海門的船艦，興起「隔岸神州嘆陸沉」之感表達對歷史興衰的感慨，情感深沉而富有歷史厚度。而陳其寅則描繪千疊敷水雲相映的自然之美，並捕捉人在其中遊玩、嬉笑的生動情境，與邱天來所著之詩相似，都展現出一幅和諧自然與人文互動的景象。三首詩既表現地景的壯麗，又蘊含了對歷史或文化的深情讚美。

---

28 邱天來（1936-），世居基隆。宇健民，曾任民眾日報社廣告課長、拖網漁業協會總幹事、基隆市漁輪商業同業公會秘書、基隆市詩學會第一、二屆理事長。
29 邱天來：《海天詩草》（自行出版，2009年），頁157。
30 魏仁德（1937-），宜蘭人。自幼移居基市，經營順裕漁具行，曾任「基隆市詩學會」第三、四屆理事長。
31 基隆市詩學會：《雨港古古今詩選》（基隆市：基隆市文化局，1998年年），頁197。
32 陳其寅（1902-1998），基隆市人。號曉齋，字日堯。為戰後雨港文人，精詩文、史學、譜系學，曾任「大同吟社」社長五十一年、任「基隆市文獻委員會」常務委員十餘年，編纂《基隆方志》及基隆歷史，被譽為「基隆通」。
33 陳青松：《陳其百年紀念展》（基隆市：基隆市立文化中心，2001年），頁86。

三　文創商品設計

本研究透過和平島奇岩地景文化的探索與文創商品設計兩階段，首先將和平島奇岩自然地景、奇岩文化中的歷史地景與文學地景進行文獻整理以及實地環境探訪；再從訊息資料當中進行意象元素的提取，並加以組合，產出概念及設計表現。

表一　和平島奇岩地景文化文創商品設計過程

第一階段　地景文化探索			第二階段　文創商品展現	
現場觀察	訊息收集	整理分析	概念產出	設計表現

本研究之商品設計目標使用者為對地方歷史故事、地質景觀及古典詩詞等文化內容具有興趣之潛在受眾。在設計過程中，特別關注這些使用者的偏好，並在意象元素的組合與呈現上，強調其文化認同與情感共鳴。

（一）奇岩自然地景

和平島奇岩自然地景隸屬於和平島地質公園，其中「十大守護岩」透過故事包裝，為遊客帶來更深刻的情感連結。本研究聚焦於其中的豬頭岩與彈塗魚岩，透過設計詮釋海蝕地形與海浪之間的動態關係。設計概念融合岩石的幾何簡化造型與海浪的視覺與抽象意象（圖六），並透過呼吸燈的漸強漸弱光效，模擬海浪拍打岩岸的律動，營造寧靜且富有自然韻律的氛圍，使使用者在日常中感受和平島獨特的地景魅力。（圖七）

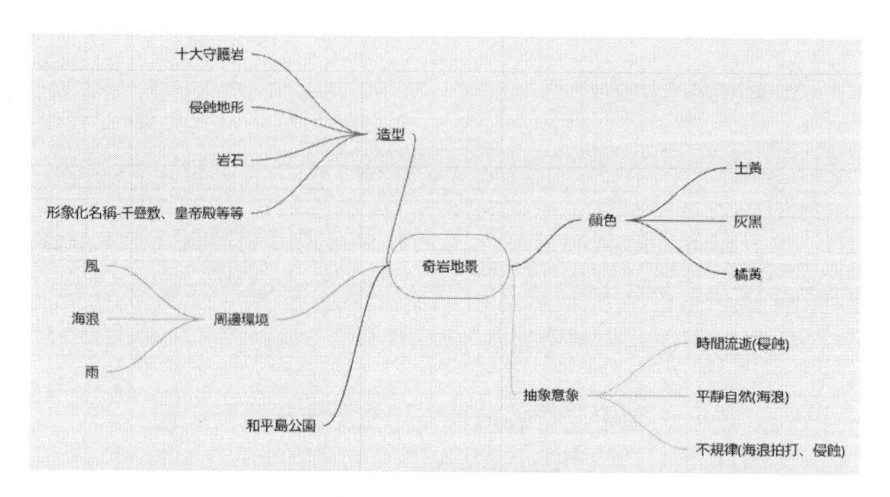

圖六　奇岩地景心智圖

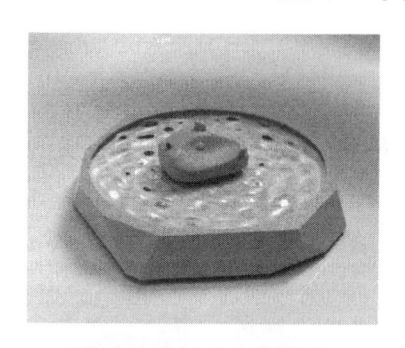

豬頭岩燈飾（未開燈） 　　　豬頭岩燈飾（開燈）

彈塗魚岩燈飾（未開燈） 　　彈塗魚岩燈飾（開燈）

圖七　奇岩地景文創商品——奇岩呼吸燈燈飾

（二）奇岩文化地景

1 歷史地景──蕃字洞

　　本設計嘗試聚焦於「痕跡」這一抽象意象（圖八），透過筆與書寫的關聯，呼應蕃字洞內壁畫所承載的歷史印記。設計概念從洞內壁畫的視角出發，並結合和平島獨特的奇岩地景，使文創商品的外觀形象與地貌相呼應。具體設計上，以蕃字洞的造型為靈感，透過幾何岩石結構包裹洞口，轉化為日常可用的筆筒。這不僅讓使用者在書寫時感受到歷史與文化的痕跡，也使和平島的歷史地景融入生活，使其成為具有文化價值的實用文創商品。（圖九）

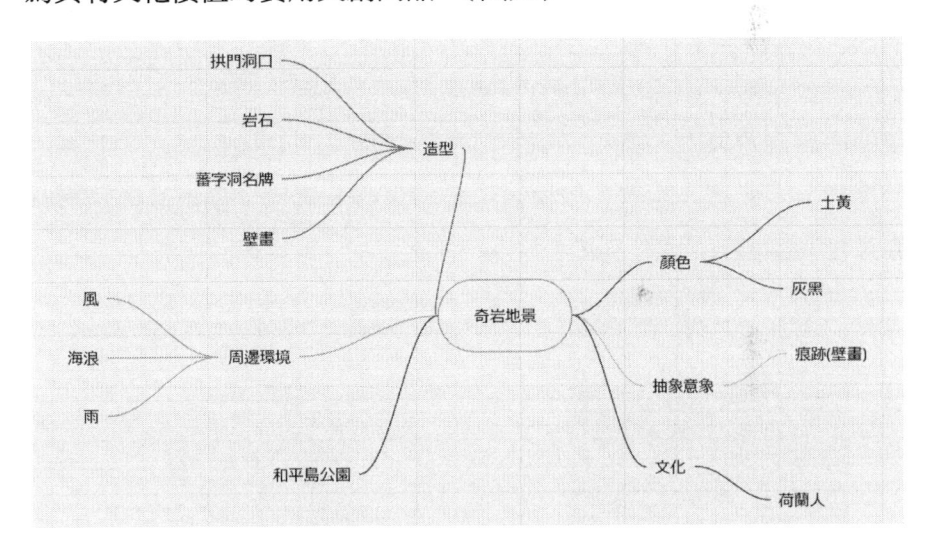

圖八　奇岩地景心智圖

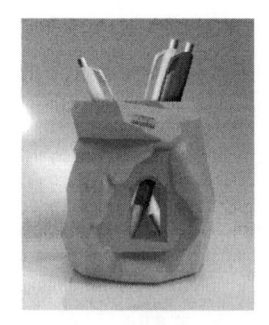

圖九　歷史地景文創商品──蕃字洞筆筒

2　文學地景

透過魏清德〈社寮二首〉其二詩句所描述的自然與神話元素，如鴻鵠、熊羆、龍伯、蛟人及奇岩異石，構築出一幅介於現實與想像之間的奇幻景致。畫面以流動的筆觸與鮮明的色彩，強調詩中景象的神秘感與超現實氛圍，讓和平島的自然地景與文學意象相結合，並應用於提袋上。使旅人能夠在旅程中或是結束後，透過文創商品延續對當地文化的記憶與想像。（圖十）

圖十　文學地景文創商品──奇岩異境提袋

魏仁德〈千疊敷觀海〉詩詞的設計轉化則透過圖像畫面展示海蝕地形的延續與堆疊，呼應詩中「千疊敷」的意象，展現和平島壯麗的自然景觀。遙望遠方，海平面上的艦艇穿梭，象徵時代更迭，也隱喻歷史的滄桑與和平島的戰略地位，與「海門艦艇穿梭急」相呼應。而夕陽餘暉與湧動的浪潮，則為畫面增添情感張力，使整體更具詩意與歷史氛圍。

而陳其寅〈基隆新八景‧千敷疊翠〉文本的畫面核心以藍綠色調為基礎，營造開闊、寧靜、悠然的視覺體驗。前景展現戲水的人群，象徵著人與自然的和諧，以及觀光場域遊憩氛圍，與詩句「弄潮賞勝笑相呼」相呼應。岩石上青苔綠意與波光倒影形成層次感，與「蘚石綠波相映翠」的意象相契合，營造清新自然的氛圍。（圖十一）

魏仁德詩

陳其寅詩

圖十一　文學地景文創商品──千疊敷詩景團扇

四 結語

　　和平島作為臺灣北部重要的地景場域，憑藉其獨特的自然地形與深厚的人文歷史，展現了自然與文化交織的豐富意涵。無論是奇岩地貌的鬼斧神工、蕃字洞的歷史記憶，還是古典詩詞中對地景的讚頌與想像，都為這片土地注入了鮮活的生命力。通過本研究的探討，可以望見地景在文化、歷史和設計層面的可能性。

　　和平島的地景資源不僅應被保護，更應善用其潛在的文化價值與設計應用空間。文創商品作為地景文化的具體化呈現，能將和平島的自然與人文特色轉化為可感知、可觸摸的創意產品，進一步促進地景文化的傳播與認知。

　　和平島的自然與文化地景是一座豐厚的資源寶庫，它不僅記錄歷史的痕跡，也映射著人類與自然的互動關係。本研究希望藉由文創商品與文化的連結，提供未來文化發展與地景應用設計的參考，為和平島的永續發展開啟更多可能。

參考文獻

一　專書

王　鑫：《臺灣自然大系2：臺灣的地形景觀》，臺北市：渡假出版社，1980年。

安倍明義：《臺灣地名研究》，臺北市：武陵出版社，1987年。

柯淑純、林玉玲：《社寮文史調查手冊》，基隆市：基市文化，1995年。

基隆市詩學會：《雨港古古今詩選》，基隆市：基隆市文化局，1998年。

中正區區公所、中山區公所撰：《基隆市中正區、中山區誌》，基隆市：基隆市政府，1997年。

黃致誠編：《基隆市志》卷一：土地志地理篇，基隆市：基隆市政府，2001年。

陳世一撰：《基隆漁業史》，基隆市：基隆市政府，2001年。

洪英聖：《基隆市地名探索──情歸故鄉4》，臺北市：時報文化出版公司，2004年。

二　期刊論文

何立德：〈地景多樣性與地景保育〉，《科學發展》第439期，2009年7月，頁22-29。

李光中：〈文化地景與社區發展〉，《科學發展》第439期，2009年7月，頁38-45。

顏智英：〈古典詩中的海島書寫──以具奇美地景、多樣資源且豐贍人文的基隆和平島為例〉，《海洋文化學刊》第28期，2020年6月，頁35-91。

林榮泰：〈文化創意產品設計：從感性科技、人性設計與文化創意談

起〉,《人文與社會科學簡訊》第11卷1期,2009年12月,頁32-42。

蘇文仲、林伯賢、韓豐年:〈文創產品情感設計與消費者購買意願之研究〉,《中華印刷科技年報》,2018年4月,頁213-224。

國立臺灣大學地理環境資源學系臺灣地形研究室:〈地景保育照片專輯(44)和平島照片專輯〉,《地景保育通訊》第50期,2020年6月,頁19-28。

三 報紙

《臺灣日日新報》

四 學位論文

李宜玲:《基隆和平島海洋文化之研究》,臺北市:國立臺灣師範大學臺灣文化及語言文學研究所碩士論文,2011年1月。

五 研究報告

財團法人臺灣大學建築與城鄉研究發展基金會:《和平島文化地景整體規劃成果報告書》,基隆市:基隆市文化局,2009年10月。

六 網路資料

和平島公園,取自 https://www.hpigeopark.org/about-us。

Google Map,取自:https://www.google.com.tw/maps/search/%E5%92%8C%E5%B9%B3%E5%B3%B6/@25.1484523,121.7481653,5209m/data=!3m1!1e3!5m1!1e4?hl=zh-TW&entry=ttu&g_ep=EgoyMDI0MTIxMS4wIKXMDSoASAFQAw%3D%3D,發布日期:2024年12月16日,檢索日期:2025年1月22日。

文學研究叢書・辭章修辭叢刊 0812A13

章法論叢・第十七輯

主　　編	中華民國章法學會
責任編輯	林以邠
發 行 人	林慶彰
總 經 理	梁錦興
總 編 輯	張晏瑞
編 輯 所	萬卷樓圖書股份有限公司
排　　版	林曉敏
封面設計	黃筠軒
印　　刷	維中科技有限公司
發　　行	萬卷樓圖書股份有限公司
	臺北市羅斯福路二段 41 號 6 樓之 3
	電話 (02)23216565
	傳真 (02)23218698
	電郵 SERVICE@WANJUAN.COM.TW
香港經銷	香港聯合書刊物流有限公司
	電話 (852)21502100
	傳真 (852)23560735

ISBN 978-626-386-280-7

2025 年 5 月初版一刷

定價：新臺幣 380 元

如何購買本書：

1. 轉帳購書，請透過以下帳戶
   合作金庫銀行 古亭分行
   戶名：萬卷樓圖書股份有限公司
   帳號：0877717092596
2. 網路購書，請透過萬卷樓網站
   網址 WWW.WANJUAN.COM.TW

大量購書，請直接聯繫我們，將有專人為您服務。客服：(02)23216565 分機 610

如有缺頁、破損或裝訂錯誤，請寄回更換

版權所有・翻印必究

Copyright©2025 by WanJuanLou Books CO., Ltd.

All Rights Reserved　　　　Printed in Taiwan

國家圖書館出版品預行編目資料

章法論叢. 第十七輯/中華民國章法學會主編.-- 初版.-- 臺北市：萬卷樓圖書股份有限公司, 2025.05

　面；　公分.--(文學研究叢書. 辭章修辭叢刊；0812A13)

ISBN 978-626-386-280-7(平裝)

1.CST: 漢語　2.CST: 作文　3.CST: 文集

802.707　　　　　　　　　　　　114007909